19世纪英国文学中的
疾病书写

*The Writing of Diseases
in the 19th Century British Literature*

陈　昊　黄天颖　姚孟君　陈婧晋◎著

四川大學出版社
SICHUAN UNIVERSITY PRESS

图书在版编目（CIP）数据

19 世纪英国文学中的疾病书写 / 陈昊等著 . — 成都：
四川大学出版社，2022.8
ISBN 978-7-5690-5627-3

Ⅰ . ① 1… Ⅱ . ①陈… Ⅲ . ①英国文学－文学研究－
19 世纪 Ⅳ . ① I561.064

中国版本图书馆 CIP 数据核字（2022）第 150108 号

书　　名：19 世纪英国文学中的疾病书写
　　　　　19 Shiji Yingguo Wenxue zhong de Jibing Shuxie
著　　者：陈　昊　黄天颖　姚孟君　陈婧晋

选题策划：周　洁
责任编辑：周　洁
责任校对：于　俊
装帧设计：墨创文化
责任印制：王　炜

出版发行：四川大学出版社有限责任公司
　　　　　地址：成都市一环路南一段 24 号（610065）
　　　　　电话：（028）85408311（发行部）、85400276（总编室）
　　　　　电子邮箱：scupress@vip.163.com
　　　　　网址：https://press.scu.edu.cn
印前制作：四川胜翔数码印务设计有限公司
印刷装订：四川省平轩印务有限公司

成品尺寸：148mm×210mm
印　　张：8.375
字　　数：220 千字

版　　次：2022 年 10 月 第 1 版
印　　次：2022 年 10 月 第 1 次印刷
定　　价：42.00 元

本社图书如有印装质量问题，请联系发行部调换

四川大学出版社
微信公众号

目　录

引　言

从古至今，人类一直无法逃避疾病的威胁，它影响着人类社会的发展，这种影响往往比战争、革命更为深刻和全面，因为疾病直击的是文明的核心和根基——人类本身。正如瑞典病理学家福尔克·汉申（Folke Henschen，1881—1977）所说："人类的历史就是其疾病的历史。"①

19世纪，工业革命和殖民扩张让英国成为世界第一强国。一方面，英国享受着工业化和海外殖民带来的红利，社会财富不断增长，民众享受着工业化带来的社会便利和来自海外殖民地的商品；另一方面，工业化也带来了诸如环境污染、贫富差距扩大和阶级对抗等问题，殖民地饱受英国的经济剥削，其传统文化也受到英国文化的挑战。

在这个过程中，疾病扮演着重要角色。疾病可分为传染性疾病和非传染性疾病。在传染性疾病中，天花、霍乱、梅毒、伤寒、结核病在英国肆虐，成为当时英国最具致命性和毁灭性的传染病。这些疾病的传播与英国工业化过程中所造成的环境问题、阶级问题关系密切。因此，它们不仅仅是医学课题，还是重要的

---

① 刘科、胡华伟：《鼠疫斗士伍连德科学防疫思想的现实借鉴》，载《自然辩证法研究》2020年第8期，第91页。

社会治理问题。同时，19世纪也是英国建构的全球化经济时代，世界贸易往来和人口流动使得传染性疾病向全球传播，这令殖民地人民饱受疾病的困扰和折磨。在治理殖民地的传染病时，一方面，英国人积极推行殖民医学，治疗疾病，减少伤亡和病痛；另一方面，他们歧视殖民地本土医学和文化，试图垄断医学话语权。此外，随着理性主义和近代自然科学的兴起和发展，以精神病为代表的非传染性疾病褪去了神秘主义色彩，英国社会对精神病的认知日趋科学化，但这也导致了精神病人被禁闭在疯人院中。

对于19世纪的英国作家而言，疾病也是他们关注的重要话题之一。疾病不仅给作家带来生理上的痛苦，同时也改变了他们的心理。他们对人性与生命进行了更加深刻的思考，书写疾病即是在抒发他们对人生百态、生命经验和人性的思考。因此，文学中的疾病书写不是书写疾病本身，而是描绘众生万象的缩影，它被用来表现人与社会、伦理与历史的痛苦与反常，突显社会文化中的弊端。

本书以19世纪英国的疾病文学书写及历史为研究对象，以工业革命和殖民扩张为时代背景，重点分析英国文学中的疾病隐喻，探究疾病与人、疾病与社会之间的内在关联。本书共分为四章，第一章由陈昊撰写，第二章由黄天颖撰写，第三章由陈婧晋撰写，第四章由姚孟君撰写。

第一章主要论述在工业革命和殖民扩张的背景下，英国人如何防治天花、霍乱、梅毒、伤寒和结核病，他们认识到传染性疾病不仅仅是一种神秘可怕的疾病，更是"社会病"的表现和后果。同时，针对殖民地的传染性疾病，英国人积极推行殖民医学。殖民医学确实有效地降低了疾病的传染率，减轻了病人的痛苦，但它是建立在殖民政府的大规模干预下，以一种新的知识体系和权力制度对殖民地进行的文化入侵，其本质是为了更好地实现殖民统治。此外，从古代到 19 世纪，英国社会对精神病的认知发生了几次重大转变，精神病逐渐被祛魅，精神病人被禁闭在无法逃离的疯人院中。

第二章主要论述女性作家与疾病之间的关系。本章选取 19 世纪几位重要女性作家及其重要作品，分析当时女性与疾病之间存在的伦理、话语—权力、道德等关联。19 世纪的英国社会是男权社会，女性视角下的疾病书写能以更加敏感、细腻的方式解读当时的英国社会，反映当时的社会风貌。

第三章主要论述查尔斯·狄更斯小说中的疾病，以及 19 世纪英国工人阶级与疾病的关联。狄更斯有强烈的社会责任感，晚年疾病缠身，因此对书写工人阶级的疾病抱有浓厚的兴趣。在福柯的话语—权力理论视阈下，狄更斯的小说展现了统治阶级运用话语实现对工人阶级的规训的过程。此外，狄更斯多部小说中的疾病都具有隐喻意义，揭示了疾病与工人阶级的关联。

第四章主要论述殖民小说中的疾病书写。英国具有代表性的殖民小说多出现在 19 世纪末 20 世纪初。本章讨论该阶段康拉德和毛姆的相关作品，将其作为对 19 世纪英国文学的延伸。两位作家的殖民小说中的疾病书写不仅体现了他们对殖民主义严厉的批判及对英国殖民地的矛盾看法，也从一定程度上反映了该时期英国殖民扩张的运作方式。

总之，本书以 19 世纪英国疾病文学书写及历史为研究对象，力图展现工业革命和殖民扩张下的疾病与人、社会和殖民的关系。该研究一方面能为我们了解 19 世纪英国人文世界和历史提供一个视角，同时也能为我们更好地理解和思考当今世界新冠疫情所带来的现实问题提供参考和借鉴。

第一章　19 世纪的英国与疾病

　　随着工业革命的发展和殖民扩张的推进，英国在 19 世纪成为世界头号强国，一场彻底改变人类生活面貌的社会革命在英国本土及其殖民地迅速开展。疾病也参与到这场变革之中，一方面，它给英国社会带来剧痛，夺去数以万计的生命，并在短期内对社会经济造成严重破坏；另一方面，它在客观上推动了人类医学知识和技术的不断革新。

　　疾病名目繁多，有传染性疾病和非传染性疾病之分。传染性疾病是由各种病原体引起的能在人与人、动物与动物或人与动物之间传播的疾病。非传染性疾病是由职业、环境、生活与行为方式等引起的疾病。19 世纪，英国工业化和城市化的深入发展给英国人民带来了生活便利和社会进步，但也造成城市人口拥挤和卫生环境恶化，一系列传染性疾病在英国本土大肆传播。同时，世界贸易往来和人口流动使得传染性疾病在英国殖民地迅速蔓延。另外，随着理性主义和科学的发展，以精神疾病为代表的非传染性疾病逐渐被祛魅并受到重视。

第一节　19 世纪英国本土的社会状况

　　18 世纪 60 年代，英国首先开启了工业革命，这是一场彻底改变人类生活面貌的社会革命。恩格斯（Friedrich Engels，1820—1895）高度赞扬这场伟大的技术革命："英国的革命是社会革命，因此比任何其他一种革命都更广泛，更有深远影响。人类知识和人类生活关系中的任何领域，哪怕是最生僻的领域，无不对社会革命发生作用，同时也无不在这一革命的影响下发生某些变化。"①

工业革命为英国经济带来了巨大的发展和变化。到19世纪中期，英国已经从农业国转型为工业国。往昔的田园风光被工厂和烟囱取代，工业成为英国的国家命脉，人们依靠工业而非农业生存。"1750年左右，以农业为生的家庭大约占全部人口的60%—70%，英国农业劳动力的比例在1801年也还有35.9%，1841年有22.2%，1861年则降为18.7%。与此同时，制造业和矿井工业的劳动力却在上升，从1801的29.7%上升到1841年的40.5%，再到1861年的43.6%。"②"1780年，英国的铁产量还比不上法国，1848年已超过世界上所有国家的总和。它的煤产量占世界总产量的2/3，棉布占1/2以上。1801—1851年，英国国民总产值增长125.6%，1851—1901年又增长213.9%。1700—1780年，工业年平均增长率是0.9—1%，1780—1870年已超过3%。"③

除了产业结构的变化，劳动技术也发生了巨大变化。詹姆斯·瓦特（James Watt，1736—1819）改良的蒸汽机标志着英国进入"蒸汽时代"。蒸汽机的发明不仅解决了动力问题，加速了

① 《马克思恩格斯文集》第1卷，中共中央马克思恩格斯列宁斯大林著作编译局编译，北京：人民出版社，2009年，第87页。

② 裔昭印：《西方妇女史》，北京：商务印书馆，2009年，第324页。

③ 钱乘旦、许洁明：《英国通史》，上海：上海社会科学学院出版社，2012年，第220—221页。

工业革命的进程，还促进了工厂制的建立。蒸汽机以煤炭为燃料，消除了过去对水力的依赖，从而突破了地点和季节的限制。从前依河傍水的工厂纷纷迁入城市，组建新型工厂，形成诸多工业基地。工厂数量增多的同时，其规模也在不断扩大。1771年，工厂制度的创立者理查德·阿克莱特（Richard Arkwright，1732—1792）在克朗福德（Cromford）建立水力棉纱厂时仅雇佣了300名工人，到1795年在布拉德利（Bradley）建立他的新工厂时就已经雇佣1000名工人了。①

工业革命也推动了英国的政治民主化。工业革命的开展使得工业资产阶级登上历史舞台，他们开始向土地贵族夺取国家政权，并推动英国政治民主化的改革。在1832年和1867年的议会改革中，工业资产阶级选举权不断扩大，在下议院的地位也不断提高，而土地贵族的势力则不断衰弱。但直到这时，英国仍然只有1/2的成年男子享有选举权，工人中只有高工资的熟练工人享有选举权，广大无产阶级的普选权仍远未实现。

工业革命在创造巨大的财富的同时，也快速拉开了贫富差距。19世纪中叶，英国是世界上最富裕的国家。"1851—1881年，英国国民生产总值从5.23亿英镑上升到10.51亿英镑，人均生产值从25英镑上升到74英镑；1850—1859这十年出口总额为1亿英镑，下一个十年上升到1.6亿英镑，再下一个十年出口了2.18亿英镑。"② 1851年，英国在伦敦市中心举办世界博览会，为此专门修建了一个水晶宫。水晶宫长563米，宽125米，高20多米，全部由玻璃和钢铁架设而成，总造价8万英镑（这在当时是一个天文数字）。英国展品，从蒸汽机、收割机，到厨

① 裔昭印：《西方妇女史》，前引书，第324页。
② 钱乘旦：《英国通史·第五卷：光辉岁月——19世纪英国》，南京：江苏人民出版社，2016年，第245页。

具、棉布乃至邮票，无不展现了英国在工业、技术和经济方面的卓越成就，水晶宫成为当时英国财富的生动体现。

尽管如此，正如英国保守党前首相迪斯雷利（Benjamin Disraeli，1804—1881）早年当作家时所说，英国是一个"两个民族"的国家，一边是穷人，一边是富人。[①] 由于英国采取"自由放任"的政策，并不把维护社会公正作为主要目标之一，导致英国社会两极化形势十分严峻。表 1.1 是 1867 年英国国民收入分配情况：

表 1.1　1867 年英国国民收入分配表[②]

年收入	家庭数占比（%）	占国民总收入的比例（%）
1. 上层阶级		
（1）6000 镑以上	0.07	16.2
（2）1000～5000 镑	0.41	10.1
2. 中等阶级 300～1000 磅	1.46	10.6
3. 下层中等阶级		
（1）100～300 镑	8.29	13.7
（2）100 镑以下	15.37	10.3
全体中、上阶级	25.6	60.9
4. 高技术工人	13.8	10.5
5. 低技术工人	26.1	16.3*
6. 无技术及农业工人	24.6	10.3
7. 无工资收入的家庭	9.9	2.0
全体体力劳动者	74.4	39.1
各阶级	100.0	100.0

注：由于文献过于模糊，原书中的表格数据有一处缺失小数点，本书根据表格中的数据进行推算得出缺失的小数点，并用"*"标注。

---

① 钱乘旦：《第一个工业化社会》，成都：四川人民出版社，1988 年，第 253 页。
② 同上，第 256－257 页。

从表 1.1 可以看出，25.6％的中、上阶级占据国民收入的 60.9％，74.4％的体力劳动者则只占国民收入的 39.1％，若把高、低技术工人扣除，最贫困的那部分人的收入则微乎其微。中、上阶层多为土地贵族和新兴的工厂主，下层则是工厂中辛勤劳作的工人。在工厂中，工人变成了机器的附属品，他们跟随机器运转，在劳动上丧失了主动性和创造性。工人的劳动时间长、强度大，且工伤事故频发。在当时的纺纱厂中，"1815 年，工人在 12 小时内来回看管两台纺 40 支纱的走锭纺纱机，等于步行 8 英里。1832 年，在 12 小时内看管两台纺同样支纱的走锭纺纱机所走的距离等于 20 英里，并且往往还要多。1825 年，一个纺纱工人在 12 小时内，在每台走锭纺纱机上牵伸 820 次，12 小时的牵伸总数是 1640 次。1832 年，一个纺纱工人在一个十二小时工作日内，在每台走锭纺纱机上牵伸 2200 次，合计是 4400 次；1844 年，在每台走锭纺纱机上牵伸 2400 次，合计是 4800 次；有时，需要的劳动量还要大"[1]。工人的居住环境脏乱不堪，简陋的屋棚茅舍十分拥挤，街道堆满垃圾废弃物，污水洼遍地。工厂主对工人的罚款名目繁多，竭力压低工人的工资。1810 年，英国纺织工人每周的平均工资为 42 先令 6 便士，到 1825 年下降到 25 先令 6 便士。[2] 因此，正如马克思（Karl Marx, 1818—1883）指出："我们的时代，资产阶级时代，却有一个特点：它使阶级对立简单化了。整个社会日益分裂为两大敌对的阵营，分裂为两大相互直接对立的阶级：资产阶级和无产阶级。"[3] 工业资产阶级和工业无产阶级的矛盾逐渐成为社会主要矛盾，工人运

---

[1] 《马克思恩格斯文集》第 5 卷，前引书，第 475 页。

[2] 吴于廑、齐世荣：《世界史：近代史编》下卷，北京：高等教育出版社，2011 年，第 18 页。

[3] 《马克思恩格斯文集》第 2 卷，前引书，第 32 页。

动此起彼伏。

工业革命也带动了英国城市化的发展。城市化与工业化是孪生姐妹。马克思曾指出，工业革命"创立了巨大的城市，使城市人口比农村人口大大增加起来，因而使很大一部分居民脱离了农村生活的愚昧状态"[①]。由于工厂集中在城市，加之交通工具及铁路的发展，大量农村人口向城市迁移，城市人口快速增长。表1.2 是 19 世纪英国主要大城市的人口增长情况：

表1.2　19 世纪英国主要大城市的人口增长表（单位：万人）[②]

城市	1801 年	1851 年	1901 年
伦敦	108.8	249.1	456.3
伯明翰	7.1	23.3	52.2
布里斯托尔	6.1	13.7	32.9
爱丁堡	8.3	19.4	39.4
格拉斯哥	7.7	34.5	76.2
利兹	5.3	17.2	42.9
利物浦	8.2 ·	37.6	68.5
曼彻斯特	7.5	30.3	54.4
谢菲尔德	4.6	13.5	38.1

在英国主要大城市中，伦敦的城市人口数量显然是最庞大的，"19 世纪的伦敦人口则以每 10 年几乎 20％的增长速度飙升不止，到 1901 年，伦敦的人口等于……几乎是欧陆 4 个最大的城市巴黎、柏林（Berlin）、维也纳（Vienna）和圣彼得堡（St

---

① 《马克思恩格斯文集》第 2 卷，前引书，第 36 页。
② 钱乘旦：《英国通史·第五卷：光辉岁月——19 世纪英国》，前引书，第 223 页。

Petersbug）人口的总和”①。此外，随着公路和铁路的建设和延伸，临近的威斯敏斯特、格林尼治等市镇被伦敦合并，形成了一个庞大的大伦敦都市区。

城市的快速化发展也带来了"城市病"。城市人口膨胀带来城市住房紧张，工人们被迫租住在拥挤的环境中。正如恩格斯描述的："在韦斯明斯特的圣约翰教区和圣玛格丽特教区，根据统计学会会刊的材料，在 1840 年，5366 个工人家庭住了 5294 所住宅（如果这还可以叫做'住宅'的话）；男人、女人和小孩，总共 26830 人，不分男女老幼地挤在一起，在这些家庭中有四分之三只有一个房间。在汉诺威方场的贵族教区圣乔治，根据同一材料，有 1465 个工人家庭总共将近 6000 人在同样的条件下居住着；其中有三分之二以上的家庭每一家不超过一个房间。"② 在这种环境下，卫生情况自然十分糟糕。城市的贫民窟中挤满了工人阶级。"这里的街道通常是没有铺砌过的，肮脏的，坑坑洼洼的，到处是垃圾，没有排水沟，也没有污水沟，有的只是臭气熏天的死水洼。城市中这些地区的不合理的杂乱无章的建筑形式妨碍了空气的流通，由于很多人住在这一个不大的空间里，所以这些工人区的空气如何，是容易想像的。此外，在天气好的时候街道还用来晒衣服：从一幢房子到另一幢房子，横过街心，拉上绳子，挂满了湿漉漉的破衣服。"③ 同时，大量流动人口聚集在城市，犯罪率也急剧上升。根据英国内务部公布的犯罪数据，英格兰和威尔士历年发生的刑事犯罪案率为：1805 年 4605 起，1815 年 7898 起，1825 年 14437 起，1835 年 20731 起，1842 年 31309

---

① 钱乘旦：《英国通史·第五卷：光辉岁月——19 世纪英国》，前引书，第 223 页。
② 《马克思恩格斯全集》第 2 卷，中共中央马克思恩格斯列宁斯大林著作编译局编译，北京：人民出版社 1957 年，第 308－309 页。
③ 同上，第 306－307 页。

起。短短 37 年间，犯罪数量增加了约 6 倍。①

工业社会的剧烈变动也影响到各阶层女性的命运。然而历史的发展并不是线性的，19 世纪的女性仍然依附男性，处于十分被动的状态。受制于阶层，女性可划分为中产阶级女性和无产阶级女性。在中产阶级社会中，理想化的女性应该是"家中天使"（The Angel in the House）。英国诗人考文垂·帕特莫尔（Coventry Patmore，1823—1894）对"家中天使"做了明确的描述："显然一个男人希望而且能够寻找到这种理想的女性……她是丈夫永远的朋友和伴侣，而非他的对手；她以丈夫的利益为自己的利益……她会将他的房子、他的家以及其他方方面面都安排妥当。她是慈爱的母亲、勤勉的家庭主妇。"② 对中产阶级女性而言，她们的主要责任是相夫教子、料理家务。因此，她们从小被教育成为理想的妻子和母亲，更好地为家庭服务。她们所接受的教育主要是家政艺术和才艺，如女红、绘画、舞蹈、音乐、检查家庭收支、佣人管理等，目的是日后寻得一位"好丈夫"。这样的教育使得中产阶级女性无法获得真正的职业，她们在经济上只能依附男性，终生忙于生儿育女和伺候丈夫，成为家庭的附庸。与中产阶级女性不同，无产阶级女性为了生计，需要出门打工。她们性格温顺且工资低廉，大受工厂主青睐。以纺织业为例，1838年 13 岁以上的女工占了该行业的 55.2%，而 18 岁以上的男工仅占 22.8%，女性的雇佣率远高于男性。③ 她们每天工作 12～14小时，工作在闷热、潮湿、嘈杂、脏乱、没有安全保障的环境中。回到家中，她们非但不能休息，还要料理家务、伺候丈夫、

① 《马克思恩格斯文集》第 1 卷，前引书，第 444 页。
② 裔昭印：《西方妇女史》，前引书，第 328—329 页。
③ B. L. Hutchins, A. Harrison. *A History of Factory Legislation*. London: P. S. King & Son, 1911, p. 110.

照料孩子。如此繁重的劳动必然会损害她们的健康。恩格斯说："我曾经在曼彻斯特一家棉纺织工厂里工作过，在这个工厂的水力纺纱及车间里，就我的记忆所及，没有一个长得匀称的高个子的女孩子；她们都矮小；发育不良，胸部狭窄，体形很难看。"①可以看出，19 世纪的女性依然处在男性的话语霸权之下，她们或是被限制在家庭里，或是投入社会化大生产，游离在贫困线上下。她们没有自我，只是男性的附属品。

总的来说，工业革命给英国带来了深远的影响，但这种影响也是好坏参半的。工业化一方面为英国树立起现代化、城市化的宏伟形象，另一方面也造成了一系列社会问题，如城市污染、住房紧张、贫富差距、阶级对抗等，而这些问题为疾病的传播埋下了隐患。事实上，疾病的传播不仅有生物性的原因，还有社会性的因素，疾病偏爱人口稠密、环境脏乱的地区。19 世纪英国的工业文明理应为阻断疾病传播提供更好的条件，而工业化所衍生的罪恶反而加速了疾病的传播，造成了大量病亡并引发社会恐慌。因此，对疾病的控制不仅需要医学知识的进步，同时也需要加强社会保障、改善环境和建立公共卫生体系。可以说，19 世纪英国疾病的肆虐暴露了工业文明下的危机和挑战。

第二节　19 世纪英国殖民地的社会状况

随着工业革命的开展，英国的经济和军事实力空前强大，为了扩大市场、获取原料及占据战略要地，英国积极推进殖民扩张。到 19 世纪末，英国殖民地主要由印度、加拿大、澳大利亚、新西兰、南非的开普敦、爱尔兰，以及除南极洲外散布在各大洲

---

① 《马克思恩格斯全集》第 2 卷，前引书，第 450 页。

的具有战略意义或能作为原料产地和销售市场的地区组成。

从殖民目的来看，英国殖民地有三种类型，即贸易性殖民地、原料性殖民地和战略性殖民地。

贸易性殖民地主要是为了获取倾销市场，扩大贸易。其中，印度最具代表性，它被称为"英国殖民皇冠上最璀璨的明珠"，是英国财富的重要来源和商品的销售市场。以棉布为例，17 世纪，印度棉布大量出口至英国，其色彩艳丽、价格便宜、制成的衣服更轻便、更易清洗，因此在英国深受欢迎。但印度棉布主要由手工生产，在面对机器大生产的英国棉布时，无力在价格和质量上进行竞争。到 18 世纪后半叶，英国不仅不再从印度进口棉布，反而把印度当作倾销地。据统计，1814 年输往印度的英国棉布为818 208 码，1821 年为19 138 726 码，1828 年为42 822 077 码，1835年为51 777 277 码，21 年间增长了 63 倍。[①] 1815 年从英国运往印度的棉布共值 26300 英镑，到了 1832 年就增加了 40 万英镑。[②]

原料性殖民地则是被作为原料产地。这集中体现为在热带殖民地推行种植园农业。种植园往往生产单一经济作物，不同地区的种植园又种植着不同的农作物："肯尼亚和坦噶尼喀（坦桑尼亚的大陆部分——编者注）种植剑麻，锡兰（斯里兰卡旧称——编者注）和肯尼亚种植咖啡和茶，印度种植茶，毛里求斯和纳塔尔（在南非——编者注）种植甘蔗，马来亚和北婆罗洲（今马来西亚沙巴州旧称——编者注）种植橡胶和生产棕榈油，所罗门群岛种植椰子用以生产干椰子仁，斐济种植甘蔗，澳大利亚的昆士

---

① （印）杜特，R：《英属印度经济史（下）》，陈洪进，译，北京：生活·读书·新知三联书店，1965 年，第 89 页。
② 同上，第 92 页。

兰种植甘蔗。"①

战略性殖民地指面积不大但具有重大战略意义的地区。这些地区虽然分散，但扼制着全球的海上贸易通道。"这类殖民地包括南非的好望角、地中海的马耳他及爱奥尼亚群岛、印度洋中的毛里求斯、北海的设得兰群岛（Shetland Islands）、还有亚洲的海峡殖民地（Straits Settlements，即马六甲海峡）和锡兰，它们都是通往东方、拱卫印度的海洋门户，对英国的贸易有重要意义。"②

从统治方式来看，英国殖民地可以分为三类，即移民殖民地、非移民殖民地和附属殖民地。

移民殖民地主要通过大量移民的方式，将英国的政治、经济和文化移植到殖民地，其特点是白人占大多数，与母国的关系相对比较融洽。它们有独立的经济体系，殖民政府具有相对独立性，拥有自治权，但外交事务由英国控制。

非移民殖民地则是英国人通过军事手段征服该地区，由英国人担任总督，牢牢地掌握当地最高统治权。在统治非移民殖民地时，英国最初往往采用直接的殖民掠夺和殖民压迫政策，此后，英国做出了一些调整，采用恩威并用的手段，如任用当地人担任地方官员，推行英语，建立英式文官、法律和教育制度。这在一定程度上促进了殖民地经济文化的发展。

附属殖民地多分布于赤道非洲、加勒比、太平洋和东南亚地区。附属殖民地可以分为直辖殖民地和保护领。前者直接归英国殖民当局管理，后者有名义上的"国家"地位。在管理附属殖民

① （英）P. J. 马歇尔：《剑桥插图大英帝国史》，樊新志，译，北京：世界知识出版社，2004 年，第 124 页。
② 钱乘旦：《英国通史·第五卷：光辉岁月——19 世纪英国》，前引书，第 379—380 页。

地时，英国采取"间接统治"的方式，即保留该地原有的管理体系和统治者，但必须依照英国的指令行事。

在对待殖民地的态度上，英国人的普遍做法是赞扬英国在道德、法律、宗教和政治制度上的优越性，对殖民地的宗教、政治和道德持鄙夷的态度。随着英国人对殖民地社会的了解进一步加深，他们逐渐意识到殖民地生活水平和本国的差距在不断扩大，这使得英国人对"低等"文化的批评和蔑视变得更加明显，但同时又对改变其前景持有乐观积极态度。19世纪影响力最大的古典自由主义思想家约翰·斯图亚特·密尔（John Stuart Mill，1806—1873）就表示，英国"是所有国家中最有良知的……是唯一一个能够以良心约束自己的国家"，也是"各国中最理解自由的国家"①。他在《论代议制政府》（*Considerations on Representative Government*，1861）中就提出最有利于英属非洲和亚洲殖民地利益的，就是让这些地区的人民也能够享有英国独特的先进文化所带来的益处："首先是一个更良好的政府：更全面的财产保护；温和的税收，更永久的……土地使用权；其次，民众智慧将得以提高；干扰工业有效发展的恶习或迷信将减少；脑力活动将不断发展，让人们有新的奋斗目标和希望；再次，国外艺术将引入……同时引入的还有海外资本，这使得工业增长不再仅仅依赖于节省下来的或本国居民提供的资金，而是有了新的刺激发展的工具。"②

为了"改造"殖民地，英国采取了以下措施来促使殖民地英国化。

---

① Niall Ferguson. *Empire: The Rise and Demise of the British World Order and the Lessons for Global Power*. New York: Basic Books, 2002, p. 115. 本章中该作品中的引文为笔者翻译。

② 同上。

第一，大力推行英语。在殖民当局看来，使用英语一方面便利行政，另一方面有助于加强英国与殖民地的团结，培养共同体意识。曾经在好望角任职的约翰·巴罗（John Barrow，1764—1848）就表示："假如所有的官方文件都用英语书写，那么这里的下一代就会变成英国人。"① 在亚洲和非洲殖民地，英语最初只在英国官员、商人和传教士之间使用，随着殖民当局大力推广，到 19 世纪 20 年代，英语的使用在大部分殖民地都变得十分普遍，但这也只局限于当地中上层人士，当地下层人民仍然目不识丁，不会英语。此外，英语激发了殖民地的民族主义。在殖民地人民看来，英语是被强迫使用的，正如甘地所言："让数以百万的人民说英语就是要奴役他们。……如果我想去法庭打官司，我必须得借用英语做媒介；我要成为一名律师，就不能说我的母语。必须得有人为我将它翻译成英语。这难道不是一件令人痛苦的事吗？"②

第二，在殖民地推行社会思想改革。著名的辉格党历史学家兼印度行政管理人员托马斯·马考莱（Thomas Macaulay，1800—1859）在《教育概要》（*Minute on Education*，1835）中明确指出："我们的能力有限，不可能教育这么多人民。目前，我们最好培养一个阶层，让他们在我们和我们所统治的百万人民之间担负起桥梁的作用；这个阶层的人虽然有着印度人的外表，流着印度人的血液，但却有着英国人的品位、英国人的洞见、英国人的道德观和智慧。"③ 为了培养符合英国殖民体制的殖民地社会精英，英国在殖民地大力推行文明教化工作。以印度为例，

---

① （英）P. J. 马歇尔：《剑桥插图大英帝国史》，前引书，第 180 页。
② 同上，第 182 页。
③ Niall Ferguson. *Empire: The Rise and Demise of the British World Order and the Lessons for Global Power*. Ibid., p. 158.

一是推广英式教育。在殖民当局看来，教育的意义是能够更好地
向殖民地灌输"帝国统一"的思想。1854 年东印度公司监察委员
会主席查尔斯·伍德（Charles Wood，1800—1885）推出《伍德教
育文件》（Wood's Despatch），其要点是建立从小学到大学衔接的
完整的教育体系；设立正规奖学金制度，鼓励优秀学生进取；各
省设立教育部门，建立督学视察制度；设立补助金制度，由政府
对符合条件的私立学校给予财政支持；按照伦敦大学模式，在三
大管区各设立一所大学；鼓励东方语言的教育，但强调英语教学。
二是移风易俗。在印度社会中，女性的命运十分悲惨，女性在结
婚时要提供高额的嫁妆，生了女儿就等于"败家"，这导致印度女
婴死亡率较高。丈夫去世后，妻子要自焚殉葬。1795 年，殖民当
局颁布了《孟加拉管辖条例》，宣布杀婴是杀害罪。1829 年，殖民
当局又宣布寡妇殉夫非法。这些改革可以说是英国把印度带向近
代文明社会的重要举措。三是鼓励印度民众改信基督教。早在公
元 1 世纪，使徒圣多马将基督教传入印度，但是基督教在印度的
大规模传播和发展离不开东印度公司的支持和鼓励，在 1813 年和
1833 年，东印度公司颁布特权法案，规定基督教可以自由地在印
度传教，鼓励传教士在印度开办学校和医院，向低种姓的民众传
教。到 1911 年，印度基督教教徒已超过 390 万人，其中马德拉斯
（金奈的旧称）就有 120.02 万人，占当地人口的 3％。①

　　第三，推动殖民地基础设施建设。这最典型地体现为在殖民
地积极地修建铁路。殖民地的交通条件落后，使得殖民地原材料
的运输成本较高。有了铁路，英国人可以把殖民地的原材料源源
不断地运往英国，极大地提高了英国工业革命的速度，同时也能
够将廉价的英国商品快速销往殖民地。以印度为例，1853 年，

---

① （英）P. J. 马歇尔：《剑桥插图大英帝国史》，前引书，第 199 页。

从孟买到塔纳长 3.6 公里的铁路建成，成为印度史上第一条正式投入运营的铁路线路，此后，印度铁路里程不断增长，到 1880 年，印度就拥有了一个完整的铁路系统，成为亚洲第一。到 1905 年，铁路里程数达到 33000 英里。①

可以看出，英国在殖民地推行英语、兴办教育、移风易俗、修建铁路等，客观上促进了殖民地社会经济的发展，但其本质只是为了更有效地统治殖民地，实现殖民地英国化。同样地，医学也参与其中，成为英国殖民的重要工具。首先，英国医生在殖民地的长期工作和实践中，积累了许多欧洲以外的重要医学知识，特别是获得了炎热气候下各种"热病"（fever）、害虫与病媒的医学经验。这使得西方医学得以整合环境、气候与流行病学的因素，推动西方医学的"全面转向"（holistic turn）。② 可以说，海外殖民是造就现代西方医学的关键之一。反过来，西方医学的发展降低了殖民军队和移民的死亡率，有效地帮助英国推进了在美洲、非洲和亚洲的殖民，西方医学成为殖民征服的得力"助手"。其次，西方医学也肩负着所谓的"文明开化使命"（civilizing mission）。17 世纪，西方医学通过渐进的方式被引入殖民地，随着西方医学逐渐在殖民地站稳脚跟，西方医学与殖民地本土医学为争夺医学话语权展开了激烈的竞争。在英国人看来，殖民地本土医学充斥着迷信和巫术，而西方医学则代表着先进与文明，因此，要用科学知识和现代生物医学来改变殖民地人民的生活和行为。殖民当局大力推广西方医学，使得殖民地本土医学逐渐被边

---

① （英）欣斯利：《新编剑桥世界近代史：物质进步与世界范围的问题：1870—1898 年》第 11 卷，中国社会科学院世界历史研究所组，译，北京：中国社会科学出版社，1991 年，第 562 页。

② （英）普拉提克·查克拉巴提：《医疗与帝国：从全球史看现代医学的诞生》，李尚仁，译，北京：社会科学文献出版社，2019 年，第 1 页。

缘化，被驱逐出城市，只能在乡间行医，西方医学成为殖民行政与霸权的一部分。值得注意的是，随着英国同化政策的深入推行，西方的自由平等思想也传到殖民地，这促进了殖民地民族主义的兴起，受到英式教育的殖民地社会精英最终反而成为反抗英国殖民统治的领导力量。在这样的环境下，殖民地本土医学也与民族主义相结合，复兴本土医学就是对本土文化的认同，本土医学成为民族认同的重要象征。

第三节　传染性疾病与英国社会防治

人与传染性疾病的斗争，是人类社会自身发展中的一个重要主题。19世纪，天花、霍乱、伤寒、梅毒和结核病疯狂地蹂躏英国及其殖民地，这些疾病致死率高，对社会经济造成了严重破坏。传染病犹如一面"照妖镜"，无情地暴露了英国政治、社会和医学的缺陷，并考验着政府的治理能力及组织应变能力。传染性疾病肆虐使英国人在享受光辉和荣耀的同时，不得不从政府管控、人员隔离和环境治理等多方面加强对传染性疾病的治理和防范。

一、天花

天花（smallpox）是由天花病毒引起的一种传染病，患者痊愈后可获终身免疫。天花病毒繁殖极快，可以通过飞沫吸入或直接接触而传播。临床表现为严重病毒血症（寒战、高热、乏力、头痛、四肢及腰背部酸痛，体温急剧升高时可出现惊厥、昏迷）、皮肤成批依次出现斑疹、丘疹、疱疹、脓疱，最后结痂、脱痂，遗留痘疤。天花来势凶猛，发展迅速，未免疫人群在感染后15～20天的病死率高达30％。

关于天花名称的由来，在英语中，"smallpox"由"small"（小的）和"pox"（痘病）所组成。15 世纪，人们为与梅毒（great pox）进行区别，故使用"smallpox"来指代天花。在我国，天花最初被称为"虏疮""豌豆疮"；宋元时期混同于麻疹、水痘等其他出疹性疾病，称为"疮疹""痘疹"；明代为避免与出疹性疾病混淆，天花的名称是"痘疮""痘症"；清代出现了天花这一俗称。① 清中叶袁旬著《天花精言》六卷，首载"天花"病名。② "天花"一词来自梵语，指开在西方极乐净土的天界仙花。可能受佛教影响，为委婉地表明病症，才称为天花。

天花是最古老的传染病之一，它最初出现在非洲和亚洲的一些地方性热病中，早在古埃及时期就广为传播。死于公元前1145 年的法老拉美西斯五世（Ramesses V，前 1149—前 1145），其木乃伊的面部、颈部和肩部被酷似天花的脓疱皮疹损毁。古代印度的梵文典籍已提到天花，古印度人认为该病是由女痘神所致，便以她的名字希塔拉（Sitala）作为病名。9—10 世纪巴格达医生拉热斯（Rhazes）的《论天花和麻疹》（*The Treatise on Smallpox and Measles*）清楚地区分了天花和麻疹的不同症状和辨别诊断的方法，并指出天花在当时是西亚的一种常见儿童疾病。③ 中国对天花的记载最早出现在晋代葛洪的《肘后方》，根据历史推断，天花最早很可能是在东汉马援奉命南征交趾时从越南传入中国的。④ 在天花的治疗方面，中医进行了大量的研究。

① 黄颖：《天花病名演变探析》，载《浙江中医药大学学报》2016 年第 6 期，第 456页。

② 张箭：《天花的起源、传布、危害与防治》，载《科学技术与辩证法》2002 年第 4期，第 56 页。

③ （美）肯尼思·F. 基普尔：《剑桥世界人类疾病史》，张大庆，主译，上海：上海科技教育出版社，2007 年，第 903 页。

④ 马伯英：《中国医学文化史》，上海：上海人民出版社，2010 年，第 462 页。

其中，清代张琰的《种痘新书》列有治痘用药 249 种，基本用方
200 余方，并就病程各阶段提出了不同的诊治原则，同时，他还
罗列了 30 种险症、17 种杂症和 11 种逆症，并列出一系列方药
供使用。[①] 在天花防治方面，中医发明了人痘接种（Variolation），
即利用天花患者的痘痂研粉制成痘苗，吹入健康幼童鼻中，使其
感染，接种后的幼童症状比较轻微，反应过后可产生对天花的免
疫力。

　　随着人类的迁移、战争和商贸活动，天花也传入英国。长期
以来英国人被天花的阴影笼罩，历史学家马考莱就称天花为"死
神的忠实帮凶"，"鼠疫或者其他疫病的死亡率固然很高，但是它
的发生却是有限的。在人们的记忆中，它们在我们这里只不过发
生了一两次。然而天花却接连不断地出现在我们中间，长期的恐
怖使无病的人们苦恼不堪，即使有某些病人幸免于死，但在他们
的脸上却永远留下了丑陋的痘痕。病愈的人们不仅是落得满脸痘
痕，还有很多人甚至失去听觉，双目失明，或者染上了结核
病"。[②]

　　18 世纪前，英国的天花治疗方案十分落后，医生往往用一
枚金制针头挑破水疱，或使用马粪或绵羊粪盖在天花疱疹上加以
治疗。[③] 这种做法造成天花患者的死亡率较高，仅英格兰就有
30％的儿童在 3 岁前死于天花。面对天花的威胁，英国社会积极
寻求防治良方。他们逐渐注意到人痘接种在预防天花上有着重要
的作用。18 世纪，英国驻土耳其公使的妻子玛丽·沃特雷·蒙

---

① 马伯英：《中国医学文化史》，前引书，第 468－473 页。

② 王鹏：《〈世界科技全景百卷书〉科技大发现系列（37）：医学大发现》，北京：中
国建材工业出版社，1998 年，第 2 页。

③ （美）洛伊斯·Z. 玛格纳：《医学史》，第 2 版，刘学礼，译，上海：上海人民出
版社，2009 年，第 315 页。

塔古夫人（Mary Wortely Montagu，1689—1762）最早在英国推广和传播人痘接种。她在伊斯坦布尔接触到人痘接种，并在给友人的信件中描述当地人在秋高气爽的日子里希望"染上天花"的情景，他们将天花病人身体的结痂嵌入接种者某个适宜部分的划痕中。受此影响，1718 年，蒙塔古夫人为其年仅 5 岁的儿子爱德华·蒙塔古（Edward Montagu，1713—1776）进行人痘接种。返回英国后，为了推广人痘接种，1721 年，她又为其 4 岁的女儿进行接种。值得注意的是，当时的教士和医生强烈反对蒙塔古夫人的做法。教士认为人痘接种是由魔鬼创造的，疾病是上帝降至人间的"快乐约束"，是用来考验人的忠诚、惩罚人的罪孽。虽然上帝有时会予人以治愈疾病的能力，但处置疾病的能力仍属于上帝。而医生认为消灭天花会使他们丧失财源。[①]

英国王室在人痘接种的早期推广中扮演着重要角色。天花的肆虐连王室的子嗣都不能幸免，扰乱了英国王位继承并影响了英国的政治。基于王室后裔的生命安全和蒙塔古夫人的成功案例，英国王室积极赞助人痘接种试验。1721 年 8 月和 1722 年 2 月，医师查理·梅特兰（Charles Maitland，1688—1748）在王室的资助下分别对 6 名死刑犯和 6 名孤儿进行接种，并对人痘接种感兴趣的民众开放探视。两场试验十分成功，使得王室和贵族纷纷实施人痘接种。

早期人痘接种成本较高，且受众率较低，多集中在社会上层。18 世纪 40 年代之后，随着人痘接种技术的改良和宣传，人痘接种开始在英国农村和中小城市普及起来。据医师詹姆斯·朱林（James Jurin，1684—1750）的统计，人痘接种的死亡率平均

---

① （美）洛伊斯·Z. 玛格纳：《医学史》，前引书，2009 年，第 316 页。

为 1/48 到 1/60，而未进行人痘接种而感染天花的死亡率为 1/6。[1] 人痘接种效果显著，大大降低了天花的死亡率，但该技术的副作用也很明显。由于被接种的天花病毒并不稳定，接种死亡率较高；受种者在产生抗天花病毒的抗体的过程中，很可能成为传染源，这对整个社区也是潜在的风险。

18 世纪末，英国乡村医生爱德华·琴纳（Edward Jenner，1749—1823）意外发现患过牛痘的挤牛奶妇女从来不会感染天花，琴纳经过多次试验，于 1798 年发表了《牛痘产生原因及作用的调查》（"An Inquiry into the Causes and Effects of the Variolae Vaccinae"），得出牛痘的副作用小、比人痘接种的安全性高、受种者无传染性等优点的结论。在琴纳的宣传和推广下，牛痘接种（Vaccination）很快取代人痘接种[2]，为消灭天花奠定了重要基础，琴纳因此被誉为"免疫学之父"。

牛痘接种让人们看到了消灭天花的希望，为此英国政府积极开展宣传推广工作，以实现全面接种的目标。自琴纳在 1798 年发表关于牛痘接种的观点后，英国政府大力资助琴纳的研究，到 1807 年，他从议会得到超过30 000英镑的资助。[3] 在皇家医学院（Royal College of Physicians）和私人接种机构的游说下，议会于 1808 年通过以每年 3000 英镑的费用开支成立专门的国家牛痘接种机构，并在伦敦设立免费牛痘接种站的决议。起初，市民自

---

① （美）洛伊斯·Z. 玛格纳：《医学史》，前引书，2009 年，第 316 页。

② 最初，"Vaccination"特指牛痘接种。1881 年，生物学家路易·巴斯德（Louis Pasteur，1822—1895）提出，为纪念琴纳，与"Vaccination"相关的一系列词语将被用来形容今后所有的接种预防，从这时开始"Vaccination"才普遍意义上指代疫苗。

③ R. J. Lambert. "A Victorian National Health Service：State Vaccination 1855-71"，*The Historical Journal*，1962，Vol. 5（1），p. 2.

愿接种的效果并不理想，这反而造成天花在 1837—1840 年流行。[①] 1838 年，地方医学与外科联合会（Provincial Medical and Surgical Association）在详细调查的基础上，督促政府要强制接种，并为穷人提供公共免费接种。1840 年，议会通过《牛痘接种法》（The Vaccination Act），将人痘接种定为非法，政府为穷人提供免费的牛痘接种，并授权济贫法委员会（Poor Law Unions）负责监督。[②] 为提高牛痘接种率，1853 年议会通过新的《牛痘接种法》，规定所有婴儿在出生后三个月内都要接种，否则对其父母进行处罚。接种员向父母发放由医生签字的牛痘接种证，济贫法委员会负责发放接种员的薪资。[③] 由于济贫法委员会负担过重，缺乏专业的医疗常识和人员，在实施过程中存在诸多问题。1855 年，政府将接种管理和监督权从济贫法委员会转交至中央卫生委员会（General Board of Health），中央卫生委员会下设医学管理员负责指导和协调。第一位医学管理员由伦敦市的医务官约翰·西蒙（John Simon，1816—1904）担任。

西蒙是强制接种的代表人物，他是 1850 年成立的流行病学协会（the Epidemiological Society）的创建者，而该协会正是 1853 年《牛痘接种法》的推动者。西蒙在担任医学管理员后，不断向政府建议进一步完善强制牛痘接种制度。[④] 1858 年，议会通过《公共卫生法》（Public Health Act 1858），规定中央卫生委员会的权力转至枢密院（Privy Council），枢密院设立医疗部，

① R. J. Lambert. "A Victorian National Health Service: State Vaccination 1855-71". Ibid., p. 2.

② Robert M Wolfe, Lisa K Sharp. "Anti-vaccinationists Past and Present", *British Medical Journal Publishing Group*, 2002, Vol. 325 (7361), p. 430.

③ 同上。

④ R. J. Lambert. "A Victorian National Health Service: State Vaccination 1855-71". Ibid., p. 4.

由西蒙担任主管并全权负责。枢密院负责颁布相关条例，培训接种员，监督有关条例的遵守情况，以此确保有效地进行牛痘接种。① 在西蒙的努力下，1867 年英国议会又颁布新的《牛痘接种法》。法律规定牛痘接种年龄从出生后三个月扩大到 14 岁以下，儿童的监护人必须履行接种义务，否则会被罚款或监禁。②

值得注意的是，强制牛痘接种制度也遭到了广泛抗议。在反对者看来，《牛痘接种法》的实施是政府以公共卫生的名义将政府权力扩展到公民自由领域，这是对个人自由和选择的侵犯。1853 年，当《牛痘接种法》通过后，在伊普斯威奇（Ipswich）、亨利（Henley）、米特福德（Mitford）等其他城镇就因抵制该法案而发生骚乱。③ 1867 年，针对《牛痘接种法》的通过，反强制牛痘接种联盟（Anti-Vaccination League）也随之成立。他们在《全国反强制牛痘接种报告》（*The National Anti-Compulsory Vaccination Reporter*，1878）中表示："第一，保护公民的所有权利是议会的义不容辞的责任；第二，接种法践踏了父母保护其子女免受疾病侵害的权利，议会并没有履行其职能；第三，由于议会没有保护公民的自由，而是以健康为由干涉公民的自由，并通过罚款或监禁方式强加于尽责的父母，议会理应受到公众谴责。"④ 1885 年，反强制牛痘接种的游行示威活动在莱斯特（Leicester）举行，该活动吸引了多达 10 万人参加。⑤ 面对市民

---

① 王广坤：《十九世纪英国强制接种天花疫苗引发的争端》，载《历史研究》2013年第 5 期，第 156 页。

② 同上。

③ Robert M. Wolfe, Lisa K Sharp. "Anti-vaccinationists Past and Present". Ibid., p. 430. 本章中该作品中的引文为笔者翻译。

④ 同上，第 431 页。

⑤ Robert M. Wolfe, Lisa K Sharp. "Anti-vaccinationists Past and Present". Ibid., p. 431.

的抗议，1898 年，议会修改了《牛痘接种法》，取消对监护人的处罚，并添加"真诚反对"（conscience clause）条款，允许那些不相信牛痘接种有效或安全的父母在由地方法官审核通过后获得豁免证书。1907 年，议会再次修改《牛痘接种法》，废除由法官审核"真诚反对"的程序。① 此后，随着天花威胁逐渐减小，到 1948 年，英国议会最终废除了强制牛痘接种制度。

从英国强制牛痘接种的历史我们可以看出防疫之下的公共健康与个人权利的矛盾。约翰·斯图亚特·密尔指出："对于文明群体中的任一成员，所以能够施用一种权力以反其意志而不失为正当，唯一的目的只是要防止对他人的危害。"② 对英国政府而言，公共健康是社会公共产品，是以社会整体为对象，其目标是公众的健康，强调的是社会群体。出于公共健康的考虑，难免需要对个人自由进行限制。而强制牛痘接种制度确实有助于防止天花疫情扩散、降低天花的死亡率、保障公民的健康安全。但从公民的角度来看，政府过于遵从医学权威，侵犯了公民的身体权利。同时也剥夺了父母对子女的保护权利。这与英国所倡导的自由主义相违背，侵犯了公民的个人自由和权益。在面对反对舆论声浪时，议会采取循序渐进的改革方式，利用"真诚反对"条款，协调防疫与保障公民自由之间的矛盾，这遵循了公共卫生工作伦理的"相称性原则"，即在防控疫情中既要保障公共利益最大化，又要把个人权益的损害降到最低限度。这种做法有助于英国社会平稳前进，避免了严重的社会撕裂。

强制牛痘接种制度也在印度上演。在印度有记载的历史中，

---

① 王广坤：《十九世纪英国强制接种天花疫苗引发的争端》，前引文，第 160－161 页。

② （英）约翰·密尔：《论自由》，许宝骙，译，北京：商务印书馆，2007 年，第 10 页。

天花是最古老、最致命的疾病之一。19世纪，印度次大陆的天花死亡率在20％～50％之间，标准医学文献则表明，天花的死亡率约为25％～30％。① 在印度，天花充满浓郁的宗教色彩，被认为是天花女神希塔拉所致，人们需要通过特定宗教仪式来安抚她。针对天花的预防，印度普遍采用人痘接种。约翰·泽法尼亚·霍尔韦尔（John Zephaniah Holwell，1711—1798）记载，负责人痘接种是由婆罗门种姓所组成的团体负责，他们的职业是世袭的，依附于特定的村庄，拥有固定客户。受种者在接种天花前一个月，被要求禁食鱼、牛奶、酥油等食物。婆罗门将带有天花脓液的锋利铁针刺入受种者的上臂皮肤，受种者需冷水沐浴，直到发烧为止。受种者需被隔离在单独的房间，避免不洁之人靠近。父母和家仆需每天向天花女神祷告以求受种者平稳度过危险期。②

　　随着英国对印度殖民的不断深入，印度天花对英军的威胁越来越大。由于牛痘接种尚未传入印度，东印度公司的军队采用人痘接种。1787年12月，马德拉斯政府发布总命令，要求所有感染过天花的士兵必须进行人痘接种。由于英国在印度的统治迅速扩张，英国意识到天花的高死亡率会给殖民地的经济和政治安全带来风险，1800年9月，马德拉斯政府扩大人痘接种范围，接种对象扩展至印度平民百姓。1802年，牛痘接种首次出现在印度。由于牛痘接种比人痘接种的安全性高，不具传染性，能够有效地降低天花死亡率，确保殖民地的公共安全，而且印度人对牛十分崇敬，因此推广牛痘接种是顺理成章的。正如马德拉斯总督

---

① Jayant Ban，Tim Dyson. "Smallpox in Nineteenth-Century India"，*Population and Development Review*，1999，Vol. 25（4），pp. 651-652.

② Niels Brimnes. "Variolation，Vaccination and Popular Resistance in Early Colonial South India"，*Medical History*，2004，Vol. 48（2），p. 207.

威廉·本廷克（William Bentinck，1774—1839）在 1805 年批准用于牛痘接种的开支时表示，印度整个国家收入中有很大一部分来自土地耕种，每挽救一条生命，就会带来额外的收入，对人口的增加和东印度公司的繁荣的作用是无法估量的。[1] 值得注意的是，牛痘主要存在于英国，在印度并没有牛痘的存在，为解决牛痘保存问题，英国在印度采用臂对臂（arm to arm）的接种方式，由于接种牛痘的手臂会有红肿伤口甚至有点化脓，因此将受种者伤口体液接种到下个人身上，这样就解决了牛痘保存的问题。

在推广牛痘接种的过程中，殖民地政府普遍采用"孟买牛痘接种制度"。该制度是 1827 年由孟买总督蒙斯图尔特·埃尔芬斯通（Mountstuart Elphinstone，1779—1859）提出的，他计划直接向农村人口实施牛痘接种。孟买总督区被划分为四个牛痘接种区，每个接种区都有自己的流动接种员，由印度人担任。由来自欧洲的接种监督员负责检查他们的工作。接种员每年至少要访问一次所在区域的每个村庄，尽可能为更多的儿童提供免费的牛痘接种。西德尼·普莱斯·詹姆斯（Sydney Price James，1870—1946）表示，"孟买牛痘接种制度"有两大优点：第一，它直接把牛痘接种带到了太懒、太穷或太无知的人的面前；第二，它确保了欧洲医疗官员能对每个接种案例进行检查。[2]随后，孟买模式在印度全国推广普及。

然而在 18 世纪 60 年代之前，牛痘接种仍然是零星的，接种员被禁止进行强迫接种，接种全凭自愿。印度的文化传统也对牛

---

[1]　David Arnold. *Colonizing the Body: State Medicine and Epidemic Disease in Nineteenth-Century India*. Berkeley：University of California Press，1993，p. 136.

[2]　S. P. James. *Smallpox and Vaccination in British India*. Calcutta：Thacker，Spink & Co，1909，p. 21.

痘接种产生抵制。在印度民间，天花不仅仅是疾病，也是天花女神希塔拉愤怒的象征。在过去人痘接种时，人们需要举行宗教仪式来安抚她。但在殖民当局看来，天花纯粹是一种疾病，这就使得天花丧失了宗教意义，进行牛痘接种时也就无须举行宗教仪式，而印度民众认为这是对印度宗教的亵渎。同时，臂对臂的接种方式触犯了印度的种姓禁忌。由于接种免费，当时接受英国式接种的群体主要是低种姓和不可接触者，高种姓往往会采用传统的印度式接种，低种姓儿童通常是接种对象的唯一来源。高种姓反对臂对臂接种，认为这会玷污他们。上述一系列状况反而使得天花在印度大规模流行。例如，在印度推广牛痘接种半个世纪之后，1849年加尔各答反而暴发了天花疫情。据统计，1849年1月至1850年5月加尔各答天花死亡人数6100人，而当时加尔各答的当地人口为387397人，死亡率高达1.57％。[①]

　　天花疫情不见好转，使得殖民政府将问题归罪于印度的文化传统。正如在19世纪40年代担任接种监督员的邓肯·斯图尔特（Duncan Stewart）曾表示，印度教充斥着诸多迷信和无知。他谴责印度教禁锢信徒的思想，蒙蔽理性，只要是与古代习俗有一点点偏差，他们都无法接受。[②] 这样的观念很自然地让殖民当局将牛痘接种的失利归咎到印度传统的人痘接种。人痘接种不仅死亡率高，易传染天花，而且充斥着宗教迷信。因此，要求取缔人痘接种的呼声在殖民当局内部越来越高。他们认为政府的职责就是要拯救数百万无知、粗心的老百姓，使他们免于自我毁灭，这是上帝赋予他们的职责。

---

① 申向洋：《从自愿到强制：19世纪英属印度的天花疫苗接种》，硕士学位论文，成都：四川大学，2021年，第62页。

② David Arnold. *Colonizing the Body: State Medicine and Epidemic Disease in Nineteenth-Century India*. Ibid., p. 137.

事实上，早在 1804 年，加尔各答就正式颁布法令禁止人痘接种，但这一法令从未得到执行。部分殖民地官员对使用强制手段表示质疑。总督执行委员会（Viceroy's Executive Council）的约翰·斯特雷奇爵士（Sir John Strachey，1823—1907）认为，将牛痘接种强加给印度人是非常不明智的，结果会使牛痘接种极度不受欢迎，使所期望的目标落空，只有耐心和时间以及最严谨的态度证明牛痘接种是有效可靠的，才能克服偏见。① 1853 年和 1867 年英国本土的《牛痘接种法》将人痘接种视为非法，并强制实施牛痘接种，这为印度强制推行牛痘接种提供了模板。1865 年，孟加拉政府规定加尔各答及其郊区禁止人痘接种，违者将被处以 3 个月的监禁或 200 卢比的罚款。1890 年，该法令被扩展到孟加拉政府所管辖的绝大部分地区。② 1877 年，孟买政府通过了《孟买牛痘接种法》（Bombay Vaccination Act），要求所有孟买市内出生的婴儿和来自城外的 14 岁以下的尚未进行牛痘接种的儿童必须在 6 个月内进行牛痘接种。不遵守者将被处以 6 个月监禁、1000 卢比罚款。同时法案禁止人痘接种，禁止任何人在进行人痘接种后 40 天内进入孟买，否则将被处以 3 个月监禁、200 卢比罚款。③ 1880 年，在吸收孟加拉和孟买法令经验的基础上，印度总督颁布《牛痘接种法》（Vaccination Act），规定禁止实施人痘接种和强制实施牛痘接种。任何尚未接种的儿童的父母或监护人必须将儿童带到牛痘接种员处接种，接种时需向其父母或监护人交送备忘录，写明接种的日期。④ 1892 年，印度总督颁布《强

---

① David Arnold. *Colonizing the Body: State Medicine and Epidemic Disease in Nineteenth-Century India*. Ibid., p. 151.
② 同上，第 151—152 页。
③ 同上，第 152 页。
④ S. P. James. *Smallpox and Vaccination in British India*. Ibid., pp. 31-33.

制牛痘接种法》（The Compulsory Vaccination Act），以提高牛痘接种的覆盖率。值得注意的是，与英国本土相比，强制牛痘接种很大程度上还停留在文件上。到 1906 年，强制牛痘接种只在441 个城镇和营地进行，仅占印度总人口的 7%。即便在 1950年，全印度 842 个城镇中，强制接种的也不超过 732 个；40.8万个村庄中，只有一半进行接种。① 但对殖民政府而言，强制牛痘接种确实能够降低天花的死亡率。以孟买为例，1868 年至1877 年的天花平均死亡率为 1.685‰，法案出台后，1878 年至1892 年的天花平均死亡率为 0.387‰。②

综合来看，印度版的强制牛痘接种制度本质上是服务于英国殖民统治的。英国人将殖民统治延伸至身体领域，试图通过强制接种实现对印度人身体的规训。身体成为英国在印度殖民统治权威、正当性与控制的隐喻。在"殖民身体"（colonization of the body）的整个过程中，英国人以文明人自居，充满对印度本土文化的歧视，将牛痘接种失败归因于印度的人痘接种和宗教文化。他们极力诋毁印度本土文化，蛮横地推行牛痘接种，这必然在印度社会引发各种负面反应，反而使得牛痘接种并不顺利，同时也加深了宗主国与殖民地人民间的文化隔阂，造成了印度人民对英国的不满和抵抗。

二、霍乱

霍乱（cholera）是由霍乱弧菌引起的急性肠道传染病，病发高峰期在夏季，死亡率极高，临床表现为剧烈吐泻、严重脱水、肌肉痉挛、急性肾衰竭等。霍乱弧菌存在于水中，最常见的感染

---

① David Arnold. *Colonizing the Body: State Medicine and Epidemic Disease in Nineteenth-Century India*. Ibid., p. 155.
② 申向洋：《从自愿到强制：19 世纪英属印度的天花疫苗接种》，前引文，第 77 页。

原因是饮用含有霍乱弧菌的污水。因此，饮用水是霍乱传播的最主要媒介。

霍乱的滋生地位于印度恒河及布拉马普特拉河下游三角洲地区。这里水网密布，雨季集中在夏季，并经常发生水灾，导致作为居民主要生活用水来源的水池和水井受到污染。同时，受印度宗教传统影响，恒河是印度教徒心目中最神圣的朝圣场所，饮用恒河水和在恒河中沐浴是印度教最重要的仪式，能够清除罪恶、净化心灵。但恒河污染十分严重，生活污水直接排放到恒河中，河面上漂满各种生活垃圾，这为霍乱弧菌的繁殖和传播创造了适宜的条件。值得注意的是，这些因素并未导致霍乱在印度的大规模暴发和流行。当时的朝圣者主要是步行，这限制了霍乱的传播范围和速度。但随着英国对印度殖民侵略的加深和贸易往来的频繁，霍乱超越以往的地域界线，开始四处传播。

19 世纪，霍乱在全球范围出现了六次大流行。第一次霍乱大流行（1817—1824）最早发生在印度的孟加拉地区，它从印度传播至东南亚、中东、东非、中国和日本。其中，英国的军队调动被认为是导致第一次霍乱大流行的主要原因。由于全球贸易的发展及英国士兵的频繁迁徙，第二次霍乱大流行（1826—1837）在印度发生，蔓延至北美和欧洲。第三次霍乱大流行从 1846 年持续至 1875 年，并首次出现在巴西。第四次霍乱大流行（1863—1875）从印度传播至那不勒斯和西班牙。第五次霍乱大流行（1881—1896）从印度蔓延至欧洲、亚洲和南美洲。在这个过程中，英国殖民者、军队和商人成为霍乱全球传播的罪魁祸首，这使得霍乱不再是印度恒河三角洲地区的地方病，而成为全球的流行性疾病。第六次霍乱大流行（1899—1923）发端于印度，并在当地造成超过 80 万人死亡，随后传播至中东、北非以及欧洲。

关于"霍乱"名称的来源，在英语中，"cholera"起源于希腊语"χολέρα"，它最早出现在《希波克拉底文集》（*Corpus Hippocraticum*）中，指散发性腹泻。1669 年，托马斯·西德纳姆（Thomas Sydenham，1624—1689）用该词形容伦敦的一场流行病，此后被用来描述地方性腹泻和散发性腹泻。[①] 1831 年后，"cholera"逐渐被用来特指霍乱这种新型传染病。在中文中，"霍乱"一词在中医典籍中存在已久。以嘉庆二十五年（1820 年）为界，"霍乱"代表的语意完全不同：在此之前多指由饮食不节所引起的、以上吐下泻为表现的急性肠胃炎等病，常发生于夏秋，可呈现流行性现象，但实际并无传染性；在此之后则指由霍乱弧菌所引起的传染性疾病。[②] 此外，在中医典籍中，霍乱又被称为霍乱转筋、吊脚痧、瓜瓤瘟、番痧、瘟毒痢、瘪螺痧、虎列拉等。[③]

1831—1866 年，霍乱先后四次袭击英国，具体时间分别为 1831—1832 年，1848—1849 年，1853—1854 年，1866 年。

1831 年，随着第二次霍乱大流行蔓延至欧洲，英国本土也遭到了霍乱的袭击。由于英国与欧洲各国贸易往来频繁，当时的官员反对隔离来自欧洲的船只，这使得英格兰东北部港口城市桑德兰（Sunderland）首先遭到霍乱侵袭。1831 年 10 月 23 日，第一例病人确诊，他是从德国汉堡返回的英国船员威廉·斯普洛特（William Sproat，1771—1831），但直到 11 月英国官方才承认霍乱已蔓延至桑德兰。很快，霍乱从桑德兰蔓延开来，向北进入苏格兰，向南传入伦敦。据统计，1831—1832 年，约 31400 人死

---

① （美）肯尼思·F. 基普尔：《剑桥世界人类疾病史》，前引书，第 567 页。
② 单丽：《清代古典霍乱流行研究》，博士学位论文，上海：复旦大学，2011 年，第 17 页。
③ 同上，第 30 页。

于霍乱。其中，英格兰和威尔士死亡数为 21800 人，苏格兰为 9600 人。[1] 第一次面对霍乱时，英国民众十分恐慌，正如比尔斯顿（Bilston）的教区牧师威廉·雷（The Reverend William Leigh，1778—1858）所记载："比尔斯顿现在的情况是多么令人惊恐。瘟疫横扫一切，无论年龄、性别还是地位，都无法逃脱……要描述人们的惊恐是不可能的。工厂和车间都关闭了；生意完全停滞；人们看到妇女们心烦意乱地从四面八方跑来，为即将死去的丈夫求医，丈夫为妻子求医，孩子为父母求医；灵车将逝者送往坟墓，白天黑夜都没有间断过；那些有能力的居民离开了家，前往一些更纯净的地方寻求安全；那些留下来的人，除了疾病和死亡，没有任何指望。"[2]

1848—1849 年英国出现了第二次霍乱疫情。霍乱似乎是从德国汉堡传入，并于 1848 年 10 月在爱丁堡出现。随后，霍乱一路南下，死亡人数也急剧上升。其中，伦敦死亡数为 14601 人，利物浦为 5308 人，利兹为 1439 人，梅瑟·蒂德菲尔（Merthyr Tydfil）为 1682 人，曼彻斯特为 878 人。[3] 据统计，英国至少有 62000 人死于霍乱，死亡人数是第一次疫情的 2 倍。[4]

1853—1854 年第三次霍乱暴发。这次疫情于 1853 年 8 月 30 日在纽卡斯尔（Newcastle）出现。到 1854 年，英格兰和威尔士

[1] E. Ashworth Underwood. "The History of Cholera in Great Britain", *Journal of the Royal of Medicine*, 1948, Vol. 41 (1), p. 168.

[2] William Leigh. *An Authentic Narrative of the Melancholy Occurrences at Bilston, in the County of Stafford: During the Awful Visitation in That Town by Cholera, in the Months of August and September*, 1932. Wolverhampton: William Parke, 1833, pp. 41-42. 本章中该作品中的引文为笔者翻译。

[3] E. Ashworth Underwood. "The History of Cholera in Great Britain". Ibid., pp. 168-169.

[4] Joan Lane. *A Social History of Medicine: Health, Healing and Disease in England*, 1750-1950. London: Routledge, 2001, p. 148.

的死亡人数共为 20097 人。其中，伦敦是重灾区，共有 10738 人死于霍乱，利物浦为 1084 人，杜莱（Dudley）为 256 人，西汉姆（West Ham）为 124 人。[①]

1866 年第四次霍乱暴发。这次霍乱与前三次相比，从持续时间和死亡人数上看，程度相对较轻。英格兰和威尔士的死亡人数共为 14378 人，苏格兰为 1170 人。其中，伦敦的死亡人数最多，为 5596 人。其他受影响相对严重的城镇有斯旺西（Swansea）、梅瑟蒂德菲尔、切斯特（Chester）和朴茨茅斯（Portsmouth）。[②]

总体来看，这四次霍乱疫情在英国的蔓延具有以下四个特点。第一，霍乱的传播速度快，死亡率高，造成英国民众的极度恐慌。由于霍乱会造成患者会上吐下泻，甚至皮肤都会变成蓝灰色，因此霍乱也被称为"蓝色病"（blue death）。第二，霍乱的传播和暴发呈现季节性变化，夏季是疫情暴发的高发期，其他季节则相对缓和。第三，霍乱虽波及英国全境，但各地受影响程度不一，人口稠密、卫生状况差的区域死亡率较高，人口稀少的区域死亡率低。第四，疫情受灾程度呈现阶级分化。无产阶级的死亡率高，中上资产阶级则相对较低。

为何霍乱会如此在英国肆虐？这与英国的"城市病"存在直接关系。英国的圈地运动和工业革命促使大量农村人口迁入城市，使得城市人口呈现爆炸性增长。其直接结果是城市住房紧张，城市无产阶级被迫居住在贫民窟中。贫民窟的卫生状况很差，房屋所在的大部分街区都建在排水不畅的土地上。另外，当时英国的污水排放系统也极不完善。在处理粪便时，往往就在院

---

①　E. Ashworth Underwood. "The History of Cholera in Great Britain". Ibid., p. 169.

②　同上，第 170 页。

中掘坑堆积，这类似于今天的化粪池。露天排水沟本是排放雨水的渠道，却变成了污物聚集地，堆满了各种垃圾。同时，垃圾、生活污水和工业废水不经处理直接排入河流，而当时的河流恰恰是沿河居住的穷人的饮水源。如此高密度的城市人口和脏乱的卫生环境，不可避免地成为霍乱暴发的温床。此外，英国社会奉行自由主义，在对外贸易上强调自由贸易。英国商人反对政府对来往商船进行强制干预，英国政府最终被迫改变严格检疫政策，这大大提高了英国遭受霍乱侵袭的风险。在政治上，中央政府历来对地方公共事务过问不多，在第二次疫情暴发时，中央政府曾设立中央卫生委员会，以此来加强对地方霍乱防控的干预和指导。但这立马引发地方政府的不满，他们反对中央政府借此扩大权力，认为这与自由放任的理念相悖，因此中央和地方的权力冲突也阻碍了霍乱的防控。

针对霍乱的病因，英国医学界展开了激烈的讨论。正如1853 年《柳叶刀》（*The Lancet*）的一篇社论所反映的整个英国社会的迷思："霍乱是什么这个问题仍悬而未决，所有一切均处于黑暗和迷惑之中。它是一种菌类，一种昆虫，一种瘴气，一种带电的干扰，臭氧缺乏，来自肠壁的一种病态的废物？我们一无所知。我们处于推测漩涡的迷茫状态。"[①] 在对霍乱的讨论中，医学界大致可分为两派，即瘴气派和水源派。瘴气派强调霍乱是由瘴气（即污浊的空气）所致。瘴气是由腐烂的有机物所生成的有害人体健康的气体，主要出现在脏乱拥挤的环境中。它会"被吸入人的血液，在心脏、大脑和神经中运行，或者直接毒害这些器官，引起更严重的腐烂，出现中毒的症状，或者在某种程度上

---

① 毛利霞：《从隔离病人到治理环境：19 世纪英国霍乱防治研究》，北京：中国人民大学出版社，2018 年，第 56 页。

影响神经，最终破坏人体内器官，从而引起呕吐、腹泻和其他症状"①。瘴气说的代表人物是有着"现代公共卫生之父"之称的埃德温·查德威克（Edwin Chadwick，1800—1890）。1846 年，他在英国议会发表了著名的观点，即所有的气体都是疾病源，他以瘴气说为指导，采取了一系列环境清洁的措施，如及时清理街道垃圾和污水、建造通风良好的住宅和有效的污水处理系统。②

水源派认为霍乱由被污染的水传播所致。医生约翰·斯诺（John Snow，1813—1858）是该派的领军人物。他在 1855 年发表《论霍乱的传播方式》（*On the Mode of Communication of Cholera*），揭示了饮用水与霍乱之间的关联。他发现霍乱弧菌在进入人的消化道后，在胃和肠道中自我繁殖，这导致霍乱患者的粪便中含有大量霍乱弧菌。而这些粪便不经过处理，很容易污染公共水源。因此，当人们饮用被粪便污染的水后，霍乱就轻而易举地实现了传播。他创造性地使用空间统计学方法查找传染源，绘制霍乱地图，证明当时伦敦霍乱的流行来源于布劳德大街（Broad Street）的水泵。在他的呼吁下，政府及时关闭了不洁水源，有效制止了霍乱的流行。针对霍乱的预防措施，斯诺尤其强调改善个人卫生，如勤洗手、清洗脏衣服和将水烧开饮用等。斯诺的研究为霍乱防治提供了重要的理论基础，这为英国大力治理水污染埋下了伏笔。

随着水源派观点的正确性不断被证明，英国政府也开始加强城市供水和排水基础设施建设。在排水设施方面，一是针对污水

---

① 毛利霞：《从隔离病人到治理环境：19 世纪英国霍乱防治研究》，前引书，第 65 页。

② Stephanie J. Snow. "Commentary：Sutherland，Snow and Water：The Transmission of Cholera in the Nineteenth Century"，*International Journal of Epidemiology*，2002，Vol. 31（5），p. 909.

坑，要求必须用坚固的石头和混凝土建造，而且要频繁清洁，每年要有 2~3 次彻底清洁。二是兴建大型下水道工程。以伦敦为例，1859 年伦敦开始建设现代下水道工程，到 1875 年完工。该工程十分浩大："总计有 82 英里长的主要截流下水道，4 座巨型抽水站，还有河两边的出水口、两个巨型蓄水池；此外，还有维护、修理、重建从原下水道委员会移交过来的 165 英里的下水道，这些工程能够日处理 4 亿加仑的污水。"[1] 三是整治河流污染。由于当时大量未经过处理的污水直接排入泰晤士河，导致 1858 年夏天伦敦市区散发出一股恶臭，该事件史称为"大恶臭"（Great Stink）。针对污水排放问题，1875 年，英国议会通过《公共卫生法》（Public Health Act），禁止任何致水恶臭的污物排入河流，一旦发现将罚款 200 英镑。若仍不整改，则每天追加罚款 20 英镑。1876 年，英国议会又通过《河流污染防治法》（Rivers Pollution Prevention Act），禁止任何人随意排放污水进入河流。但针对工业和采矿中所产生的污染，该法案存在保留条款，此类污染的整顿需要照顾到当地的工业利益以及地方诉求。[2]

在供水设施方面，过去英国人的饮用水主要来自河水、井水、蓄水池以及自来水公司提供的管道水。当时自来水公司属于私人企业，能购买自来水者多为中上层阶级。1852 年议会通过《大都市水法》（Metropolis Water Act），该法案的目的是确保自来水公司向大都市供应纯净、健康的自来水。任何自来水公司从

---

① 陆伟芳、余志乔：《19 世纪霍乱疫情与伦敦水基础设置的现代化》，载《求是学刊》2021 年第 4 期，第 165 页。
② Gilbert Thomson. "River Pollution. With Special Reference to Present and Prospective Legislation", *The Journal of the Royal Society for the Promotion of Health*, 1925, Vol. 46（8），p. 355.

泰晤士河的潮汐河道中取水都是非法的，取水点必须迁移至泰晤士河的上游，加强对水的过滤，并且必须连续不断地进行供水，同时加强自来水管道的铺设。[1] 在随后的五十年里，英国又在1871年、1897年、1899年和1902年对《大都市水法》进行完善。1903年，伦敦市政府还成立大都市水务局，目的是将九家私营自来水公司整合在一个公共机构下，对伦敦水务进行管理。

除此之外，英国中央政府也开始加强对地方公共卫生事务的干预和指导。1848年，议会通过《公共卫生法》（Public Health Act），并据此设立中央卫生委员会，为期5年，负责对流行病和疾病预防等公共卫生事务提供咨询，它还被授权建立和管理地方卫生委员会。随着霍乱疫情日益严峻，中央卫生委员会逐渐负责起城市街道上的垃圾清理，处理城市的排水和供水及其他卫生行动。同时，地方官员被要求每季度向中央卫生委员会报告该地有关的疾病和死亡信息。1858年，议会通过了新的《公共卫生法》（Public Health Act），法案规定中央卫生委员会的权力转至枢密院，枢密院设立医疗部，负责全国公共卫生事务。地方卫生机构承担地方卫生委员会的责任，这在一定程度上赋予了地方政府更大的卫生权力，但是地方卫生机构仍然要接受枢密院的统辖。在后来的历次立法和改制中，中央政府对地方卫生事务的干预日益增强，其直接结果是逐渐降低了霍乱的暴发频率。

整体来看，霍乱在英国的蔓延很大程度上是人为造成的。作为霍乱起源地的印度是英国殖民地，这使得早在霍乱侵袭之前，英国医学界就得以提前熟知这种流行病。但由于英国政府奉行自由放任的政策，使得霍乱在英国肆虐了几十年，夺去了成千上万

---

[1]　Sir Francis John Bolton, Philip A. Scratchley. *London Water Supply: Including a History and Description of the London Waterworks*, *Statistical Tables*, *and Maps*. London: William Clowes and Sons, 1888, pp. 265-269.

人的生命。同时，工业文明所带来的环境污染、贫富差距和城市拥挤也加重了疫情。面对霍乱给英国带来的重大危机，英国政府被迫从自由放任的消极态度转变为积极干预，通过加强立法、建立卫生机构、开展水务改革等措施，大力开展城市卫生改革。可以说，英国公共卫生体系的建立和完善是对工业化和自由放任所衍生的罪恶所做的回应。

随着英国对印度殖民的加深，英国人也开始加强对印度霍乱的防治。早在 19 世纪之前，霍乱主要发生在恒河三角洲地区，随着铁路网的构建，霍乱随英军和商品迅速在印度大规模传播。据统计，与 19 世纪 20 年代相比，19 世纪 60 年代的霍乱流行造成了更多的人员死亡，"40 年前，受感染人数的死亡比例是 1/5，而今这一比例已经翻了 3 倍……约有 70％的人濒临死亡。在过去的 40 年里，与霍乱有关的死亡率在印度稳步上升。自 1817—1865 年，印度地区约有 1500 万人死于霍乱"[①]。

第一，霍乱削弱了英军战斗力。在第一次霍乱大流行时期（1817—1823），由于英国政府错估了印度的霍乱形势，对驻印军队充满信心，没有采取任何有效的预防措施，再加上舟车劳顿、供给不足和水源污染等，英国大批士兵感染霍乱，这打乱了原有的军事计划。正如孟加拉医学委员会（Bengal Medical Board）的官员詹姆斯·詹姆森（James Jameson）表示，霍乱的暴发导致军事活动不得不暂停，所有活动必须让位于对霍乱的治疗。[②]第二，加深了殖民者与被殖民者之间的隔阂。疾病产生时的文化背景深刻地影响了人们对它的接受方式。对印度教徒而言，疾病

---

① 杜宪兵：《因信成疫：19 世纪的印度朝圣与霍乱流行》，载《齐鲁学刊》2013 年第 1 期，第 55 页。

② David Arnold. *Colonizing the Body: State Medicine and Epidemic Disease in Nineteenth-Century India*. Ibid., p. 170.

是神向人表达愤怒的重要方式。例如，在霍乱的"老家"——孟加拉地区，人们认为霍乱是奥拉比比女神的化身（Ola Bibi），只有通过祈祷和朝圣等方式来压制神的怒火，才能驱散疾病。① 但在受现代思维影响的英国殖民者看来，这是迷信、愚昧无知的表现。以前往恒河朝圣为例，恒河是印度教十分重要的宗教圣地，到恒河洗圣水澡并饮用恒河圣水是印度教徒最重要的宗教活动。但英国殖民者认为，此类活动反而成为霍乱传播的重要方式，同时也是叛乱分子秘密碰头和传递情报的机会，甚至可以演化成反英运动。

　　对于霍乱的预防，英国人持有两种态度。对英国士兵和英裔移民，英国人积极地改善他们的生活条件，但对印度人则往往采取消极态度。英国军营积极寻找干净的水源，水源需过滤，并建造独立管道或专人运送将水输送到营地。对士兵的排泄物，军营聘请清洁工打扫厕所，并集中收集排泄物运送至离军营至少半英里远的坑里，排泄物与生石灰混合掩埋。另外，在军营中设置医院，配备专业医生和护士。在加尔各答，从 18 世纪开始，英裔移民主要居住在"白城"（White Town，因该城区的建筑多为英式白色建筑而得名），白城的人口不密集，拥有优质的基础设施。在白城中，殖民当局铺设下水道，选择理想的取水点以供应城市家庭使用，并及时清理街道的污物。印度人则生活在拥挤的"黑城"（Black Town）中，黑城内十分脏乱，垃圾污水遍布，街道臭气熏天。② 詹姆斯·詹姆森注意到，居住在城中较高和空气好

---

① David Arnold. "Cholera and Colonialism in British India", *Past & Present*，1986，No. 113，pp. 129—130.

② （英）普拉提克·查克拉巴提：《医疗与帝国：从全球史看现代医学的诞生》，前引书，第 191 页。

的地方的本地人和欧洲人，所遭受的痛苦比贫困阶层的人要少得多。① 除了殖民当局对印度人漠不关心外，印度社会精英也大力阻挠殖民当局干涉公共卫生事务。这些社会精英，如律师、地主以及城市的中产阶级反对卫生改革，因为这意味着他们得缴纳更多的税。② 可见，对于印度来说，霍乱在很大程度上是一种"贫困病"。

针对前往恒河朝圣的传统，部分殖民官员曾建议将其纳入严格管控，以缩小霍乱的传播范围。但殖民当局并未采纳该建议，原因有三点。第一，他们担心对宗教活动的干涉引起印度人的强烈反对，正如当时殖民官员威廉·威尔逊·亨特（William Wilson Hunter，1840—1900）所观察到的那样，虽然完全禁止宗教朝圣活动能明显地降低霍乱的死亡率，但任何类似于全面禁止朝圣的做法都是对人民宗教感情的侮辱，而且维多利亚女王在1858年11月还发布公告承诺宗教宽容，禁止朝圣对印度人来说就是侵犯他们的宗教自由，这不利于英国在印度的殖民统治。③ 第二，对殖民当局而言，管控朝圣活动是一笔庞大的开支，殖民当局并不愿为此买单。第三，受自由主义传统影响，殖民当局往往采取自由放任政策，若是对朝圣者进行管控将违背其一贯主张。

如何治疗霍乱？印度传统医学中有相关的治疗方案，这种治疗方案来自阿育吠陀（Ayurveda）医学。阿育吠陀医学认为疾病的产生由体内的液体失衡所致，要想恢复健康必须保持自身体液

① David Arnold. "Cholera and Colonialism in British India". Ibid., p. 124.

② Mark Harrison. *Public Health in British India: Anglo-Indian Preventive Medicine*, 1882-1914. Cambridge: Cambridge University Press, 2003, p. 226.

③ David Arnold. *Colonizing the Body: State Medicine and Epidemic Disease in Nineteenth-Century India*. Ibid., p. 190.

的平衡。其治疗霍乱的方案如下："他们并不控制感染者的剧烈排泄，也不阻止病人饮用冷饮，而是利用甘汞等药物设法加速病人的排泄，以清除体内的毒素，而后再让他们饮用酸橙汁等冷饮；或建议用松节油或其他液体擦拭身体，以减轻因痉挛而导致的病痛。阿育吠陀医学针对霍乱开出的药方往往包括黑胡椒、硼砂、阿魏胶、八角、生姜和丁香等成分，有时还配有鸦片或印度大麻，用以减缓疼痛，放松身心。"① 同时，病人还需要向神灵祈祷。

首次面对霍乱，英国人主动从印度医学中寻求治疗方案。一方面，当时西方医学处理霍乱的能力不足；另一方面，由于霍乱作为印度地方病，他们相信印度医学能够很好地处理。正如 19 世纪初，东印度公司的外科医生约翰·福布斯·福伊尔（John Forbes Foyle，1798—1858）和怀特劳·安斯利（Whitelaw Ainslie，1767—1837）认为，印度医学知识是"人类财富的组成部分"② 并致力印度医学的研究与传播。但 19 世纪中期，英国人开始提出质疑。一方面，印度医学充斥各种宗教迷信的内容；另一方面，随着西方医学的突飞猛进，病理学、微生物学、生理学、细胞学、组织学等兴起和发展起来，改变了过去西方医学对疾病的看法。1883 年，德国医学家罗伯特·科赫（Robert Koch，1843—1910）在埃及首次发现了霍乱弧菌，这一新发现不仅是对瘴气学说的否定，同时也扩大了西方医学和印度医学之间的分歧。

随着殖民影响力的日益增强，西方医院逐渐在印度取得主导地位。1835 年，殖民当局在马德拉斯创立第一个医学院，附属

① 杜宪兵：《霍乱时期英属印度的医学对话》，载《齐鲁学刊》2015 年第 1 期，第 65 页。
② 同上。

于马德拉斯总医院。在英国医官和殖民官员看来，医学院"能够将英国医学和科学的好处传播到印度各处……受过训练的印度人会'热衷鼓吹采用我们优越的模式，他们会渴望将其同胞从本地医疗人员的无知和惯习中拯救出来'"①。医学院采用英语教学，能够让印度人"戒除研读他们自己的作者，因为除了错误和迷信之外，能从印度著作中学到的并不多"②。其目的是让印度人脱离印度传统的医学文本。殖民当局在其他城市也建立起医学院，比如 1845 年在孟买成立格兰特医学院（Grant Medical College），1853 年在加尔各答成立孟加拉医学院（Medical College of Bengal）。此外，殖民当局还在印度推行医疗从业资格认定制度。资格从业考试只在英国举行，获得医生执照的都是由英国的大学培训出来的印度医学生。

综合来看，霍乱最初只是印度恒河三角洲地区的地方病，它在印度的流行源于英国对印度的殖民。霍乱在印度的流行影响了英国殖民统治的稳定性，致使英国人被迫对印度的霍乱采取防控措施。但出于政治和经济考量，殖民当局往往采取消极的措施，优先保障英国士兵和英裔移民的生命健康，对印度人漠不关心。同时，随着西方医学的迅猛发展和英国在印度殖民统治的确立，西方医学凭借自身的实用性和政治优势取得在印度的医学话语权，殖民当局对印度传统医学逐渐持否定态度，并在印度大力推广西方医学，这使得印度传统医学逐渐衰落，直至成为边缘的替代医学。西方医学成为展现英国文明强大和鄙视印度文明落后的重要工具。由此可见，霍乱在印度的防治不仅仅是医学问题，还是英国殖民进程的一个重要组成部分。

---

① （英）普拉提克·查克拉巴提：《医疗与帝国：从全球史看现代医学的诞生》，前引书，第 188 页。
② 同上。

三、梅毒

梅毒（syphilis）是由梅毒（苍白）螺旋体引起的慢性、系统性的性传播疾病，它会对皮肤黏膜、神经系统和心脑血管等造成损害。临床上可表现为一期梅毒、二期梅毒、三期梅毒、潜伏梅毒和先天梅毒（胎传梅毒）等。其特点是复杂且病程长，易复发。

关于梅毒的起源，学者有许多争论，大致有三种观点。第一种观点认为梅毒起源于美洲大陆，随着哥伦布发现美洲大陆，水手们将来自美洲的梅毒带回欧洲并迅速传播。第二种观点认为梅毒原本就存在于欧洲，只是之前没有暴发。第三种观点认为梅毒起源于非洲，是随着奴隶进口被带进西班牙和葡萄牙的。[①] 关于梅毒的传播，主流观点认为在 1493—1495 年，梅毒在意大利那不勒斯暴发流行，此时法国入侵那不勒斯，那不勒斯的妓女和妇女遭到法国士兵强奸，于是梅毒迅速蔓延。因此，法国士兵称梅毒为"那不勒斯病"。由于法国士兵主要是雇佣兵，来自欧洲各地，部队解散后，波兰、英国、匈牙利、瑞士，以及德国和法国的士兵都返回本国，该病很快成为众所周知的"法国病"。[②] 1496 年梅毒传入英国，1500 年传入俄罗斯和斯堪的纳维亚，1753 年传入冰岛，1845 年传入法罗群岛。[③] 1530 年，意大利医生兼诗人吉罗拉莫·弗拉卡索罗（Girolamo Fracastoro，1478—1553）首次使用"syphilis"作为描述该疾病在意大利肆虐的拉

① 张田生：《西方梅毒史研究综述》，载《中国社会历史评论》2013 年第 14 期，第 417 页。
② （英）罗伊·波特：《剑桥插图医学史》，张大庆，主译，济南：山东画报出版社，2007 年，第 20 页。
③ （英）弗雷德里克·F. 卡特莱特、迈克尔·比迪斯：《疾病改变历史》，陈仲丹、周晓政，译，济南：山东画报出版社，2007 年，第 54 页。

丁文诗的标题，于是人们便把梅毒称为"*syphilis*"。[①]

16 世纪之前，中国并无梅毒的记载，普遍认为梅毒应于 15 世纪末 16 世纪初由葡萄牙人带入中国。在中国传统医籍中，对梅毒的记载主要集中在《续医说》和《本草纲目》，前者记载道："弘治末年，民间患恶疮自广东人始，吴人不识，呼为广疮，又以其形似，谓之杨梅疮。"[②] 后者记载道："杨梅疮古方不载，亦无病者。近时起于岭南，传及四方。"[③] 大抵认为梅毒起源于明中期的岭南地区，由于其疮形似杨梅而得名为"杨梅疮"。针对梅毒的治疗，中医学家沿袭古代医学理论，以土茯苓治疗并取得疗效。随着早期全球化进程的不断深入，土茯苓也逐步进入欧洲人的视野，成为治疗梅毒的良药。[④] 1632 年，由陈司成所撰的《霉疮秘录》是中国第一部详尽论述梅毒的医学专著。该书论述了梅毒的传播途径，详细描述了梅毒的临床表现，提出"解毒、清热、杀虫"的治疗方案，并首创用减毒无机砷剂治疗梅毒。

1496 年，意大利维罗纳医生乔治·索马里瓦（Giorgoi Sommariva）采用汞疗法治疗梅毒。汞疗法主要采用两种方式，即服用氧化汞和水银蒸气疗法。该治疗方案延续至 20 世纪初，成为当时西方治疗梅毒的主要方法。但汞对梅毒螺旋体仅有抑菌

---

① C. Franzen. "Syphilis in Composers and Musicians-Mozart, Beethoven, Paganini, Schubert, Schumann, Smetana", *European Journal of Clinical Microbiology & Infectious Diseases*, 2008, Vol. 27 (12), p. 1151.

② （宋）张杲，（明）俞弁：《医说　续医说　100 种珍本古籍校注集成》，北京：中医古籍出版社，2013 年，第 510 页。

③ 庞境怡：《本土抑或舶来——十八世纪欧洲视野下的中国梅毒由来说》，载《自然辩证法通讯》2020 年第 6 期，第 64 页。

④ 李庆：《16—17 世纪梅毒良药土茯苓在海外的传播》，载《世界历史》2019 年第 4 期，第 136 页。

作用，故疗效差且毒性反应大，并对肾脏、胃肠和神经损害较大。[1] 由于梅毒病人身长红疮，并偶尔发烧，依据体液学说，身体发红发热，说明血液太多，故需要配合放血或用水蛭吸血。17世纪初，人们还相信和健康的处男处女发生性关系，就能将梅毒排出体外，这种错误的说法反而使梅毒的传播范围扩大了。[2] 总体来看，当时的梅毒治疗效果不佳，产生了严重的后遗症。

英国工业革命在促进城市化的同时，也无形中促进了卖淫盛行和梅毒蔓延。一方面，来自乡村的男性迅速涌入城市，这为卖淫业提供了巨大的消费市场。另一方面，19世纪的家庭价值观认为女性应该是"家中天使"，其主要职责是相夫教子，避免外出工作，这使得女性的就业岗位十分有限。即使女性能够参加工作，但是工作时间长，报酬低。这种状况使得部分女性不得不通过卖淫来养活自己和家人。维多利亚时代后期的一项调查表明，米尔班克（Millbank）监狱中90％以上的妓女是无技术和低技术工人的女儿，50％以上的人曾从事女仆工作，其余的人则从事诸如洗衣、烧炭、清洁工、街头贩卖等低技术工作。[3]

有多少女性从事卖淫活动呢？表1.3是19世纪英国警方对已知妓女的数据估算情况。

---

[1] 王志彬、蓝丽娜：《梅毒防治的历史》，载《中国热带医学》2011年第6期，第770页。

[2] （美）德博拉·海登：《天才、狂人与梅毒》，李振昌，译，南昌：江西人民出版社，2016年，第43页。

[3] Judith R. Walkowitz. *Prostitution and Victorian Society: Women, Class, and the State*. Cambridge: Cambridge University Press, 1982, p.16.

表1.3 19世纪英国警方对已知妓女的数据估算表[①]

（单位：人）

年份	伦敦	英格兰和威尔士
1839	6371	—
1841	9409	—
1857	8600	—
1858	7194	27113
1859	6649	28743
1860	6940	28927
1861	7124	29572
1862	5795	28449
1863	5581	27411
1864	5689	26802
1865	5911	26213
1866	5554	24717
1867	5628	24299
1868	5678	24311

表1.3的数据只涉及警方已知的妓女，对暗娼并无统计。亨利·梅休（Henry Mayhew，1812—1887）对1857年的警方统计评论道："这远不是大都会放荡妇女的大致情况。它几乎只是记录了干草市场（Haymarket）和摄政街（Regent Street）的流浪

---

① F. M. Sigsworth, T. J. Wyke. "A Study of Victorian Prostitution and Venereal Disease", in Martha Vicinus. *Suffer and Be Still: Women in the Victorian Age*. New York: Routledge, 2013, p. 79.

妓女。"① 因此，正如 1858 年 1 月 8 日的《泰晤士报》（*The Times*）的评论："在欧洲，没有一个首都像伦敦那样不分白天黑夜地展示卖淫。"② 同时，英国的雏妓数量不断增加，1885 年英国上议院针对雏妓成立调查委员会，并得出结论："对委员会来说毋庸置疑的是，雏妓的数量在整个英国，特别是在伦敦，达到了可怕的地步……这些不幸的受害者大部分在 13 岁到 15 岁之间。"③ 梅毒也扩展到英国军队。为了保持军队的战斗力，英国禁止士兵服役期间结婚。这反而助长了士兵的嫖娼风气，使得梅毒在英国士兵中泛滥。1862 年的陆海军的性病调查报告显示，海军的情况尤为严重，约 7000 人感染性病，因而建议政府加速"处理兵营与海员周围的罪恶、污秽和疾病"④。

在这种情况下，英国政府和军队不得不将整治卖淫业和治疗梅毒上升到国家层面。在 1864 年、1866 年和 1869 年，英国议会相继通过《传染病法》（Contagious Diseases Act），规定在英国本土和殖民地的驻军地，警察可以逮捕有卖淫嫌疑的女性，并使其接受医学检查，如果发现患病，将被扣留在专业的性病医院并接受 6 个月至 1 年的治疗。⑤ 1875 年 3 月 22 日刊登的《英国医学杂志》指出，该法令的推行使得女性患梅毒人数逐年减少，分别为 1866 年 5879 人，1867 年 5943 人，1868 年 4648 人，

① E. M. Sigsworth，T. J. Wyke. "A Study of Victorian Prostitution and Venereal Disease". Ibid., p. 79.
② 钱乘旦：《英国通史·第五卷：光辉岁月——19世纪英国》，前引书，第 231 页。
③ （德）爱德华·福克斯：《欧洲风化史：资产阶级时代》，赵永穆、许宏治，译，沈阳：辽宁教育出版社，2000 年，第 376 页。
④ 毛利霞：《19 世纪英国围绕性病防治的争端》，载《世界历史》2016 年第 5 期，第 21 页。
⑤ 曾亚英：《维多利亚时期英国城市的娼妓问题》，载《妇女研究论丛》2005 年第 3 期，第 72 页。

1869 年 3753 人，1870 年 2736 人，1871 年 2154 人。[①] 但是，嫖客的患病数据并不清楚，军队是否摆脱性病的困扰以及其战斗力是否增强也不为人知。在进行医学检查时，女性往往经历十分痛苦的过程。当时的女性将医学检查斥责为"钢铁强奸"（steel rape），其做法就是将女性的双腿固定住，脚踝被绑紧，检查器往往不经消毒直接进入女性下体，女性往往因为疼痛而昏厥，若是孕妇接受检查，还存在流产的风险。检查师都是男性医生，女性常常面对尴尬的局面。

《传染病法》的通过，使得大量妓女被迫转入地下。为了躲避医学检查和隔离，她们被迫寻求皮条客的帮助，这反而加重了对她们的性剥削，她们的生活处境更加困难。妓女们还全力贿赂警察。警察对妓女有无限的专横权力，在许多城市中妓院成为警察局的收入来源，警察局是妓院老板最好的朋友，警察收取妓院老板的贿赂，并享受免费光顾妓院的权利，在伦敦，妓院老板和警察之间一度存在真正的联盟。[②]

《传染病法》存在严重的阶级和性别的双重标准。从阶级上看，该法案不对嫖客实施性病检查和隔离，嫖客主要来自社会中上层阶级，而妓女则来自社会底层。该法案无疑是对社会底层女性的性剥削。从性别来看，《传染病法》是从男性立场出发，它只惩罚女性，而不惩罚男性，政府通过立法和行政手段来侵犯女性的权利，这违背了性别平等的原则。即便妓女接受性病检查和隔离，由于丧失对嫖客的管控，梅毒的发病率并没有减少。因此，在英国国内主张废除《传染病法》的呼声也随之而出。

---

① Arthur J. Payne. "On the Effects of the Contagious Diseases Acts in Calcutta", *The British Medical Journal*, 1875, Vol. 1 (751), p. 687.

② （德）爱德华·福克斯：《欧洲风化史：资产阶级时代》，前引书，第 404 页。

　　在推动废除《传染病法》的过程中，女性发挥着重要作用。
1869 年，在巴特勒（Josephine Butler，1828—1906）的领导下，
女性成立了"全国妇女废除《传染病法》协会"（Ladies National
Association for the Repeal of the Contagious Diseases Acts，简称
"LNA"）。甫一成立，就吸引了众多社会知名人士、女权主义者
等加入和支持，如弗洛伦斯·南丁格尔（Florence Nightingale，
1820—1910）、伊丽莎白·默尔森（Elizabeth Malleson，1828—
1916）、玛丽·埃斯特琳（Mary Estlin，1820—1902）、玛丽·卡
朋特（Mary Carpenter，1807—1877）、艾米丽·文丘里（Emilie
Venturi，1821—1893）等。

　　"LNA"积极散发小册子和文章，或进行公开演讲来引导舆
论。在《女性宣言》（*Ladies Manifesto*）中，"LNA"就表示，
《传染病法》是基于性别和阶级的歧视，不仅剥夺了贫困女性的
法律权利，迫使她们接受有辱人格的身体检查，而且这是在官方
层面认可了性道德的双重标准。[①]　为了扩大影响，从 1870 年开
始，"LNA"公开发行周刊《盾牌》（*The Shield*）进行大力宣
传。1870 年，巴特勒在英国举行针对工人阶级家庭主妇的巡回
演讲，家庭主妇对身体检查感到愤怒，她们纷纷向议会请愿要求
废除《传染病法》。《派尔—麦尔公报》（*Pall Mall Gazette*）的
编辑威廉·斯特德（William T. Stead，1849—1912）曾回忆道：
"1870 年，家母和准岳母游说本村女性为废除请愿书签名。家母
支持向议会请愿，此乃我生平首次见到。"[②]　"LNA"还积极向政
党施压。由于"LNA"积极向工人阶级宣传，并得到工人阶级

---

① Judith R. Walkowitz. "Male Vice and Feminist Virtue: Feminism and the Politics
of Prostitution in Nineteenth-Century Britain", *History Workshop*, 1982, Vol. 13
(1), p. 80.
② 毛利霞：《19 世纪英国围绕性病防治的争端》，前引文，第 26 页。

的大力支持，自由党候选人在议会选举中落选。为了获得选民支持，自由党领袖格拉斯顿（William Gladstone，1809—1898）不得不表态赞成废除《传染病法》，并把废除该法纳入自由党的竞选纲领。[①] 尽管支持"LNA"的声浪高涨，但是支持《传染病法》的人也相当多。支持者认为，《传染病法》一方面有效阻止了女性从事卖淫行业，另一方面军队的性病人数的确有所减少，而性病在军队中蔓延需要花纳税人的钱。

《传染病法》的完全废除要归功于"LNA"对"白奴贸易"（The White Slave Trade）的宣传。英国法律规定，妓女的从业年龄为年满 13 岁，而欧洲大陆的法律禁止未满 21 岁的少女卖淫，大量 12~21 岁的英国少女伪造年龄被贩运至欧洲大陆，沦为性奴，从事卖淫。为唤起人们对"白奴贸易"的关注，1880年 5 月，巴特勒在《盾牌》中说道："布鲁塞尔的官方卖淫场所挤满了英国未成年少女"，在一所房子里，"有一群被监禁的孩童，12 至 15 岁的英国女孩……偷来的、绑架的、骗来的，用各种手段从英国乡村弄来，卖给这些人渣的"[②]。巴特勒还委托斯特德撰写了相关新闻报道。1885 年 7 月 6 日，威廉·斯特德发表了《现代巴比伦的少女献祭》（*The Maiden Tribute of Modern Babylon*），讲述了贫困的纯真少女如何被诱骗沦为雏妓的故事，并揭露了当时的儿童卖淫现象和英国上层社会的娈童丑闻。该报道引起了人们的广泛关注，使得人们的焦点转移到雏妓和卖淫问题上，并迫使 1885 年《刑事修正案》（Criminal Law

---

① 毛利霞：《19 世纪英国围绕性病防治的争端》，前引文，第 26 页。
② "Josephine Butler"，*Wikipedia. the Free Encyclopedia*．［2021－11－24］https：//en. wikipedia. org/wiki/Josephine＿Butler.

Amendment Act, 1885）将妓女的从业年龄从 13 岁提高至 16
岁。① 经过"LNA"的不懈努力，1886 年 4 月 16 日，议会同意
废除《传染病法》。

总的来说，19 世纪的梅毒防治体现了英国在个人权益和国
家干预之间的博弈。梅毒的蔓延扰乱了英国的社会秩序，降低了
军队的作战能力，这迫使英国政府不得不将梅毒防治上升到国家
层面，通过对妓女的强制身体检查来阻止梅毒的蔓延。但事实
上，梅毒的防治效果并不十分理想。在城市化和工业化快速推进
的背景下，旧的社会控制体系不断瓦解，而新的控制体系又未完
全形成，这为娼妓业的兴盛提供了便利环境。同时，在防治梅毒
工作上存在严重的性别双重标准，对妓女严格管控，而对男性嫖
客放松警惕，导致梅毒感染率有增无减。面对梅毒防治所存在的
问题，以巴特勒为代表的女性积极涉足社会公共事务，为女性的
利益而斗争，反对性别双重标准，最终迫使议会废除了《传染病
法》，该法的废除不仅保障了处于社会最底层女性的权益，也是
英国女性追求解放的一个重要里程碑，反映出女性自主意识的觉
醒。此外，面对女性的反对声浪，英国政府做出妥协，最终选择
维护女性的个人权益，这也彰显了英国对自由主义传统的坚持。

四、结核病

结核病（tuberculosis）是由结核分支杆菌（以下简称结核
杆菌）引起的一种慢性传染病。结核杆菌可以侵入人体全身各个
器官。其中侵犯肺脏，称为肺结核。侵犯肺脏以外的其他部位，
如肝、肾、脑、淋巴结等器官，称为肺外结核病。肺结核以空气

---

① Deborah Gorham. "The 'Maiden Tribute of Modern Babylon' Re-Examined: Child
Prostitution and the Idea of Childhood in Late-Victorian England", *Victorian
Studies*, 1978, Vol. 21（3）, pp. 353-354.

传播为主，肺结核患者咳嗽、喷嚏排出的结核杆菌悬浮在飞沫核中播散，健康人吸入可致病。其临床表现为低热、乏力、咳嗽、咳血、胸痛、呼吸困难等症状。

结核病是一种古老的疾病。考古学证据表明，结核病至少在新石器时代就已经出现在欧亚大陆和非洲的史前人类身上。在德国和英国出土的新石器时代的骸骨上，就发现有明显的脊柱结核病引起的损伤。在公元前 3000 年的埃及木乃伊中，就查见有脊柱结核病。[①] 在我国湖南长沙马王堆汉墓发掘出的女尸上也发现左肺上部肺门处有结核病的钙化灶。

最早有关结核病的文字记载，可追溯到古希腊医学家希波克拉底。他探讨了"phthisis"，即当时希腊人称的痨病，并详细介绍了痨病的症状，指出痨病是致命性的传染性疾病，死亡率较高。[②] 中国最早对结核病的记载出现在《黄帝内经》中。中医认为结核病是一种以肺系症状为主的虚弱性疾患，并对结核病的症状进行描述："大骨枯槁，大肉陷下，胸中气满，喘息不便，内痛引肩项，……目不见人，立死；其见人者，至其所不胜之时则死。"[③] 肺系虚弱，病后期五脏衰竭，并多以死亡为结局。

关于结核病的名称，中国古代与结核病相关的名称历代变迁不一，归纳起来大致有两类，"一是以具有传染性而命名的，如尸疰、鬼疰、传尸、劳疰等；二是根据症状特点而命名的，如骨蒸、劳嗽等。至宋代开始用'劳瘵'以统诸称，元代衍化为'痨瘵'并沿用至晚清。晚清由于西方医学的影响，将本病类同于肺

---

① （美）肯尼思·F. 基普尔：《剑桥世界人类疾病史》，前引书，第 952 页。
② （古希腊）希波克拉底：《希波克拉底文集》，赵洪钧，等译，北京：中国中医药出版社，2007 年，第 31—32 页。
③ 范文章译注：《黄帝内经》，成都：四川人民出版社，2018 年，第 46 页。

结核，又鉴于本病劳损在肺，通称为肺痨"。① 在英语中，"tuberculosis" 来源于拉丁语 "tuberculum"，原指病态的肿胀、肿块、突起或瘤子。西方医生在解剖过程中，发现患者的肺内有一个个坚实的团块，摸上去好像土豆或花生这类植物的根茎，故称为 "tuberculosis"，即肿胀的小瘤。此外，它也被称为 "phthisis"（痨病）、"consumption"（消耗病）或 "scrofula"（瘰病）等。

西方在不同时期对结核病有着不同的治疗方案。古希腊罗马时期，治疗结核病往往采取以下方式：第一，移居至相对干燥温和之地，密切关注室内通风状态；第二，改善生活饮食，及时补充营养，给病人提供最好的食物，多食用乳制品；第三，保持良好心态，泡药浴，避免剧烈运动；第四，如果病人咳血和发热，说明其体内血量过多，需进行放血治疗。② 中世纪时期，对结核病的治疗充满了神秘主义色彩。当时人们相信国王触摸病人可以治疗结核病，这种习俗源于 12 世纪，据说忏悔者爱德华是第一位触摸结核病人的国王。英格兰的查理二世在 1660 年复辟年时就触摸了 6275 名患者，到 1683 年去世时触摸了不少于 92107人。③ 19 世纪，由于结核病患者较多，他们迫切希望能够得到治愈，这让当时的医生看到了巨大商机。他们鼓吹用木溜油、石炭酸液、金、碘伏、砒霜、薄荷油等药物口服或吸入，或直接注射到肺中，或饮用番木瓜汁，或吸入硫黄气体，治疗方法无奇不

---

① 肖长国、刘志梅：《宋元以前肺痨文献考辨》，载《山东中医药大学学报》2012年第 4 期，第 321 页。

② Helen Bynum. *Spitting Blood: The History of Tuberculosis*. Oxford：Oxford University Press，2012，pp. 18−22.

③ （英）弗雷德里克·F. 卡特赖特、迈克尔·比迪斯：《疾病改变历史》，前引书，第 152 页。

有。① 从 19 世纪中期开始，呼吸新鲜空气和休养疗法在整个欧美世界日益流行起来，一些专为富人开设的疗养院纷纷建立，吸引了大批结核病患者。1882 年，德国细菌学家罗伯特·科赫首次发现了结核杆菌，结核病病原体的发现，是全球控制结核病发展史上的第一个里程碑。他提出用已死的结核杆菌的提取物即结核菌素（也被称为"科赫液"）治疗结核病，但这被证明不仅无用反而使病情恶化。1895 年，德国科学家伦琴（W. Röntgen，1845—1923）发现了 X 线。从 1910 年开始，X 线用于临床诊断，这大大推进了结核病的早期诊断。1921 年，法国医生卡美特（Albert Léon Charles Calmette，1863—1933）和细菌学家盖兰（Jean-Marie Camille Guérin，1872—1961）将经过多年培育的减毒牛结核菌活菌苗——"卡介苗"（BCG Vaccine）接种在婴儿身上，其后经数十年的临床应用和流行病学观察，"卡介苗"被引入儿童预防结核病的疫苗接种。1944 年，链霉素被发现对结核病有明显疗效。1946 年，氨柳酸制剂与链霉素合用，被证明可以延缓结核杆菌的耐药性，这标志着药物联合治疗结核病的开端。1952 年，美国和德国报告证明合成的异烟肼是极为有效的抗结核药物。1965 年，利福平的问世使结核病的常规疗程缩短 $\frac{1}{3} \sim \frac{1}{2}$，从而使结核病传统的"长化治疗"发生了变革。至此，结核病不再是威胁人类健康的主要病种。

　　与天花、霍乱、梅毒不同，结核病的病情发展相对较慢，且不会对社会造成极大影响，在英国政府看来属于"个人的疾病"，因此对结核病的防治工作投入很少，只有医学界才重点关注和研究结核病。② 但是结核病传播范围十分广泛，存在于各个社会阶

---

① （美）肯尼思·F. 基普尔：《剑桥世界人类疾病史》，前引书，第 954 页。
② 毛利霞：《从浪漫到现实——19 世纪英国人的结核病认知演变》，载《学术研究》2018 年第 6 期，第 134 页。

层，加之工业化带来的人口激增和畸形的城市化所带来的城市污染、公共卫生资源的匮乏等，使得结核病的感染率和死亡率都大幅度上升。1851—1910年，英格兰和威尔士有400万人死于结核病，在20～24岁的人中有一半以上死于结核病，在15～34岁的人中有超过1/3的人死于结核病。[1]

在19世纪上半叶，结核病被赋予了一种浪漫的想象，结核病是文雅、精致和敏感的象征，成为启迪人智的浪漫病。究其原因主要有两点。

第一，结核病是文人的疾病。当时许多文人都身患结核病。如约翰·济慈（John Keats，1795—1821）、珀西·雪莱（Percy Bysshe Shelley，1792—1822）、乔治·戈登·拜伦（George Gordon Byron，1788—1824）、勃朗特姐妹（The Brontë Sisters）等都饱受结核病的折磨。他们大多骨瘦如柴，无精打采，皮肤苍白，终日咳嗽。结核病摧残他们虚弱的身体，他们饱受精神折磨，整日心情忧郁，精神压抑。"受到感染的文艺家陶醉于死亡逼近时的激情里，滋生出肺结核时代浪漫主义美学观及其一系列审美艺术符号：忧郁、悲观、纵欲、肉体的痛苦与精神的升华。"[2]当读者阅读到他们的文字时，既被他们的才华折服，又将他们与结核病连接起来，结核病逐渐被神秘化和浪漫化。

第二，结核病是"时髦"的疾病。19世纪是英国社会阶层快速流动的时期。传统的贵族阶层丧失了政治权力，新兴资产阶级则牢牢掌握着政治和经济权力。这些身患结核病的作家大多是

---

[1] John Frith, "History of Tuberculosis. Part 1—Phthisis, Consumption and the White Plague", *Journal of Military and Veterans' Health*, 2014, Vol. 22 (2), p. 32.

[2] 范蕊：《十九世纪欧洲浪漫主义诗歌与肺病的互动关联》，载《安徽大学学报》（哲学社会科学版），2015年第4期，第64页。

旧式贵族，虽然他们的政治和经济特权被新兴资产阶级取代，但是他们在文化上仍保留着社会影响力。贵族所追求的虚弱、苍白、感性的形象与资产阶级的物欲横流形成了对比。消瘦的身体、惨白的面颊以及优雅的轻声咳嗽，这些结核病的身体反应就像高帽、马靴和拐杖一样成为一个真正贵族必不可少的"佩饰"。拜伦曾经对他的朋友说自己渴望死于结核病，"因为女士们全部会说：'看看可怜的拜伦吧，他弥留之际显得多有趣啊'"①。雪莱在 1820 年 7 月 27 日致济慈的信中，安慰济慈"还是挂着那副肺痨病人的病容"②。因此，结核病成为贵族的一种精神资本，用来争夺资产阶级所忽视的文化和生活方式方面的领导权。

19 世纪下半叶，浪漫主义逐渐被现实主义取代，结核病的形象也从文人浪漫病转变为穷人世界的梦魇，一大批工人罹患结核病。恩格斯在《英国工人阶级现状》中指出："伦敦的特别是工人区的污浊空气，最能助长肺结核的发展，我们在街上可以遇到许多面带病态潮红的人，就说明了这一点。当清晨大家去上工的时候，如果你在街上稍微转一下，就会惊讶地发现有那么多人看上去或轻或重地患有肺结核。甚至在曼彻斯特，人们看起来也还不至于这样。这种随时都可以碰到的脸色苍白、身材消瘦、眼窝凹陷的幽灵，这种虚弱无力、委靡不振、没精打采的面孔，我只是在伦敦才看到过这么多，虽然肺结核在北部的工厂城市每年也都要夺去不少人的生命。"③造成无产阶级患上结核病的因素很多，除了贫困、恶劣的卫生条件和营养不良，最重要的是资本主义对工人阶级的剥削。资本家在面对利润时，工人的健康问题

---

① （美）苏珊·桑塔格：《疾病的隐喻》，程巍，译，上海：上海译文出版社，2003年，第 30 页。
② 同上，第 27 页。
③ 《马克思恩格斯文集》第 1 卷，前引书，第 411—412 页。

就显得无关紧要了，为了追逐高收益，资本家尽可能压榨工人的生存条件，而工人迫于生计，不得不在拥挤、脏乱且黑暗的工厂环境中辛苦劳作，这大大削弱了他们的免疫力，使得他们在面对结核病时毫无抵抗之力。可以说，工人阶级的结核病是资本主义繁荣发展的牺牲品，凸显了资本主义社会的残酷无情。

从结核病的历史中我们可以看出，疾病可以被当作修辞手法或隐喻加以使用，而人们难以摆脱疾病的隐喻。正如美国符号学家苏珊·桑塔格（Susan Sontag，1933—2004）指出的："要居住在由阴森恐怖的隐喻构成道道风景的疾病王国而不蒙受隐喻之偏见，几乎是不可能的。"[①] 而疾病的隐喻也离不开其时代背景和思潮。19 世纪上半叶，在英国社会阶层的快速流动和浪漫主义思潮的影响下，结核病被认为是优雅、精致和启迪人智的浪漫病。19 世纪下半叶，随着资本主义制度的弊端日益显露，阶级矛盾加剧，贫富差距加大，现实主义取代浪漫主义成为社会的主流思想，这令结核病脱离了浪漫色彩，成为贫穷的化身和批判资本主义制度的利刃。事实上，人们之所以对结核病充满想象，本质上是因为对它的无知。随着结核病的致病源被发现，"卡介苗"推广及异烟肼等极有效的抗结核药物出现，结核病逐渐失去了神秘色彩，对结核病的认识也从蒙昧走向科学。

五、伤寒

伤寒（typhoid fever）是一种由伤寒杆菌引起的一种急性肠道传染病。[②] 通常表现为弛张热和各种其他症状，包括头疼、咳嗽、消化功能紊乱、腹痛和极度虚弱。少数病人还会出现脾和肝

---

① （美）苏珊·桑塔格：《疾病的隐喻》，前引书，第 5 页。
② 与西医不同，中医的伤寒指的是因为感染了外界的寒气所导致的伴有发热症状的急性疾病。

肿大及皮肤玫瑰疹。伤寒杆菌在自然界中的存活能力较强，在水中可存活 2~3 周，在粪便中能存活 1~2 个月，在牛奶中可以生存和繁殖。它耐低温，在冰冻环境中可存活数月，但对光、热、干燥及消毒剂的抵抗能力较弱，世界上 75％的人口生活在其流行区，全世界每年每 300 人中就有 1 人患伤寒，100 万人死于该病，其中大多数是儿童。①

在伯罗奔尼撒战争期间，雅典的瘟疫很可能是伤寒大暴发。雅典人为躲避斯巴达人的攻击，撤退到一个有围墙的城市里，大量人口集中在拥挤的空间，使得供水和废物处理设施不堪重负，卫生状况十分糟糕，进而导致伤寒肆虐。罗马帝国建立者奥古斯都（Gaius Octavius Augustus，前 63—14）可能也曾患有伤寒，并通过冷浴治好伤寒，后来这种方法就一直沿用到 20 世纪。

18 世纪，医学界往往将伤寒与斑疹伤寒（typhus）混淆。19 世纪 30 年代，医生皮埃尔·路易（Pierre-Charles-Alexandre Louis，1787—1872）提出伤寒不同于斑疹伤寒的观点。后经过美国医生威廉·格哈德（William W. Gerhard，1809—1872）确定，伤寒与斑疹伤寒并非同一个病种，斑疹伤寒仅仅是指由立克次体引起的疾病。②

19 世纪，伤寒与天花、霍乱一起，成为当时英国最具致命性、毁灭性的三大传染性疾病。"1869—1875 年间，英国每年 8500~8900 人死于伤寒，其中 1872 年和 1873 年伤寒病的死亡率高达 17.8‰，伤寒在城镇的死亡率为乡村的 2 倍，5~20 岁之间死于伤寒的男性多于女性。"③ 伤寒的传播对象十分广泛，没有

① （美）肯尼思·F. 基普尔：《剑桥世界人类疾病史》，前引书，第 959 页。
② 同上，第 963 页。
③ 毛利霞：《19 世纪英国伤寒与公共卫生改革研究》，载《历史教学》（下半月刊）2020 年第 8 期，第 53 页。

阶级差异，王室也不例外。维多利亚女王的丈夫阿尔伯特亲王
（Prince Albert，1819—1861）在 1861 年死于伤寒；1871 年，王
储爱德华（Edward VII，1841—1910）外出时感染伤寒；1875 年，
维多利亚女王的幼子利奥波德王子（Leopold George Duncan
Albert，1853—1884）也感染了伤寒。

19 世纪早期，法国医生皮埃尔·布雷诺（Pierre Bretonneau，
1778—1862）发现伤寒具有传染性。19 世纪 40 年代，英国医生威
廉·布德（William Budd，1811—1880）通过调查发现了克利夫顿
（Clifton）伤寒的流行。他发现，34 名患者中有 13 人都是从同一
口水井中汲取饮用水，得出水是传染伤寒的载体的结论。但他的
发现并没有得到支持，当时英国医学界在约翰·西蒙的主导下，
认为饮食不足、营养不良、天气寒冷、通风不畅、房屋肮脏等因
素导致伤寒。[1] 此后，经过医学家约翰·内特·拉德克利夫
（John Netten Radcliffe，1826—1884）、乔治·布坎南（George
Buchannan，1831—1895）和里查德·索恩·索恩（Richard
Thorne Thorne，1841—1899）的不断调查和论证，证实水是伤
寒传播的重要媒介。[2] 1880 年，德国医学家卡尔·约瑟夫·埃伯
特（Karl Joseph Eberth，1835—1926）从伤寒病人体内成功分
离出伤寒杆菌。1884 年，德国病理学家乔治·西奥多·奥古斯
特·加夫基（Georg Theodor August Gaffky，1850—1918）从一
名伤寒病人的脾中分离出了埃伯特发现的致病菌，并且从淋巴结
中成功培养出伤寒杆菌。为纪念埃伯特的发现，伤寒杆菌也被称
为"埃伯特杆菌"（Eberth's bacillus）。

---

① 毛利霞：《19 世纪英国伤寒与公共卫生改革研究》，前引文，第 53 页。
② Jacob Steere Williams. "The Perfect Food and the Filth Disease: Milk-borne
   Typhoid and Epidemiological Practice in Late Victorian Britain", *Journal of the
   History of Medicine and Allied Sciences*，2010，Vol. 65（4），p. 517.

尽管对伤寒的致病因素和传播链有了深入研究，但是对伤寒的治疗性干预还是缺乏的。在战争期间，因伤寒而亡的士兵是因战伤而亡的士兵数量的 10 倍。1896 年，英国细菌学家阿尔姆罗斯·爱德华·怀特（Almroth Edward Wright，1861—1947）在内特利（Netley）的陆军医学院成功研制出一种热处理灭活的伤寒疫苗。在第一次世界大战中，伤寒疫苗得到了应用，这使得伤寒的发病率从 1/5 下降到 1/2000。① 此后，随着卫生条件的改善及抗生素和疫苗的使用，伤寒在发达国家的发病率逐渐降低，其影响也日益减小。

19 世纪，英国的伤寒疫情主要发生在贫民窟内，这与贫民窟的环境卫生和基础设施有着直接联系。贫民窟内人口密集，排污设施极不完善，街道上遍布垃圾和污水，垃圾、生活污水和工业废水不经处理直接排放至河流，而当时的河流恰恰是贫民窟的饮水源。1900 年，医生 M. 勒夫勒（M. Loeefler）经过不断实验证明，伤寒杆菌在饮水中的存活率随着水中营养物质的数量变化而变化。在低温的纯净水中，伤寒杆菌只能存活 24～48 小时，而在污水中，伤寒杆菌的存活时间更长，甚至能实现繁殖。② 恩格斯就观察到贫民窟的工人阶级最容易感染伤寒。"只要有一个空气不流通的大杂院，只要有一个没有排水沟的死胡同，就足以引起热病，特别是当居民住得很挤而附近又有腐烂的有机物的时候就更是这样，而且事实上几乎总是有这种病出现。这种热病的性质几乎到处都相同，而且几乎在一切场合下都会发展成明显的伤寒。这种疾病在一切大城市的工人区，甚至在较小的地方的某

---

① （美）肯尼思·F. 基普尔：《剑桥世界人类疾病史》，前引书，第 963 页。

② British Medical Association. "Tenth International Congress of Hygiene and Demography. The Bacteriological Examination of Water for the Typhoid Bacillus (Continued)", *The British Medical Journal*，1900，Vol. 2（2077），p. 1197.

些房屋质量很差而又维护得不好的街区都可以发现，而蔓延得最广的是在贫民窟……在伦敦东区、北区和南区的潮湿而肮脏的地方，这种疾病特别猖獗。很多病人是从乡下迁移来的工人，他们在旅途中和到达伦敦以后受过千辛万苦，衣不蔽体、食不果腹地睡在街上，找不到工作，终于得了热病。"①

除了水，牛奶也是传播伤寒的重要途径。牛奶既是英国中产家庭的日常营养来源，也是奶制品生产商的赚钱工具。供应城市家庭的牛奶主要来自城镇内部及周边郊外饲养的奶牛。这些奶牛往往被圈养在拥挤的牛舍中，牛舍的环境十分脏乱，堆满牛粪，臭气熏天。牛舍的取水点往往靠近河流，而河流的水源大多受到污染。此外，往牛奶中掺水的行为也十分普遍。据统计，"伦敦是掺假的重灾区，在 1891 年之前没有低于 20％，此后才逐渐下降，但通常也高于其他大部分城市；而伦敦以外的地区，则在 10％左右，波动不大。1879—1881 年间具有统计资料的 9 个城市中，5 个城市的掺假率在 20％以上，伯明翰曾一度达到 53.2％；1889—1891 年间，伦敦和伯明翰的掺假率最高，在 20％左右；1899—1901 年间，朴次茅斯和诺丁汉列居前两位，伯明翰位居第三，达到 20.7％，而伦敦则降到 14.9％；1909—1911 年间，利兹位居第一，达到 28.8％，伦敦此时终于降到 10％以下"②。在牛奶中掺水一方面降低了牛奶的营养成分，另一方面伤寒杆菌被掺入牛奶传播开来。

1858 年，彭里斯（Penrith）的医生迈尔克·泰勒（Michael Taylor）在《爱丁堡医学杂志》（Edinburgh Medical Journal）上发表了《论食源性发热感染的传播》（*On the Communication of*

① 《马克思恩格斯文集》第 1 卷，前引书，412 页。
② 魏秀春：《1875—1914 年英国牛奶安全监管的历史考察》，载《历史教学》（下半月刊）2010 年第 12 期，第 27—28 页。

the Infection of Fever by Ingesta），他发现当地感染伤寒的儿童都曾饮用同一家品牌的牛奶，于是将伤寒传播归因于牛奶。但他的观点并没有得到医学界的认可。[1] 19 世纪 70 年代，随着掺水牛奶被揭露，伤寒与牛奶的关系开始逐渐受到医学家们关注。1870年，伊斯灵顿（Islington）的卫生官员爱德华·巴拉德（Edward Ballard，1820—1897）发现当地的中产阶级大多饮用同一家牛舍的牛奶，购买者越多，伤寒传播越广。他表示，尽管人们花了大力气来改善住宅用水的纯净度，防止水被污水和粪便污染，但是掺水的牛奶容易混杂导致伤寒的病菌，并可能导致大规模地传染。[2]巴拉德这一发现引起了英国医学界的广泛关注。在巴拉德带领下，罗宾逊（M. K. Robinson）调查了 1872 年的利兹疫情，詹姆斯·罗素（James Russell，1837—1904）在 1873—1880 年间对格拉斯哥疫情进行动态观察，约翰·内特·拉德克利夫对1873 年伦敦西区上层社会的伤寒感染进行调查，调查结果证实了饮用牛奶是伤寒传播的途径。[3]

随着水和牛奶不断被证实是伤寒传播的媒介，英国政府大力加强水务改革和牛奶卫生监管。关于英国的水务改革，前文关于霍乱防治的论述中有所介绍。针对牛奶卫生监管，为了改善牛奶的品质、消除传播伤寒的隐患，英国政府采取了两项措施。第一，通过立法打击牛奶掺水造假的行为。1860 年，议会通过了《食物和饮料掺假法》（Adulteration of Food and Drink Act），试图加强对食品的监管，但该法案并没有制定有关食品安全标准，

---

[1] Jacob Steere Williams. "The Perfect Food and the Filth Disease: Milk-borne Typhoid and Epidemiological Practice in Late Victorian Britain". Ibid., pp. 519-520.

[2] 同上，第 524 页。

[3] 同上，第 528 页。

在执法过程中，对违法行为总是"睁一只眼闭一只眼"。① 据 1861 年的统计，87％的面包、95％的红糖、77％的咸黄油、92％的咖啡、78％的绿茶、74％的牛奶和 100％的芥末都有掺假。② 为了更加有效地打击掺假行为，1875 年，议会通过了《食物和药物销售法》（Sale of Food and Drugs Act 1875），该法是英国第一部得到有效实施的食品安全监管法，规定地方政府负责任命公共分析师（public analysts）和检查员（inspectors），检查员从食品商那里收集的食品样品，并由公共分析师对这些样品进行分析。公共分析师定期将检测结果提交给地方政府，再由地方政府呈报给地方政府委员会。③ 1899 年，议会又修改了《食物和药物销售法》，加大对违法行为的制裁力度。在食品抽查方面，牛奶的抽查率远高于其他食品。从 19 世纪 80 年代初开始，牛奶和黄油样品在每年抽取的样品总数中从未低于 50％，1905 年后超过 65％。④ 可见，牛奶无疑是英国食品安全监管的重点对象。

第二，大力监管牛奶生产和运输，推行巴氏杀菌法。只有高度重视奶牛的健康、牛舍卫生、牛奶的稀释和运输等环节才能从根本上防止牛奶传染伤寒。以伦敦为例，伦敦市当局在获得授权并给予补偿的前提下，强制屠宰病牛，并在火车站采集和检测牛奶样品，阻止外地"脏奶"进入伦敦。⑤ 伦敦郊区的牛奶厂接受

① Sébastien Rioux. "Capitalist Food Production and the Rise of Legal Adulteration: Regulating Food Standards in 19th-Century Britain", *Journal of Agrarian Change*, 2019, Vol. 19 (1), p. 69.

② 同上，第 70 页。

③ Janet Margaret. *The Local Implementation of the Sale of Food and Drugs Act*, 1875. PhD thesis, The Open University, 2006, pp. 122-150.

④ Sébastien Rioux. "Capitalist Food Production and the Rise of Legal Adulteration: Regulating Food Standards in 19th-Century Britain". Ibid., p. 74.

⑤ 魏秀春：《19 世纪后期以来英国牛奶安全监管的历史困境与政策分析》，载《史学月刊》2013 年第 10 期，第 120 页。

严格的卫生检查，牛奶容器严格清洗，所用的水源进行严格的水质分析。[①] 1862 年，法国生物学家路易斯·巴斯德（Louis Pasteur，1822—1895）发明了"巴氏消毒法"，这种消毒方式既能杀灭牛奶里的病菌，又不影响牛奶的口感。"巴氏消毒法"传入英国后，多个巴氏消毒奶供给中心纷纷建立。

总的来说，19 世纪英国的伤寒防治不仅仅是一个医学问题，更是一个社会治理问题。资本主义的无序发展所带来的贫富差距、环境污染和食品安全等问题，为伤寒的传播打开了方便的大门。从这个意义上讲，伤寒的流行正是英国人不惜一切追求利润所引发的惨痛代价。随着伤寒疫情的不断升级，公共卫生问题逐渐引起英国社会的广泛关注，这使得政府的态度也从自由放任转变为积极干预。政府通过制定相关法律来规范人们的行为，并在专业人士的指导下大刀阔斧地推行公共卫生改革。公共卫生改革涉及多方面，包括水务管理、食品监管、垃圾集中、街道清洁等，这些措施一方面显著降低了伤寒的发病率，另一方面也使得公共卫生观念不断深入人心。

第四节　精神病与英国社会救助

人类文明自出现以来就开始了对精神病的探究。在大多数人看来，无论是医生还是门外汉都承认，精神病是一种真正的疾病。现代医学认为，精神病是指在各种生物学、心理学以及社会环境因素影响下，大脑功能失调，导致认知、情感、意志和行为等精神活动出现不同程度障碍的疾病。其症状表现为性格突变、情感紊乱、行为诡异、敏感多疑、记忆障碍、意志行为障碍等。

---

① 毛利霞：《19 世纪英国伤寒与公共卫生改革研究》，前引文，第 58 页。

但是部分学者并不承认精神病的存在。20 世纪 60 年代，美国精神病学家托马斯·萨斯（Thomas Szasz，1920—2012）提出精神病是一个神话的观点，他解释道："精神病学通常被定义为关于诊断和治疗精神疾病的一门医学专业，我个人认为这个定义虽然至今仍受到广泛认可，但它在本质上却将精神疾病学同炼金术与占星术归为同类，使之成为一门伪科学。"① 精神病只不过是为了实现社会控制而强加给异端分子和替罪羊的政治迫害的标签。著名哲学家米歇尔·福柯（Michel Foucault，1926—1984）在《疯癫与文明》（Histoire de la Folie à l'âge Classique，1961）中也提出了相似的观点，他认为精神病不能单纯被理解为自然现象而应该是文化产物，是为了满足政府对个人自由的控制和精神病学科的发展需要而产生的。

精神病的本质是什么？它是真实存在的疾病，还是一种实现社会控制的策略？若是疾病，它是一种什么样的疾病，病因是什么，有什么样的治疗方法？这些问题值得思考和探究。英国是最早对精神病进行救治并进行相关立法的国家，是极具代表性的研究对象。从古代到 19 世纪，英国社会对精神病的认知发生了几次重大转变，英国社会对精神病的认知日趋科学化，对精神病者的救助也逐渐重视患者的基本人权。探究英国的精神病史，有助于理解疾病与社会的互动关系，以及更妥善地处理精神病所带来的社会问题。

一、精神病的起因和治疗

精神病或许与人类本身一样古老。现代考古学家发现原始人

---

① （英）罗伊·波特：《疯狂简史》，张钰，等译，长沙：湖南科学技术出版社，2014 年，第 1 页。

的颅骨曾被实施过"环钻术"（trephination），即将人的一小块环形颅骨切除，露出硬脑膜。其目的是将恶魔从被附身的人体内释放出来。[①] 在科学尚处在萌芽时期的古代，人们普遍相信精神病是超自然力量所致，是神对人的惩罚，或是魔鬼附体所致。在《撒母耳记上》中，由于扫罗没有严格执行神的意志，神便抛弃了扫罗，并派一个恶魔去折磨他，他在位的最后几年里，受到恐惧、愤怒、嗜血、抑郁等情绪的轮番折磨（《撒母耳记上》，15：23-31）。在古希腊，人们认为精神病是神的惩罚造成的，故称精神病为"圣病"。人们将精神病的不同症状分别归咎于特定神灵。"如果病人像一头山羊样吼叫，或右侧痉挛，他们说他在受上帝之母责备。……如果病人口吐白沫，乱踢乱咬，Ares 神就该受到批评了。当人们晚上害怕、恐惧、谵语，从床上跳下来跑到外面，他们说这是 Hecate 神降灾。"[②] 人们认为"圣病"只能通过宗教得到缓解，通过祈祷、咒语、禁食等方式来获得神的谅解。

这种迷信、怪诞的观念受到希波克拉底质疑。他在《论"圣病"》中提出精神病是一种自然现象，"依我看，它同样由自然的原因引起，一点也不比别的病'神圣''非凡'。它最初被视为'神圣'，乃是由于人的无知，人们不知道此病的特点"[③]。他认为人体存在四种不同体液，即血液、黏液、黄胆汁和黑胆汁。黄胆汁过多会使精神过分激动，引起狂躁，黑胆汁过多则会导致抑郁、沮丧或情绪低落。对于女性的癔症（hysteria），希波克拉底认为子宫在体内无序游走寻找湿气是该病的病因。希波克拉底对

---

① 余凤高：《智慧的痛苦：精神病文化史》，长沙：湖南文艺出版社，2006 年，第15 页。
② （古希腊）希波克拉底：《希波克拉底文集》，前引书，第 107 页。
③ 同上，第 105 页。

精神病的理解被罗马人接受并加以发挥。如医学家盖伦（Galen，129—199）认为每种体液与"热、冷、湿、干"四种原始属性中的两种相关联，体液失衡会使人患病或失去理性。可以看出，尽管希波克拉底的体液理论存在许多漏洞，但其立足于朴素唯物主义的思想，显示出古典时代人们对精神病认知的相对进步性。

古希腊罗马文明衰亡后，基督教在欧洲中世纪和近代早期占据着统治地位。基督教认为精神病是恶魔附体所致。在基督教神学体系中，上帝和恶魔为了抢占人类个体的灵魂而争斗，这些争斗的标志包括绝望、痛苦和其他情绪或精神障碍等症状。要治愈这些症状就必须采用驱魔、祈祷和禁食。除了恶魔附体所致，11至12世纪，体液理论再次在欧洲流行并被医学家奉为圭臬。例如蒙彼利埃医学院教师丹尼斯·丰塔农（Denys Fontanou）在《论内脏疾病治疗的三部著作》（*De Morborum Internorum Curatioue Libri Très*，1549）中指出，躁狂是由黄胆汁之类的刺激性温热体液侵袭大脑及脑膜所引起，有时候可由血液引起，虽然血液纯净温和，但血液量的多少会损害大脑。[1] 提摩西·布莱特（Timothy Bright，1551？—1615）在《论忧郁症》（*A Treatise of Melancholy*，1586）中表示，"那种哀伤悲切和沉思忧虑是血液中浓厚的忧郁汁部分造成的"[2]。

基于体液理论，人要恢复理性，最重要的是实现体液平衡。在中世纪和近代早期，恢复体液平衡有以下几种方式。

第一，食物和药物疗法。针对狂躁症患者，医生认为应该食用"清淡"和"凉爽"的食物，例如蔬菜沙拉、大麦汤和牛奶，同时禁止饮酒和吃红肉，药物方面则使用藏红花、蜂蜜花、珊瑚

---

[1]　（英）罗伊·波特：《剑桥插图医学史》，前引书，第183页。
[2]　余凤高：《智慧的痛苦：精神病文化史》，前引书，第38页。

和芦荟植物等酿制的药丸。针对抑郁症患者，医生建议食用"温热性"的食物和药物。针对黏液过多引起的痴呆症，医生则要求病人多食用肉豆蔻、肉桂、藏红花和腌制过的姜等食物。[①]

第二，放血疗法。在医生看来，放血是恢复体液平衡最有效的方法。根据体液理论，放血可以将患者体内的有臭味、腐烂的有害物质排出。在相当长的时间内，放血疗法是由理发师操作的。现在理发店门口红、蓝、白三色的标记，就是这段历史的痕迹，红色代表动脉，蓝色代表静脉，而白色则代表包扎伤口的绷带。

第三，排泄疗法。使用通便药和催吐药或对患者进行灌肠，来通便排气，实现体液平衡。

第四，沐浴疗法。当时医生普遍认为沐浴能有效缓解精神病。受基督教的影响，水被认为能够涤罪新生。水是最简单、最原始的液体，是自然界最纯洁的事物，当体液失衡时，人浸泡在水中能够恢复平衡。在中世纪，治疗狂躁症的最有效的办法就是将患者投入冷水中，直至他筋疲力尽，归于平静。[②]

第五，星宿治疗法。在中世纪的星宿学家看来，体液受到星体的控制和影响。木星和金星有助于保持体液平衡，对人的精神健康有益。火星和木星则会导致体液紊乱，有损人的精神健康。星宿治疗法强调规避，即病人应避免在受不吉祥星辰影响的时间活动。

从 17 世纪开始，随着理性主义的兴起和解剖学的发展，医学家开始重新认识精神病。他们抨击自古希腊以来流行的体液说

① 徐德亮：《中世纪晚期英国精神障碍者的生存状态研究》，硕士学位论文，西安：陕西师范大学，2017 年，第 22 页。

② （法）米歇尔·福柯：《疯癫与文明》，北京：生活·读书·新知三联书店，2007年，第 158—159 页。

和基督教的恶魔附体说。在解剖学的基础上，他们提出思想、情感及行为的异常应归因于大脑及神经网络的问题。有着"英国的希波克拉底"之称的托马斯·西德纳姆（Thomas Sydenham，1624—1689）就表示："神经［神经系统］的解剖……解释了发生在我们体内的种种行动与情绪的真正、真实的原因，在此之前这些都是极难解释的。许多不可见的疾病和症状诱因，原本常被归咎于巫婆的咒语，如今得以被发现并有了令人满意的解释。"①因此，精神病的原因在于大脑皮质，是神经失调所致。例如，苏格兰医生威廉·卡伦（William Cullen，1710—1790）在 1769 年首次提出"神经症"（neuroses）这一术语，指出神经症是不发热或没有局部病变的感觉和运动的疾病，他将神经症分为昏迷病、动力减退病、痉挛病和精神失常病。虽然卡伦的分类存在诸多问题，但神经症的提出使得神经系统在生理学、病理学和疾病分类学中的重要性大大提升，为西方摆脱体液说奠定了概念基础。②到 19 世纪中叶，随着自然科学、生理学、解剖学和病理学的发展以及临床资料的积累，精神病逐渐被认为是脑病变所致。德国精神病学家威廉·格里辛格（Wilhelm Griesinger，1817—1868）在 1845 年出版的《论精神病的病理学及治疗》（*Die Pathologie und Therapie der psychischen Krankheiten*）中，引用了当代大脑生理和病理解剖的资料，得出精神失常是一种脑病的结论。在这种观念的影响下，针对精神病的治疗方法主要有以下三种。

第一，药物治疗。19 世纪对精神疾病的治疗使用的主要是东莨菪碱、樟脑、鸦片等使患者镇静的药物。西奥多·迈纳特（Theodore Meynert，1833—1892）是欧洲最重要的组织学家之

---

① （英）安德鲁·斯卡尔：《文明中的疯癫：一部关于精神错乱的文化史》，经雷译，北京：社会科学文献出版社，2020 年，第 171 页。
② （美）肯尼思·F. 基普尔：《剑桥世界人类疾病史》，前引书，第 56 页。

一，他认为兴奋是由于大脑供血不足，而抑郁是由于大脑供血过多，因此致力通过药物改变大脑血管的状况。1884 年，弗洛伊德（Sigmund Freud，1856—1939）在对枢神经系统进行可卡因实验时，发现可卡因能够缓解抑郁。①

第二，刺激疗法。这种方法主要包括使用旋转椅、电击、冷浴等方式。18 世纪医生赫尔曼·布尔哈夫（Hermann Boerhaave，1668—1738）发明了旋转椅，认为旋转椅高速旋转，会使造成患者精神失常的想法和感情被逐出体外。电击疗法则是通过低电压交流和直流电电击患者的肌肉，这种方法曾在德国被广泛使用。冷浴疗法被认为可以减轻患者压力，缓解精神病的症状。②

第三，运动疗法。由于精神病是神经失调所致，一定的运动有助于刺激神经。西德纳姆尤其建议用骑马来医治忧郁症和疑病症，"我发现，补血益气的最好办法是，每天骑着马在新鲜空气中长时间地漫游。在这种活动中，由于肺、尤其是下腹部的内脏受到颠簸，就能排除血液中淤积的废液，使神经纤维和各器官的功能得以康复，使自然热量得以补充，通过出汗或其他途径将腐败体液排出，或使这些体液恢复原健康状态，并且消除梗阻，廓清通道。最终通过使血液不断的运动来更新血液，使之具有特殊的活力"③。

18 世纪晚期，随着浪漫主义的兴起，部分医学家开始强调感觉和情绪，并对人的内心进行深层次剖析。德国医学家海因罗特（Johann Christian August Heinroth，1773—1843）认为，人

---

① 李靖、程伟：《西方医学关照下的 19 世纪精神疾病诊治》，载《中国医药指南》2009 年第 9 期，第 173 页。

② 同上。

③ （法）米歇尔·福柯：《疯癫与文明》，前引书，第 164 页。

们的激情驱使他们选择邪恶，而这种选择导致内心的堕落。一旦堕落了，恐怖、愤怒或失望等会引发精神疾病。在《精神卫生学教学书》（*Lehrbuch der Seelengesundheitskunde*，1823）中，他指出："激情像扔进生活居所的燃烧着的煤，或像把毒液射进这些血管的巨蛇，或像撕咬内脏的兀鹫。从这时起，有人为激情所控制，秩序在其生命体系内不再占据优势。"① 这种对精神病的浪漫主义解释，强调人类心理对精神障碍的影响，但是在 19 世纪并不被大多数医学家接受，随着弗洛伊德精神分析学的兴起和壮大，这种观点在 20 世纪才逐渐被人们熟知和接受。

由于对人类的情感和内心的关注，医学家发明了以下方式来治疗精神病。

第一，道德疗法。最早发明道德疗法的是法国医生菲利普·皮内尔（Philippe Pinel，1745—1826）。他强调要给患者以尊重和自由，反对给患者戴上手铐脚镣。这种疗法主要包括建立医患之间良好的信任基础、减少刺激、鼓励患者参与日常生活等。

第二，催眠疗法。催眠术最初带有欺骗性，被称为"江湖魔术"。18 世纪后期，奥地利医生弗朗兹·梅斯梅尔（Franz Mesmer，1734—1815）以"动物磁力"的心理暗示技术开创了催眠术治疗的先河。1841 年，英国医生詹姆斯·布雷德（James Braid，1795—1860）正式把心理暗示技术定名为"催眠"。19 世纪的伟大催眠师、神经学家让－马丁·夏尔科（Jean-Martin Charcot，1825—1893）将催眠术用于治疗癔症，发现在催眠状态下患者能回忆起一些与症状相关的创伤体验，这将有助于患者宣泄压力，帮助他们康复。

① 转引自（美）爱德华·肖特：《精神病学史：从收容院到百忧解》，韩健平，等译，上海：上海科技教育出版社，2017 年，第 40 页。

第三，精神分析法。精神分析法以布罗伊尔和弗洛伊德1895 年出版的《癔症研究》（*Studies in Hysteria*）作为心理分析正式创立的标志。此疗法聚焦于对患者的无意识心理过程进行分析，探讨这些无意识因素是如何影响患者目前的关系、行为和心理状态的。通过对患者生活历史的探索，了解患者的心理内部动力，有助于了解患者的创伤性经验和潜意识动机，缓解患者的紧张和恐惧。

第四，戏剧疗法。这种疗法可以帮助患者发展更好的适应能力。例如在观看戏剧时患者在心理上进入剧情，他们的自我意识被激发。随着戏剧情节的展开，患者的感觉、智力和自我意识得以恢复和复苏。

二、对精神病人的管理

人们一直在思考如何对待和管理精神病人，但直到今天，这个问题仍没有完全得到解决。在古代的法律体系中就存在对精神病人提供特殊照顾的条例，如帮助他们订立遗嘱、打理财产、签订合同等。[①] 中世纪至文艺复兴时期，精神病人往往被驱逐出城外，他们被赶上"愚人船"（Narrenschiff），四处流浪[②]，或者被锁在家中。若家庭成员无法照顾，就由当地教会负责看管和照料，这就是精神病院的由来。1247 年，伦敦伯利恒（Bethlem）建立的圣玛丽小修道院，直至 15 世纪一直专门收容精神病人，后来成为有名的精神病医院。

从 17 世纪开始，英国人对精神病人采取禁闭的措施。由于精神病人丧失理智不能自制，在社会上游荡将会影响社会治安。

---

① 赵秀荣：《17—19 世纪英国关于疯人院立法的探究》，载《世界历史》2013 年第 5 期，第 74 页。

② （法）米歇尔·福柯：《疯癫与文明》，前引书，第 10—11 页。

除了精神病人，道德败坏者、挥霍家产的父辈、放荡的不肖子孙、亵渎神明的人、放纵者和自由思想者也被认为是丧失理性的并被囚禁起来。[①] 除了考虑社会治安，对精神病人的禁闭也是一种社会救助的方式，有助于解决失业问题。17—18世纪是英国从封建时代走向资本主义时代的过渡时期。农业革命、价格革命、宗教战争、圈地运动、饥荒等造成英国贫困问题急剧恶化，这使得英国出现了大量的流浪汉、小偷和乞丐。1662年出现一本题为《为穷人而悲鸣》的小册子，描述了英国社会的当时的状况："尽管穷人的数量日渐增多，但各方面还在给他们雪上加霜；……许多教区开始关注自己教区的穷人，甚至包括那些强壮的劳力，因为他们将失去工作，……将为了生存而去行乞、偷窃。这个国家正不幸地受到他们的骚扰。"[②] 面对如此大规模的贫困人口，英国王室出台了一系列济贫法案，其中1601年的《伊丽莎白济贫法》（The Elizabethan Poor Law）最具有代表性。该法以教区为单位设置治安法官，负责管理济贫事宜、征收济贫税及核发济贫款。救济方法因人而异，凡年老及丧失劳动力的，在家接受救济；贫穷儿童则在指定的人家寄养，长到一定年龄时送去做学徒；有劳动能力的人在济贫院中进行工作技能培训后再安排工作，对社会安定具有危害性的流民或拒绝工作的健全乞丐则送入教养院。在当时政府看来，精神病人与流浪汉、小偷、乞丐和流氓并无差别，许多精神病人被收容至济贫院和教养院中，这在当时无疑是一种有效的社会救助办法。但精神病人几乎没有劳动能力，在济贫院和教养院中，精神病人往往被强制劳动。而且济贫院和教养院几乎与监狱没有差别，精神病人穿着统一的服

---

① （法）米歇尔·福柯：《疯癫与文明》，前引书，第65页。
② 同上，第50页。

装，戴着手铐脚镣，经常遭到管理人员的殴打。

1714 年，议会通过了《流浪法》（Vagrancy Act），该法第一次明确区分了精神病人与流浪者、乞丐和游民，并豁免了精神病人的鞭刑。从某种意义上说，精神病人第一次获得法律身份。[1] 1744 年，议会出台了新的《流浪法》，该法是英国第一部对精神病人进行集中管理的法令。法令指出"那些因精神错乱或其他原因而导致感官混乱的人被允许四处游走是危险的"[2]，因此在发现疯子时，只要获两个以上治安官的签字和盖章授权，就可以指示该教区、地方警察、教区执事、该城市的济贫官将疯子逮捕并锁在安全的地方。在禁闭期间，如果疯人有财产，教区执事或济贫官出售疯人的物品以支付禁闭费用，若无财产，这些费用则由所属教区、城镇或地方来支付。[3] 该法令的出台确立了对精神病人禁闭的合法性。但是，该法令在裁定精神病时存在严重漏洞。治安法官常收受贿赂，许多正常人因被指控为疯人而惨遭禁闭。作家丹尼尔·笛福（Daniel Defoe，1660—1731）就指出，许多精神正常之人被关进疯人院，主要是其家属借此侵占他们的财产或丈夫想另寻新欢。[4]

早在 1600 年，英国就出现了由慈善资助的为精神病人服务的专门医院，如著名的伦敦伯利恒医院、针对不可治愈精神病人的盖伊医院（Guy's Hospital）、圣卢克医院（St Luke's Hospital）等。这些医院主要面向穷人，但数量少，规模也不

---

① 赵秀荣：《17—19 世纪英国关于疯人院立法的探究》，前引文，第 76 页。

② Kathleen Jones. *Lunacy，Law，and Conscience 1744-1845：The Social History of the Care of the Insane*，London：Rouledege. 1955，p. 28. 本章中该作品中的引文为笔者翻译。

③ 同上，第 29 页。

④ Audrey Eccles. "'Furiously Mad'：Vagrancy Law and a Sub-Group of the Disorderly Poor"，*Rural History*，2013，Vol. 24（1），p. 27.

大。这种状况使得私立疯人院纷纷建立，并占据主导地位。以伦敦为例，"1775 年有 19 所特许疯人院（licensed madhouses）属于 14 位经营者。1816 年，这个数字上升到 40 所疯人院和 26 位经营者"①。乔纳森·迈尔斯爵士（Sir Jonathan Miles）和托马斯·沃伯顿（Thomas Warburton）经营的疯人院在 1815 年收容了 1200 名病人，其中大部分病人是教区当局以低价安置的贫困病人。② 总的来说，当时的私人疯人院的环境很差，房间往往没有窗户，昏暗阴沉，精神病人戴着手铐和脚镣，常常遭到殴打和虐待。笛福曾评价道："如果他们进去的时候没有发疯，那么那里的野蛮做法、对理性的无知和对外界接触的阻挠，以及突然地被拍打、被剥去衣服、被鞭打，吃不饱和虐待会使他们发疯。"③此外，私人疯人院主要服务于中上层阶层，大部分贫穷的精神病人无力支撑高昂的费用，他们更多被禁闭在教养院、劳动院和监狱中。

针对 1744 年的《流浪法》存在的漏洞以及加强对私人疯人院的管理，1774 年议会通过《疯人院法》（Madhouses Act）。该法案规定所有疯人院需要由皇家医学院下的委员会颁发许可证，每年对所有疯人院进行检查，并对所有被禁闭的疯人集中登记。④ 法令还要求禁闭疯人需要医学证明，若无医学证明将被罚款 100 英镑。⑤《疯人院法》确立了英国疯人院的营业执照体系，

---

① （英）李奥纳多·史密斯：《公共慈善、私营机构和国家干预：英格兰疯人的制度化护理（1600—1815）》，傅益东、赵炜煜，译，载《医疗社会史研究》2021 年第 1 期，第 127 页。
② 同上，第 127—128 页。
③ Audrey Eccles. "'Furiously Mad'：Vagrancy Law and a Sub-Group of the Disorderly Poor", p. 27. 本章中该作品中的引文为笔者翻译。
④ *Annual Register for the year 1774*，London：J. Dodsley，1778，p. 240.
⑤ 同上，第 241 页。

一定程度上限制了随意关押精神病人的行为，但已经被关进疯人院的精神病人的情况并没有得到多少改善。曾在伦敦最大的两家私立疯人院——托马斯·沃伯顿的红屋和白屋——任药剂师的约翰·罗杰斯（John Rogers）就表示，院内到处是跳蚤和老鼠，房子又冷又潮，许多病人患坏疽和肺结核。此外，病人还会受到护士的肆意虐待，棍棒和鞭子是常用工具，而女性病人经常被强奸。失禁的病人会定期被拖到院子里，被泵压的冷水冲洗。①

由于精神病人在私人疯人院的境遇并没有得到改善，而大部分贫困患者在社区、济贫院和监狱中被漠视或被虐待，因此，1808 年，议会通过《郡立疯人院法》（County Asylums Act），授权各郡当局以自行出资、联合其他郡或志愿认捐的形式成立一所收容贫困病人的疯人院。该法规定新建的郡立疯人院应尽可能选择在空气清新、有利于身体健康的地方，要有干净的水源供应，能提供持续性的医疗救助。病房应按照性别和康复程度来分配，并且保持干燥和通风。② 1828 年议会又修改了《郡立疯人院法》（County Asylums Act 1828），该法案要求地方每年向内政部提交入院、出院和死亡的记录，允许内政部派遣巡查专员检查所有类型的疯人院。同时要求严格审查病人资格，病人由两名医生签署证明才能入院，证明文件需包括病人是如何检查的以及病人的基本信息（如姓名、居住地和宗教信仰等）和联系人的信息等。在病人治疗规定上，确保每个病人都能得到定期的医疗护理。所有容纳 100 名以上病人的机构都要有一名常驻医务人员。少于 100 人的机构，每周至少要有一名医务人员服务两次。每个

---

① （英）安德鲁·斯卡尔：《文明中的疯癫：一部关于精神错乱的文化史》，前引书，第 199 页。

② Kathleen Jones, *Lunacy*, *Law*, *and Conscience 1744-1845: The Social History of the Care of the Insane*. Ibid., pp. 74—76.

星期天都要为病人举行圣餐仪式，病人的牧师、朋友和亲戚有义务每年探访病人两次。[1] 值得注意的是，1808 年和 1828 年的《郡立疯人院法》并不具有强制性，由于郡政府不愿承担疯人院的建设费用，第一家郡立疯人院于 1811 年才在诺丁汉郡建成，到 1841 年总共只有 13 家郡立疯人院，许多贫困病人仍然被囚禁在监狱中。[2]

为加快郡立疯人院的建设，在 1808 年和 1828 年的《郡立疯人院法》的基础上，1845 年议会通过了《疯癫法》（Lunacy Art 1845）和《郡立疯人院法》（County Asylums Act 1845）。该法规定成立"疯人院专员委员会"（Commissioners in Lunacy），所有类型的疯人院都需要在委员会下注册登记，委员会负责制定相关细则并成为一个固定的监察机构，以负责对私人疯人院的巡查。私人疯人院设置常驻医生，并定期给病人检查。各郡成立郡立疯人院成为强制性规定。同时，法案还特别强调对无亲属朋友的精神病人的关怀和照顾。[3] 这些法律条款规范了私人疯人院的运营，疯人院不再是阴森可怕的监狱，而成为专业的医疗机构。同时，强制设立郡立疯人院使得贫困病人能够得到治疗，可以说这是疯人院立法进程中的一大进步，并为此后的疯人院法案提供了框架。

通过以上探讨，我们可以看到，英国对精神病人的救助处在

---

[1] Kathleen Jones, *Lunacy*, *Law*, *and Conscience 1744-1845: The Social History of the Care of the Insane*. Ibid., pp. 141-143.

[2] Clive Unsworth. "Law and Lunacy in Psychiatry's 'Golden Age'", *Oxford Journal of Legal Studies*. 1993，Vol. 13（4），p. 484；赵秀荣：《19 世纪英国私立疯人院繁荣原因初探》，载《首都师范大学学报（社会科学版）》2012 年第 4 期，第 37 页。

[3] Kathleen Jones, *Lunacy*, *Law*, *and Conscience 1744-1845: The Social History of the Care of the Insane*. Ibid., pp. 191-195.

"摸着石头过河"的阶段。17—18 世纪，对精神病人的禁闭更多是从社会治安和济贫的角度出发。19 世纪，精神病人被纳入政府监管范围，贫困病人的处境和病人的权利逐渐得到重视，这表现出人类文明的进步。虽然病人的一些境况得到改善，但是正如福柯所言："所有的精神病学家，所有的历史学家都被同一种愤怒情绪所支配。我们到处看到相同的义愤，相同的谴责：'居然没有人因把精神病人投入监狱而脸红'。"① 疯人院对于精神病人而言，仍然是他们无法逃离的牢笼。随着私人疯人院的调整和改善，中上层精神病人往往前往私人疯人院，而贫困患者只能前往郡立疯人院。在私人疯人院，病人往往能受到体面对待，虐待行为相对较少，病人的康复率也相对较高。而在郡立疯人院，由于收治病人较多，精神病人居住在拥挤的环境中，医疗资源十分有限，患者的预后也十分悲观，疯人院不但不是治疗康复的地方，反而成了"废品收集站"。另外，对疯人院的最严厉的批评有两个方面：一是对精神正常的人非法和不适当的禁闭，如社会异议分子、自由主义者、同性恋者等，二是对精神病人的虐待和折磨。所以，疯人院是否是治疗精神病的最佳场所是一个值得深入探讨的话题。

① （法）米歇尔·福柯：《疯癫与文明》，前引书，209 页。

第二章　19 世纪英国文学中的
女性作家与疾病书写

　　了解了 19 世纪英国社会的疾病史，我们可以发现疾病深刻地影响了英国社会的方方面面，并引导、产生了一类社会文化与思想潮流。而在英国同期的文学作品中，疾病也成为一种十分重要的故事元素。特别是在 19 世纪女性作家的笔下，疾病时常被用作故事情节的重要转折点，或是象征某些重要的意象。通过疾病在小说中呈现的功能，女性作家表达了对 19 世纪英国社会的看法与思考。因此，本章将对简·奥斯丁（Jane Austen，1775—1817）、玛丽·雪莱（Mary Shelley，1797—1851）和勃朗特三姐妹的部分文学作品进行分析，讨论疾病在这些作品中被如何描写，疾病对故事情节发展与人物命运起到了何种作用，以及这些女性作家如何借助疾病的功能与意象表达她们对 19 世纪英国社会的看法。

　　第一节对《傲慢与偏见》（*Pride and Prejudice*，1813）、《理智与情感》（*Sense and Sensibility*，1811）和《曼斯菲尔德庄园》（*Mansfield Park*，1814）进行分析，讨论疾病对人物关系与命运的影响，以及奥斯丁如何通过疾病书写表达出她对"淑女"观念、女性行为与品德的看法。第二节重点分析小说《弗兰肯斯坦》（*Frankenstein*，1818），通过对主人公家族的疾病创伤记忆、"怪物"与疾病的隐喻关联以及玛丽·雪莱将自己投射到作品等相关内容进行分析，试图展现玛丽·雪莱对技术与社会伦理之间关系的矛盾心理，并反映出当时的英国社会如何通过各种道德来约束、压抑女性。第三节对勃朗特三姐妹的代表作品进行分析，通过分析其作品中的疾病书写，揭示她们既希望维系维多利亚时期的社会伦理，又渴望瓦解并重构一种新的全民伦理的矛盾社会观。

第一节　简·奥斯丁作品中的疾病书写与英国社会观

在简·奥斯丁的作品中，女性的感情生活与婚姻选择是她重点探讨的话题。无论是《傲慢与偏见》中班纳特五姐妹的情感经历，还是《爱玛》（Emma，1815）中爱玛热衷于"红娘"事业的幻想，奥斯丁通过小说中的不同人物及其视角，阐述她对女性贞洁、婚姻和责任的态度。其中，疾病是奥斯丁小说中常见的要素之一，经常被用于推动故事关键情节的发展。因此，人物患病的情节设计同样能作为一种研究奥斯丁作品的视角。对人物患病情节的分析，能让读者注意到小说人物的行为与言语，感知疾病引发的人物关系变化，并了解当时英国社会人们的观念。

国内学界对奥斯丁的研究一直经久不衰。已有的研究成果主要集中在奥斯丁的创作特点和风格、文本分析、奥斯丁与我国女性作家作品之间的对比分析、奥斯丁作品中涉及的英国社会文化等方面。苏锦平对奥斯丁的"二寸象牙"创作特点进行研究，并结合奥斯丁生活的时代背景、成长环境中的"艺术氛围"及其微型画像式的写作特征进行说明。① 武静、范一亭以《理智与情感》为分析文本，以"哀悼"与"忧郁症"为关键词，对小说中两位女性主人公的感情心理进行分析，并结合福柯的权力规训观点，论证两位女性人物不同的心理特征所反映出的当时社会中女性对男性权力的不同态度。② 邹世奇综合了奥斯丁与杨绛的作品，对比分析了奥斯丁在创作观念上对杨绛形成的影响，并用比较文学的方法展现了两人创作理念的相似之处。③ 何畅将研究重点放在"绅士"形象的塑造上，他结合奥斯丁的《傲慢与偏见》，梳理了男主角达西先生在女主角眼中形象的变化，认为达西先生的形象变迁实际上折射出了女主角的情感变化，而这种情感变化源于社会风尚的变化。④

在国外学界，奥斯丁研究的热点话题与国内大体一致，但在研究视域以及对比分析时所选用的对象上存在差异。在《〈爱玛〉中的自由间接话语与叙事权威》（"Free Indirect Discourse and Narrative Authority in 'Emma'"）一文中，冈恩（Daniel P. Gunn）特别指出奥斯丁是英国第一位熟练运用间接话语的小说家，并分析这种叙事模式在小说《爱玛》中对人物塑造、情节结构方面产生的关键影响。同时，冈恩从叙事学的角度指出这种间接话语造就了一种叙事权威，认为这一方式不仅使奥斯丁的小说情节与人物塑造独树一帜，更使得作者的观点在小说中得到有效

① 苏锑平：《何为简·奥斯丁的"两寸象牙"？》，载《读书》2021年第4期，第84—88页。
② 武静、范一亭：《哀悼与忧郁症——论〈理智与情感〉中的心理与权力》，载《外语学刊》2016年第3期，第152—157页。
③ 邹世奇：《论简·奥斯丁对杨绛创作的影响》，载《扬子江评论》2018年第5期，第109—112页。
④ 何畅：《"情感主义"还是"反情感主义"？——从〈傲慢与偏见〉中的绅士形象谈起》，载《外国文学》2019年第6期，第34—43页。

的表达。[1] 马可维茨（Stefanie Markovits）注意到奥斯丁在 1800 年搬到巴斯之后的变化，认为搬离故土导致她对快乐和幸福关系的认知发生变化。他认为这种认知转变体现得最明显之处便是奥斯丁的后期小说中存在许多曲折情节，如主人公需要经历许多情感磨难才能获得幸福。[2]

通过文献梳理，我们看到部分学者注意到疾病对奥斯丁小说中的情节设置、发展所起到的重要作用，但在具体分析上却略显粗糙，很少从某位人物的某次疾病经历去探究相关的人物、对话、社会关系变化以及小说中做出的评价。

苏珊·桑塔格（Susan Sontag，1933—2004）在《疾病的隐喻》（*Illness as Metaphor and AIDS and Its Metaphor*，1989）中将一个人在世界上的身份视为"健康王国"与"疾病王国"两者的结合，而在临床医学发展尚未成熟时，人们往往因对疾病了解甚少而产生某种幻想。[3] 如前文所述，19 世纪英国文学中对死亡与"肺结核"等的追崇便是此类幻想引发的潮流。可见，疾病虽是一种病理学上的概念，但即便在医学发展尚浅的历史时期，它引发的社会与文化影响也可能是极为深刻且广泛的。从这一视角来看，疾病是解读一个时代、一个社会、一个人物的重要线索，疾病与人们的日常生活密不可分。在学界，奥斯丁的作品常常被描述为"二寸象牙"[4]，以

---

① Daniel P. Gunn. "Free Indirect Discourse and Narrative Authority in 'Emma'". *Narrative*，2004，Vol. 12，No. 1，pp. 35-54.

② Stefanie Markovits. "Jane Austen and the Happy Fall". *Studies in English Literature*，1500-1900，2007，Vol. 47，No. 4，Autumn，pp. 779-797.

③ （美）苏珊·桑塔格：《疾病的隐喻》，程巍，译，上海：上海译文出版社，2003 年，第 5 页、第 20 页。

④ 范丽娜，曾健坤，周榕，《简·奥斯汀的秩序观》，北京：社会科学文献出版社，2019 年，第 2 页。"两寸象牙"特指奥斯丁的创作观与创作视野集中在几对男女关系上。

形容其作品内容的描写程度之细微。尽管这种对日常生活主题的深入刻画让奥斯丁受到文艺界的批评，令部分评论家认为她脱离了彼时英国的社会背景，忽视了英国在国际上拥有的巨大影响力。但"二寸象牙"的手法深入刻画了描写对象的特点，让读者能够切实了解当时英国大众的日常生活。因此，本节将结合疾病的视角与"二寸象牙"的叙事方法，以奥斯丁三部小说中的疾病描写为分析对象，研究疾病所牵引出的人物对话、行为与关系变化，以及它们所反映出的英国社会观念。

一、《傲慢与偏见》中简的高烧事件展现的阶级观念冲突

阶级是英国社会长期讨论的话题之一，例如具有不同阶级背景的人应当具备怎样的行为、操着怎样的口音、穿戴什么样的服饰都有一套潜在的规则。比如，伊丽莎白二世在判断一个人是否能与王室相处融洽时，会安排一个"巴尔莫勒尔测试"（The Balmoral Test），通过就餐礼仪、活动游戏等形式，私下对"被测试者"给予评价，这在电视剧《王冠》（*The Crown*）中有所呈现。而在《傲慢与偏见》中也有类似"巴尔莫勒尔测试"的场景，它出现在简冒雨访问内瑟菲德庄园而导致高烧的后续情节中。在这个情节中，伊丽莎白与内瑟菲德庄园的众人属于不同阶层，双方对礼仪、社交行为的标准存在观念上的差异。因此，伊丽莎白在照顾简的过程中对庄园内的大部分人都感到厌恶，赫斯特太太、宾利小姐等人对伊丽莎白也颇有微词。虽然双方人物不同的性格特点与观念是引发这类"傲慢与偏见"现象的重要因素，但这种现象也与当时英国不同阶层的民众在交流试探时采取不同的礼仪与应对方式有着紧密的关联。

在小说第七章的结尾，伊丽莎白因担心简而选择徒步前往内瑟菲德庄园。由于前一天下了暴雨，伊丽莎白的裙摆在行走时沾

上了田野中的泥土。当她被介绍给正在用餐的人们时，内瑟菲德庄园中上层人士的"巴尔莫勒尔测试"便开始了。很显然，伊丽莎白的徒步来访以及她裙摆上的泥土让在场的大部分人"感到惊讶"①，甚至连对她心怀爱慕的达西先生也持有两种相左的态度，即"一半是对她步行之后容光焕发心生爱慕，一半是对她孤身一人远道赶来是否有当萌发怀疑"②。可见，在上层人士的社会观中，女性独自徒步赶路完全不符合他们的观念，而贸然打扰主人家用餐也是一种不礼貌的行为。为此，伊丽莎白也认为"她们因为这个还瞧不起她"③。但伊丽莎白的贸然拜访并没有令内瑟菲德庄园中的人们感到过分的不适，他们依旧客气地接待了伊丽莎白，宾利家的两姐妹在伊丽莎白陪伴简的时候还前来表示关切与问候。上述行为让伊丽莎白对上层人士的傲慢印象有所改观，但这种"和谐"的氛围在简请求伊丽莎白留下陪同后开始发生微妙的变化。

这个情节展现了伊丽莎白与上层人士对"淑女"行为的不同态度。从达西先生等人的角度看，伊丽莎白给他们留下了冒失与不得体的印象。为此，处于全知全能叙事视角的奥斯丁在评论众人的情绪时，用到"居然""难以相信"④ 等字眼来表现伊丽莎白的到访带给他们的震惊。就连伊丽莎白也可以感受到这种震惊情绪的背后是对她身份的看低，即她违反了上层女性的行为规范。其后，全能视角的叙事者用反讽的方式展现了赫斯特先生对她的到来表现的"友好"。不过众人考虑到伊丽莎白的行为是出

---

① （英）简·奥斯丁：《傲慢与偏见》，张玲、张扬，译，北京：人民文学出版社，1993 年，第 27 页。
② 同上。
③ 同上。
④ 同上。

于对简的担心，所以他们表面依旧保持着友好态度，甚至一同陪伴了简与伊丽莎白。然而，这样的态度让伊丽莎白对宾利姐妹等人的行为明显产生了某种误会，因为英国上层人士展示的友好并不一定代表他们真实的情绪，这种友好仅仅是她们作为东道主对来访者保持的礼节。

在伊丽莎白被邀请留宿后，上层人士对伊丽莎白的"巴尔莫勒尔测试"继续进行。这一阶段的测试主要集中在用餐以及餐后的娱乐活动上。在这段情节中，伊丽莎白先是在用完正餐后便直接去简的房间照看她；等到简睡着后，她下楼回到客厅在一旁看书，拒绝了其他人的游戏邀请。在这一过程中，简所在的病房成为独立于上层庄园之外的空间，患病的简让伊丽莎白有理由可以不用关心社交，减少与上层人士的接触。可见，简的病情与病房让伊丽莎白在内瑟菲德庄园中拥有了一个喘息的空间，让她得以与上层人士隔离。

此外，简的病房也成为伊丽莎白两次活动的转场。首先，按照上层阶级活动的惯例，男性与女性在用餐后一般会分别聚集在不同的房间。男性聚在一起讨论政治等话题，女性则通常议论家事、八卦或者玩游戏。但伊丽莎白由于担心简的病情，在晚餐后便直接上楼照顾简，这种行为在上层人士眼中是较为不得体的。因此，宾利小姐等人立刻开始了对伊丽莎白的批判，认为她"没有礼貌，既傲慢又粗野"①。随后众人开始数落伊丽莎白上午的莽撞访问，直言她因为简的感冒就如此小题大做，其行为既不合礼数，又显得不体面，宾利小姐甚至评价她是"乡巴佬"②。达西先生也表达了对女性独自在外赶路的不认同；宾利先生则出于

---

① （英）简·奥斯丁：《傲慢与偏见》，前引书，第29页。
② 同上，第30页。

对简的喜爱，选择为伊丽莎白进行辩护。从这几位的对话中可以看出，当时的英国上层社会特别看重"淑女"对礼数的遵守，不认可女性让情绪与非理性支配她们的行为。

宾利姐妹是"淑女"礼数的践行者，例如她们饭后去问候简和伊丽莎白时"重新摆出了脉脉含情的样子"[①]，并陪同了一会儿。但这种陪伴是一种礼貌性质的社交礼仪，所以当有人请她们下楼参加活动时，两人便立刻离开。当伊丽莎白下楼时，"巴尔莫勒尔测试"最后一部分便开始了——众人邀请她参加鲁牌游戏。不过伊丽莎白再次拒绝了他们的邀请，并以简依旧需要照看为由在一旁看书休息。伊丽莎白的反应再次表明她与这些上层人士完全无法相处，也埋下了双方后续产生言语冲突的导火索。

起初，赫斯特先生对伊丽莎白不玩游戏的行为评论为"真是奇特"[②]。宾利小姐也随即开始进行言语上的嘲讽，认为伊丽莎白看不起这种活动，暗指她不善交际。对此，伊丽莎白仅是进行了简短回应，并没有扩大言语矛盾，两人之间的火药味儿却愈发浓厚。直到达西先生与众人谈论到置办产业以及对女性的品德要求时，伊丽莎白鉴于先前对达西先生的误会和宾利小姐的嘲讽，认为达西先生是在讽刺她，于是便出言反击，这再度加深了她和达西之间的误解与偏见。

通过简在内瑟菲德庄园患病休养的情节，可以看到伊丽莎白与上层人士在为人处世、社交礼仪、对女性的要求等方面都存在巨大的认知差异。这种差异的源头在于伊丽莎白的家族与达西先生等人并不在一个阶层。根据小说中的描述，宾利先生继承的财产有 10 万英镑，而宾利姐妹也各自拥有 2 万英镑的资产。[③] 在

---

① （英）简·奥斯丁：《傲慢与偏见》，前引书，第 30 页。
② 同上，第 31 页。
③ 同上，第 13 页。

《理智与情感》中，亨利·达什伍德的太太范妮为满足自己的利益，让亨利不遵守父亲的遗言，仅为他的母亲达什伍德老夫人买了一处小别墅，并称达什伍德夫人每年 500 英镑的利息足以维持老夫人与他三个妹妹的日常支出。[①] 通过《理智与情感》中对财产数量的描述与对比，可以看出宾利先生拥有的财产数量十分可观，他们家族在英国上层社会中的地位也很高。相较之下，本内特一家虽然也拥有不动产与一定数量的动产，但根据宾利小姐使用"低微"[②] 形容本内特家族的财产，可以推断本内特与宾利一家的财产存在相当大的差距。也因此，伊丽莎白与达西先生等人处在不同的阶级维度，运用不同的话语模式，这进而导致两个群体的交流存在误解，对彼此的行为存在误读。

从上述分析可以看出，奥斯丁很好地运用了疾病这一元素，将不同阶层人士在行为与话语模式上的差异细致地展现在读者眼前。这样既深化了小说想要表达的主题，又展现了当时英国社会中不同阶层人士对"礼数"的不同看法与行为作风，从细节处体现了当时的社会风貌与观念。同时，简的病房在文中起到了缓和阶级冲突的作用。一方面，奥斯丁将简的病房设置成庄园中的缓冲带，让彼此不顺眼的双方留有空间；另一方面，简的病房承担起这场"巴尔莫勒尔测试"的转场功能，让宾利等人以不同的活动方式去试探伊丽莎白，而伊丽莎白也能在转场过程中稍稍喘息，不至于让双方的矛盾冲突爆发得十分尖锐。

二、《理智与情感》中疾病引导出的情绪观念

相较于《傲慢与偏见》，尽管《理智与情感》仍聚焦在几对

---

① （英）简·奥斯丁：《理智与情感》，武崇汉，译，北京：人民文学出版社，2010年，第 10 页。
② （英）简·奥斯丁：《傲慢与偏见》，前引书，第 30 页。

男女关系的刻画上，但这部作品更能展现奥斯丁对社会道德与观念的态度。在《理智与情感》中，疾病成为女性无法压抑情绪的消极表征产物，这一特点与英国 19 世纪的社会观念联系紧密。在当时的英国中上层阶级眼中，他们将情绪的外露与宣泄视为洪水猛兽，认为这极不符合英国礼仪。因此，无论是老达什伍德先生的早逝给家人们带来的悲痛，还是玛丽安经历感情波折后进行情绪的宣泄，都遭到了来自全知叙事者的否定。从这个视角看，疾病与社会礼仪成为一组对立的词语，疾病更是从反面展现出当时英国社会普遍的情绪观念特点。

在这部作品中，玛丽安是一个因控制不住情绪而导致自身患病的典型角色。故事一开始，玛丽安便给读者留下情感丰富的印象。在达什伍德老先生去世时，玛丽安便同母亲一起陷入过分悲伤的情绪之中。与之形成鲜明对比的是她的姐姐埃莉诺，她展现出了得当的礼仪与情绪上的克制，既不过分表露悲伤，又抚慰母亲与妹妹们。可见，玛丽安与埃莉诺分别对应了小说题目中的"情感"与"理智"。当她们母女搬离诺兰庄园来到巴登别墅后，玛丽安也在与达什伍德一家和周围邻居的交往过程中表现出她丰富多变的情绪。例如当詹宁斯太太讨论一些八卦新闻时，玛丽安总是带着一种戏谑或瞧不起的态度；在她因受伤结识威洛比时，她对这位青年展现了十分明显的爱慕；此外，她也会直接向约翰爵士打听威洛比的消息，并且在与威洛比的交谈中显得"那样热情洋溢"[1]。

但即便是玛丽安这样情感奔放的女性，也会在遭受感情背叛后一反常态，极力压抑情绪。玛丽安发现威洛比对自己避而不见

---

[1]　（英）简·奥斯丁：《理智与情感》，前引书，第 45 页。

的真相后，在回程的马车上便"默不作声"①，"压抑得甚至哭不出来"②。直到和姐姐埃莉诺独处时，玛丽安才默默地伤心流泪，但又很快克制住悲伤，继续进行接下来的社交活动。然而，玛丽安克制情绪的行为与她的天性矛盾，因此，当玛丽安听到詹宁斯太太讨论威洛比的八卦并收到威洛比的信件后，她再次无法控制自己的情绪，开始"头痛、胃口不好以及全身神经质的晕眩"③。可见，玛丽安试图克制情绪的努力最终演变成心理上的痛楚，她因极力克制情绪而诱发了神经性的头痛。玛丽安强行克制情绪除了让自己患病，也令她成为埃莉诺需要费力关心的对象，这对同样经历情感问题的埃莉诺来说，无疑是雪上加霜。而随着两姐妹在威洛比一事上的交心，玛丽安的情绪愈发失控，导致她当晚不得不服下药物后才暂时安静下来。但从第二天起，玛丽安又试图在众人面前强装镇定，她这样做的原因一方面是自己性格要强，不愿在他人面前显示自己的软弱；另一方面则是她在受到情感背叛后想极力忘记情伤。但实际上，玛丽安一直处在"克制—崩溃—克制"的循环中。

虽然在之后的故事中，玛丽安的情伤看似已有所好转，但当她离开伦敦来到萨默塞特郡后，却又因长期不顾天气阴冷在外散步，沾染湿气感冒了。起初，玛丽安认为只是普通的风寒，因此谢绝了其他人提供的药品。但玛丽安的病情加重，甚至一度陷入昏迷。然而，玛丽安依旧想证明她的身体并无大碍，固执地强调只是普通的感冒，丝毫不值得其他人担心。玛丽安刻意忽视自己的病情，反映出她复杂的心理活动：她虽然遭受感情上的痛苦，但在知晓了姐姐埃莉诺的情感波折后认为自己需要成熟起来，不

① （英）简·奥斯丁：《理智与情感》，前引书，第 45 页。
② 同上，第 173 页。
③ 同上，第 178 页。

能让埃莉诺一边忍受情感上的煎熬，一边还要顾及自己不受控制
的情绪。但这样做的结果却适得其反，因为玛丽安的天性注定了
她无法抑制住自己的情感。特别是在伦敦时，玛丽安不断地强行
克制自己的情绪，最终使得她积攒的情绪压垮了自己的身体与心
理，让普通的感冒演变为十分严重的斑疹伤寒。同时，这次患病
经历也成为玛丽安以及小说中另外两位关键人物的命运转折点。

对玛丽安而言，她在生病时的宣泄行为本质上是其对命运考
验的抗争。玛丽安的病症时好时坏，在病重时比以前更烦躁和心
绪不安。不过，疾病为玛丽安的情绪发泄提供了一个很好的出
口，让她能够从道德约束中解脱出来，尽情地展现自己的悲伤与
脆弱。在玛丽安病重的情节中，令人印象深刻的一个桥段是玛丽
安在狂乱中呼喊母亲的场景。从心理学上看，这个桥段表现出她
内心极度渴望精神依靠。母亲象征着无条件的爱，而玛丽安希望
能通过母亲的关爱，治愈她在伦敦时所遭遇到的情感背叛。但由
于达什伍德老太太与玛丽安分隔两地，玛丽安寻求情感依靠的行
为无法得到回应，继而导致她的病情加重，陷入了昏迷。

此外，玛丽安的病危也对与她相关的两位男性角色产生了重
要影响。其一是布兰顿上校。自玛丽安遭遇威洛比的背叛后，他
便一直默默地关注她，希望帮助玛丽安走出情伤。但由于两人年
龄上的差距和处事方式的不同，布兰顿上校对玛丽安的关爱表现
得十分隐晦，以至多数时候没能被玛丽安察觉。在玛丽安昏迷
前，布兰顿出于担心，自告奋勇去接来达什伍德老太太，希望能
借此让玛丽安的病情有所好转。在玛丽安昏迷之后，布兰顿上校
便成为一种希望的象征，似乎只要他一到，玛丽安的境遇便能立
刻好转。其二是威洛比。他临时来访的原因是在附近听说了玛丽
安的凶险病情，希望能够见她　　面。当威洛比与埃莉诺见面后，
他对自己背叛玛丽安的行为供认不讳，并坦白了自己经受的痛苦

与悔恨。虽然埃莉诺没有让威洛比见到玛丽安，但在听到威洛比的坦白后，她对威洛比的厌恶转化为对他的同情，最后形成一种复杂的情绪。而威洛比的离开也象征着他与玛丽安的情感彻底成为过去。在送走威洛比后，埃莉诺上楼查看玛丽安的病情，竟"看到她刚好醒过来"①，并且"恢复了精神"②。当布兰顿上校与达什伍德老太太一同回到萨默塞特郡后，玛丽安也彻底度过危险期，身体很快康复。

从上述情节可以看出，疾病不仅是玛丽安释放情绪的媒介，也象征着玛丽安、威洛比、布兰顿上校这组三角关系的转折。玛丽安的重病暗喻她依旧没有摆脱威洛比的影响，随着玛丽安的情感得到宣泄，加之埃莉诺、布兰顿上校等人的悉心照顾，玛丽安虽然因病陷入昏迷，但这场病也预示着她的新生。而威洛比的来访与自白，让读者了解到这段关系的另一部分真相。埃莉诺对威洛比的态度其实也映射了玛丽安的态度，埃莉诺用"淡薄"③一词评价威洛比，暗示着玛丽安与威洛比的纠葛也将彻底成为过去。随后，布兰顿上校的回归也加强了这一象征意义。

另一位展现疾病与社会礼仪相悖的人物，是埃莉诺与玛丽安的嫂子范妮。奥斯丁在小说前期的情节中着重刻画范妮的自私小气以及她对弟弟爱德华抱有的极高婚姻期望。这些因素都促使范妮干涉爱德华与埃莉诺之间的恋情。在范妮得知爱德华与并不富裕的露西私下定有婚约时，她的情绪一下子爆发了，完全不顾她平日里刻意营造出的上层贵妇形象。在詹宁斯太太的描述中，范妮极为粗鲁地对待露西，甚至"疯了似的大骂，过不久就把她骂

---

① （英）简·奥斯丁：《理智与情感》，前引书，第 328 页。
② 同上。
③ 同上。

得晕过去"①。范妮的情绪发泄毫无节制，甚至任由自己被情绪掌控，以至于她在露西等人离开后又继续歇斯底里。从表面上看，范妮患病的原因是自身行为与英国上层社会的礼仪相悖，但根本原因是范妮在对爱德华的婚姻愿景落空后引发的情绪冲击，这种情绪冲击的起因是自私的，其后范妮做出的行为也是卑劣不堪的。范妮在得病后表示"她再也不会相信有好人了"②，可见她并没有像玛丽安那样通过得病焕发新生，而是依旧坚持她自己的观念，固执地自以为是。也正因如此，疾病对范妮没有带来任何积极的影响，反而令这个角色的形象粗俗可笑。

三、《曼斯菲尔德庄园》中的疾病与社会美德

1800 年是奥斯丁创作的分水岭。在这一年，她的父亲乔治·奥斯丁（George Austen，1731—1805）决定从汉普夏郡的斯蒂文顿教区搬迁至巴斯安家。③ 由于离开了生活 25 年的故居，奥斯丁起初感到十分难过，并在搬到巴斯后产生了大量负面情绪。但最终，奥斯丁通过努力融入当地社会与自我暗示等方式平复了自己的心情。巴斯的城市风貌也为奥斯丁的创作提供了新的素材来源。在写完《诺桑觉寺》（*Northanger Abbey*，1818）后，奥斯丁有十多年的时间未曾创作，《曼斯菲尔德庄园》（*Mansfield Park*，1814）④ 是她重新提笔后的作品之一。相比《傲慢与偏见》《理智与情感》等前期作品，《曼斯菲尔德庄园》虽然也将两性关系与婚姻作为探讨的主题，但在用词与视角方面

---

① （英）简·奥斯丁：《理智与情感》，前引书，第 250 页。
② 同上，第 256 页。
③ （英）费奥纳·斯塔福德：《简·奥斯丁：短暂的一生》，张学治，译，南京：江苏人民出版社，2019 年，第 48 页。
④ 《曼斯菲尔德庄园》的创作时间晚于《诺桑觉寺》几年，但前者的出版时间早于后者。

显得更为细腻与宽广。同时，奥斯丁在巴斯的所见所闻也为她在《曼斯菲尔德庄园》的情节设计提供了新颖且丰富的原型。

　　在这部作品中，教育问题是奥斯丁探讨的一个重要话题。自开篇起，奥斯丁就通过寥寥几笔将沃茨家三位小姐的婚姻选择与现状呈现给读者，并透过二姐玛丽（后成为伯特伦夫人）的家庭谈话，对这三姐妹的生活现状进行了简要的评述。随后，关于沃茨三姐妹的子女的故事便悄然展开。在第一章末尾，托马斯爵士从妻子的妹妹家中接来女主角范妮抚养，以表示他们对亲戚的关心和仁善。从此，范妮被带进与她原生阶级完全不同的环境，带着一种距离感的视角开始了在曼斯菲尔德庄园的生活。在整个故事中，范妮的头痛、伯特伦夫人的呆滞以及大表哥汤姆的高烧是《曼斯菲尔德庄园》中最为明显的疾病描写。通过分析具体的内容情节，可以看到这些病症与奥斯丁探讨的社会美德与教育存在十分紧密的联系。

　　首先是女主角范妮的头痛，病因是范妮的姑母诺里斯太太以需要玫瑰花为理由，让范妮在烈日下跑腿和剪裁玫瑰花。范妮的二表哥埃德蒙在得知范妮头痛后，便询问他的母亲伯特伦太太与姑母诺里斯太太。此时，两位太太回复时的态度与言语展现出一副漫不经心、高高在上的长辈姿态。在埃德蒙惊讶于范妮为何在大热天跑到外面时，诺里斯夫人立马主动回答埃德蒙的问题，以她和伯特伦太太都在炎热的天气下外出作为理由。此处，诺里斯夫人的潜台词是范妮的户外活动十分合理，因为她们作为"长辈"都没待在室内，更何况范妮这样的"小辈"。随即，伯特伦夫人也脱离了"呆滞"的状态，在一旁帮助解释，认为范妮摘剪玫瑰时显得十分"惬意"①。不过，伯特伦夫人又突然转移话题，谈到凉亭里虽然凉快，但自己又担心在这种热天气下回家中暑等矛盾内容。这令埃德蒙察觉到母亲话语中的含糊，继续将注意力放在范妮为何一直在剪玫瑰的问题上。对此，伯特伦夫人给出的回答是范妮自己觉得玫瑰的花期将至，如果再不去摘剪就会错过玫瑰花的观赏时期，从而巧妙地将问题归咎到范妮自己身上。同时，诺里斯太太的说话声突然变得很轻，并指出范妮在剪花时就可能已经感到头痛，还强调自己让范妮喝下香醋以表示关心。伯特伦夫人也开始回应起她的姐姐，表示诺里斯夫人对范妮的健康状况十分关心。然而，两位太太含糊的话语没有让埃德蒙转移注意力，他依旧质问诺里斯夫人为什么要如此过分地对待范妮。这时，诺里斯夫人采取了忽视的态度，而伯特伦夫人则继续帮忙解释。直至埃德蒙认定这件事"办得非常糟糕"② 后，诺里斯太太才如受到刺激一般，开始以她自己十分繁忙为理由进行回击，并认为让范妮去户外摘花是一种锻炼。

透过范妮的头痛所引发的争执，可以看到社会地位较高的两位夫人如何轻视来自下层家庭的外甥女。两位夫人只顾及自己，而不关心范妮的身体状况，还总认为她们是在帮助、教导范妮为家庭做出贡献，让范妮回报她们的恩情，但这种观念是经不住推敲的。因此，当埃德蒙语气不悦地询问伯特伦夫人和诺里斯夫人时，两人含糊其词，不断转移问题焦点，将范妮的头痛归咎为她身体羸弱，甚至表示自己还因此十分"关心"范妮的头痛。但埃德蒙的强硬态度使得诺里斯夫人失去了在后辈面前的"权威"，于是诺里斯夫人以自己分身乏术等理由，为自己的行为不当进行

---

① （英）简·奥斯汀：《曼斯菲尔德庄园》，孙致礼，译，南京：译林出版社，2004年，第63页。
② 同上，第64页。

辩护，依旧强调这是长辈在为范妮的"成长"考虑。两位上流社会夫人对此事的态度从"高高在上"转为狼狈自辩，可以看出她们明知自己处事不当，但为了维护自己的颜面选择不承认自己的过失。特别是诺里斯夫人，她虽是伯特伦夫人的姐姐，但由于婚嫁原因，诺里斯夫人在婚后的地位低于自己的妹妹，因此她在伯特伦家族中帮忙更像是在借助这种方式找回自己作为"姐姐"的颜面。而面对范妮，诺里斯夫人因对方出身低微，打心底瞧不起自己的这名外甥女。此外，她多次以"恩人"和"长辈"的姿态教导、使唤范妮，还认为这是帮助范妮向"淑女"发展。但当诺里斯夫人面对外甥埃德蒙时，她的态度却是避让的，直至自己的颜面受损才与埃德蒙进行辩论。究其原因，诺里斯夫人对二人的不同态度，不仅影射了范妮与埃德蒙的不同出身直接影响到他们在社会上如何被人对待，也更加突显出男性话语权对女性的绝对压制。此外，埃德蒙虽然是伯特伦一家的次子，但因长子汤姆行为荒唐，托马斯子爵更看重埃德蒙。因此，埃德蒙在家中的实际话语权仅次于家主托马斯子爵。所以，身为"外人"的诺里斯太太更不敢直接出言反对埃德蒙。

埃德蒙在家中拥有的实际话语权力引发读者对伯特伦太太的关注。虽然在小说的前半部分，奥斯丁用了不少笔墨来描述伯特伦夫人作为庄园女主人的地位以及权威，但是随着子女和范妮长大，伯特伦夫人逐渐成为一个"不太清醒"的角色，并且被故事中的部分人物牵引着行动。最明显的例子便是上文中伯特伦夫人为诺里斯夫人打掩护的行为。她言语中的逻辑混乱以及行为上的被动，反映出伯特伦夫人成为诺里斯夫人躲避埃德蒙询问的挡箭牌。类似的情况在伯特伦夫人的女儿们离开庄园后表现得更加明显，例如小说中直接阐明范妮在庄园中的"身价提高了"①。范妮地位的提高体现在伯特伦太太对范妮的依赖上。当范妮受邀参加其他乡绅的晚宴时，伯特伦太太直接对丈夫说"可我怎么离得开她呀"②。虽然这句话看上去是伯特伦夫人强调她需要范妮帮忙料理家务，但实际却反映出伯特伦夫人在女儿们离家后，需要找到另外一个凸显自己职能的对象。在 19 世纪的英国，上流社会的妇人代表着丈夫的颜面，她们的主要职责也体现在料理家务、进行社交与维持身份形象上。她们的重要职责之一便是按照淑女的标准培养女儿。因此，当伯特伦夫人的女儿们长大离开后，她关注的重心自然转移到范妮身上。而在伯特伦夫人越来越重视范妮的过程中，她对范妮的依赖也不断加深，这令范妮似乎成了一个让伯特伦夫人保持清醒的重要物件。范妮在返乡途中收到了埃德蒙的信件，了解到家中的变故和伯特伦夫人对她"无时无刻不在念叨"③，这再次证实如今的范妮对伯特伦夫人保持清醒起着重要作用。当范妮终于返回曼斯菲尔德庄园时，伯特伦太太甚至不顾仪态直接抱住范妮的脖子，情绪激动地发出感叹。

伯特伦夫人对范妮的一系列态度变化表明，她在心理层面急需找到一名倾诉或情感依赖的对象，并且这一对象限定在了比自己辈分小的年轻女性身上。伯特伦夫人既希望从年轻的范妮身上获得曾经作为"母亲"的权威，又无法避免自己越来越依赖范妮。这种矛盾的情况反映出当时的上层社会妇女在精神层面的空虚，即她们在日常生活中会处于一种浑浑噩噩的状态，需要找到精神依托的对象。当范妮与埃德蒙结婚后，范妮的妹妹苏珊很快成为伯特伦夫人下一个精神依托的对象，这一情节也再次印证了

---

① （英）简·奥斯丁：《曼斯菲尔德庄园》，前引书，第 177 页。
② 同上，第 188 页。
③ 同上，第 363 页。

伯特伦夫人内心的空虚。

　　另一处明显的疾病描写是范妮的大表哥——汤姆因过度玩乐导致高烧。作者对汤姆患病的原因、治疗过程的凶险以及痊愈的描写，都展现出十分强烈的说教意味。首先，汤姆得病的原因是在骑马摔伤后与他的狐朋狗友继续饮酒玩乐。奥斯丁这样的安排，强调了汤姆患病的荒谬，表明汤姆不注重自己的身体健康，因过分玩乐放纵加重了自己的病情。从某种程度上看，汤姆的患病更像一场道德伦理的惩戒。在这场惩戒中，汤姆除了饱受疾病的折磨外，自己也遭到了同行朋友们的"抛弃"。汤姆的朋友完全不关心他的病情，以至于他只能"独自呆在其中一个人的家里"①。即便在这种情况下，汤姆仍希望能赶紧好起来，以便继续他的放纵之旅。与汤姆的朋友们形成对照的是托马斯爵士一家人，当托马斯一家了解到汤姆病情恶化后，埃德蒙立刻将汤姆接回家。汤姆在家人的精心照料下才艰难地熬过了高烧。文中对汤姆患病的描写细节不多，但从其中的一些描述可以得知，汤姆通过这场大病得到了过度享乐的教训，同时也体会到家人对他的爱护。在汤姆痊愈后，全知视角的叙述声音也以"学会了思考"②来形容汤姆的改变。让汤姆觉得这次生病是上帝在某种程度上对他的惩罚，给予了他反思自己的机会，使他改正了自己的缺点。

　　通过这三次疾病的描写，奥斯丁从不同层面向读者展示了关于"教育"和英国社会权力关系的影响。范妮的头痛引出对"淑女"教育的影射，伯特伦夫人的心理状态反映出当时英国社会中的女性以"教育"作为权力的彰显媒介，汤姆的疾病则体现出品行对人的教化作用。可见，相较于奥斯丁搬家前的作品，疾病在

① （英）简·奥斯丁：《曼斯菲尔德庄园》，前引书，第365页。
② 同上，第396页。

这部作品中被赋予了新的功能与作用。

通过对奥斯丁三部作品中疾病书写的分析我们可以看到，疾病书写在奥斯丁不同阶段的作品中都发挥着推动情节发展的作用。在《傲慢与偏见》《理智与情感》中，疾病是人物之间进行互动的关键，并且疾病书写对情节发展也起到十分关键的推动作用。在《曼斯菲尔德庄园》中，疾病被描写得更加隐晦，体现了奥斯丁借助疾病书写表达对"教育"主题的思考，弱化了其对情节的推动作用。从这种变化可以看出奥斯丁在创作手法与意图上的改变，她对小说主题以及英国社会道德的刻画也采取了更加克制的方式。

疾病与社会品德、规训之间的关联，使人更加深入地了解到施加在当时英国社会女性身上的枷锁。无论是上层贵族还是普通民众，女性的生存状况与所谓的"淑女"标准以及阶级区分紧密关联。虽然上述作品中的女性角色均体现出自强与积极的一面，但是这些角色仍无法摆脱时代的束缚。

第二节　疾病与科学：《弗兰肯斯坦》所隐喻的技术与伦理矛盾

玛丽·雪莱①的《弗兰肯斯坦》被视为西方科幻小说的开山之作。不仅小说中的"怪物"形象成为一种文化符号，隐喻着西方社会对科技发展的疑虑与担忧，而且"怪物"与主人公维克多·弗兰肯斯坦之间的对立关系更影射了科技发展与社会伦理之间的矛盾。这种矛盾充斥在小说中，具体表现为弗兰肯斯坦对自

---

① 为区分玛丽·雪莱与珀西·比希·雪莱，后文使用雪莱指代玛丽·雪莱，后者则使用全名。

然规律的漠视、"怪物"酿成的谋杀案、双方毁灭的归宿等。值得注意的是，弗兰肯斯坦在创造"怪物"后便身患一种"神经性高烧"[①]，并长期笼罩在这种病痛的阴影之下。对此，很多学者认为弗兰肯斯坦的病症具有象征意义，它暗示着自然对人类滥用科学技术打破生命法则与社会伦理的惩罚。

在国内学界，有关《弗兰肯斯坦》的研究成果十分丰富，研究也较为广泛且深入。主要的研究热点集中在文本分析、小说的科幻元素、社会伦理和文化视域下的解读。黄秀敏从《弗兰肯斯坦》小说中主人公人格"双面性"的角度对文本及主题进行分析，认为弗兰肯斯坦创造的"怪物"实际上代表了他人格中的黑暗面与自身膨胀的欲望。同时，小说在情节上存在主次之间的转换，这种转换意味着弗兰肯斯坦无法控制自己创造的"怪物"，从而导致了一系列伦理灾难。[②] 杨纪平结合唐娜·哈拉维（Donna J. Haraway，1944—）的"电子人理论"，认为《弗兰肯斯坦》中展现出的女性主义思想与男性权力带来的社会破坏性存在异曲同工之妙。他指出雪莱借助这两种要素表明了对技术发展的担忧，并对传统的男性权力话语进行了解构。其中，"怪物"渴望平等的愿望象征着 19 世纪英国社会中的女性对性别平等的诉求，而"怪物"的破坏行为是对男权社会所做的尝试性颠覆。[③] 曹山柯从生态伦理的角度分析《弗兰肯斯坦》中的悲剧源头以及该作品被经典化的原因。他认为弗兰肯斯坦造人后的行为和态度违背了古希腊流传下来的社会伦理以及自然伦理原则，因

---

① （英）玛丽·雪莱：《弗兰肯斯坦》，孙法理，译，南京：译林出版社，2016 年，第 58 页。
② 黄秀敏：《〈弗兰肯斯坦〉中"双重自我"的隐喻与内涵》，载《学术界》2013 年第 S1 期，第 55—57 页。
③ 杨纪平：《堂娜·哈拉维和玛丽·雪莱的对话——〈弗兰肯斯坦〉的赛博女性主义解读》，载《小说评论》2011 年第 S1 期，第 208—212 页。

此悲剧不只发生在弗兰肯斯坦身上，还同样发生在"怪物"身上。这种预见性的生态伦理批判是《弗兰肯斯坦》成为文学经典的一个重要原因。① 范劲则以阅读的共同体为切入点，结合唯我论的观点，对雪莱在小说中设置新物种进入人类社会进行分析。他认为雪莱的动机在于探索 19 世纪英国社会中多变的各种关系，同时这种探索也为今后的人类发展提供了一种反思模式。②

在国外的相关研究中，学者们的研究重点与国内相似，但更加侧重《弗兰肯斯坦》在不同地区与国家产生的影响，并关注文本叙事、科幻元素、神话原型、女性主义等相关主题。克拉克（Anna E. Clark）从当代能动主义的角度出发，关注小说的核心——"怪物"。她分析"怪物"在小说情节中的行为表现、行为逻辑以及形象塑造，将"怪物"作为一种独特的视角，透过它来观察小说中的其他人物。③ 本福德（Criscillia Benford）则将《弗兰肯斯坦》的叙事模式比喻成俄罗斯套娃，将华尔顿、弗兰肯斯坦与"怪物"的叙事视角视作一环套一环的叙事设计。本福德认为雪莱通过这种设计从不同身份与立场的视角来审视这场因滥用科学造成的伦理灾难。④

由此可见，已有不少学者对《弗兰肯斯坦》中存在的伦理以及心理病态进行了细致的研究。不过，已有研究大多着眼于叙事

① 曹山柯：《〈弗兰肯斯坦〉：一个生态伦理的寓言》，载《外语教学》2010 年第 5 期，第 51—54 页。

② 范劲：《能否信任黑箱？——〈弗兰肯斯坦〉中的阅读共同体理想》，载《外国文学评论》2021 年第 2 期，第 47—70 页。

③ Anna E. Clark. "'Frankenstein'; Or, The Modern Protagonist". *ELH*, 2014, Vol. 81, No. 1, pp. 245-268.

④ Criscillia Benford. "'Listen to my tale': Multilevel Structure, Narrative Sense Making, and the Inassimilable in Mary Shelley's 'Frankenstein'". *Narrative*, 2010, Vol. 18, No. 3, pp. 324-346.

与疾病的象征意义，少有学者从小说中的具体病症出发，讨论其可能隐喻的社会现象。

从本质上看，社会现象属于文化的范畴。雷蒙·威廉斯（Raymond Williams，1921—1988）追溯了"文化"（culture）一词的来源与演化，点明"文化"用于"表示一种特殊的生活方式"①，并对人类社会中发生的变革与后续变化起着记录作用②。爱德华·霍尔（Edward Hall，1914—2009）则将文化分为公开的与隐蔽的两个层次。在霍尔的理解中，隐蔽的文化是不可见又难以察觉的。③ 学者们对文化的定义与分类，既展现了文化内涵的广度与深度，又启发我们深入思考周遭的社会现象，认识到任何一种人们习以为常的社会现象背后都可能隐含着难以察觉的文化因素。在历史上，由疾病所引发的各类社会现象数不胜数，有些甚至对人类社会的发展产生了重大影响。例如古罗马时期的瘟疫，间接导致早期基督教通过救助、传教等方式获得大量民众支持；而现今，新冠肺炎的全球蔓延让世界的政治、经济局势处在大变局中。从这一层面看，疾病不仅与人类社会的发展紧密关联，而且间接反映和记录着一个时代某些独有的社会现象。

在《弗兰肯斯坦》中，主人公弗兰肯斯坦自小就生活在疾病的阴影下。尤其是他创造"怪物"之后，疾病更是如影随形，从精神与肉体上折磨弗兰肯斯坦。此外，疾病在"怪物"屠戮弗兰肯斯坦的家人与好友后降临，一步步地摧毁弗兰肯斯坦的意志与健康。可见，"怪物"的诞生既是弗兰肯斯坦命运的分水岭，也

---

① （英）雷蒙·威廉斯：《关键词：文化与社会的词汇》，刘建基，译，北京：三联书店，2005 年，第 106 页。
② （英）雷蒙·威廉斯：《文化与社会：1780—1950》，高晓玲，译，长春：吉林出版集团有限责任公司，2011 年，第 5 页。
③ （英）爱德华·霍尔：《无声的语言》，何道宽，译，北京：北京大学出版社，2010 年，第 65 页。

是诱发他身患疾病的导火索。因此，分析小说中的疾病必定绕不开对"怪物"形象与其象征意义的讨论。综合"怪物"诞生后的情节，弗兰肯斯坦所患的疾病多为精神或心理因素诱发的疾病；在后期，小说甚至出现了弗兰肯斯坦依赖药物的描写。下文将在分析"怪物"后讨论小说中的病症原因、症状表现以及造成的影响，展现这些疾病如何将弗兰肯斯坦引向悲剧，并将结合雪莱的生平与 19 世纪初的英国社会伦理，分析"怪物"与疾病如何隐喻了雪莱等女性所面临的社会矛盾与伦理困境。

一、"怪物"作为欲望具象化的符号与隐喻

弗兰肯斯坦创造"怪物"，源于一股"超自然的热情"①。当弗兰肯斯坦从解剖学中发现死亡的秘密与起死回生的方法后，他的情绪由惊讶转为狂喜，并认为自己获得了先贤所追求的秘密。② 主人公的狂喜情绪，源于他通过知识掌控了生命的权力。此处结合福柯在《规训与惩罚：监狱的诞生》（*Discipline and Punish:The Birth of the Prison*，1977）中对"话语—权利"结构的讨论，可以发现弗兰肯斯坦的精神状态很好地印证了福柯对 19 世纪资本主义社会发展的总结，即从西方封建时期可见的暴力惩戒，转变为不可见的"话语—权力"体系来实践惩戒。③ 弗兰肯斯坦利用科学知识，将掘墓盗取出来的尸体进行拼接，最后创造出一个非自然的生命体。在创造的过程中，他借助获取知识带来的狂喜，逐渐克服违反自然法则的恐惧，在一种"疯狂的无

---

① （英）玛丽·雪莱：《弗兰肯斯坦》，前引书，第 45 页。
② 同上，第 47 页。
③ 张一兵：《政治肉体控制：作为知识—权力存在的效应机制出场的灵魂——福柯〈规训与惩戒〉解读》，载《山东社会科学》，2015 年第 3 期，第 31—32 页。

法抵抗的冲动"① 下肆意地收集、拼接、处理动物与人的尸体，最终完成了"怪物"的创造。在某种程度上，弗兰肯斯坦成为掌控生死的暴君，他创造"怪物"的过程也是变相地创造出一套全新的生命法则，由此获得生命的"怪物"则是这套新法则下的欲望产物。

"怪物"承载了弗兰肯斯坦战胜死亡的渴望，这种渴望能追溯到主人公家族的疾病创伤记忆。在小说中，雪莱花费两章的笔墨介绍了弗兰肯斯坦家族的历史。主人公的外祖父在偿还完债务后，便与弗兰肯斯坦的母亲在罗伊斯河畔隐居。然而事业上的打击摧毁了他外祖父的精神，令其不久后身患重病。弗兰肯斯坦的母亲精心照顾他病重的外祖父，但仍没能改变他外祖父因病辞世的结局。而在弗兰肯斯坦十七岁时，他心爱的伊丽莎白感染了猩红热，病情一度十分危险。他的母亲因为担心伊丽莎白，不顾家人劝阻亲自去照料她，最终因被传染而患病离世。弗兰肯斯坦的外祖父与母亲皆因疾病死亡，可以说"疾病"与"死亡"的阴影自小就烙印在他的记忆中。根据小说中华尔顿的信件时间进行推算，弗兰肯斯坦的故事发生在 18 世纪，彼时欧洲大陆的民众依旧面临着诸如疟疾、肺结核、肺炎等流行病和慢性传染病的困扰。例如 1775 年的法国就有相当数量的农民死于疾病的记录。② 可见，疾病引发死亡相关的记忆，并不是弗兰肯斯坦家族独有的遭遇，而是欧洲大陆社会中普遍存在的一种集体性创伤。因此，从战胜疾病转化到战胜死亡的执念也烙印在弗兰肯斯坦的潜意识中，无怪乎他感叹命运的强大已经"判定了我要遭到恐怖的彻底

---

① （英）玛丽·雪莱：《弗兰肯斯坦》，前引书，第 49 页。

② （美）威廉·麦克尼尔：《瘟疫与人》，余新忠、毕会成，译，北京：中信出版集团，2018 年，第 201 页。

毁灭"①。

再来看"怪物"的形象。根据小说中的描写,"怪物"的外貌丑陋不堪,他的五官给人的印象是可怖的。同时其身形高大,具有非凡的力量与行动速度。然而,"怪物"的实际形象与弗兰肯斯坦的最初构想存在很大出入。在小说第五章,主人公一开始使用"生灵"来指称"怪物",并说"他的四肢比例是匀称的,我为他选择的面貌也算漂亮"②。但他紧接着话锋一转,详细形容了这个"生灵"外形的恐怖与诡异,表示这个"生灵"在肌肉活动后竟变成一个"但丁也设想不出的奇丑的怪物"③。仅仅在三个文段之间,弗兰肯斯坦描述创造物所用的形容词便由"生灵"变为"怪物"。表面上看,主人公对"怪物"的厌恶仅仅是因为其形象可怕,似乎若"怪物"有着正常或俊美的外貌,弗兰肯斯坦便会欣然接受它。但这三个文段之间存在的叙事矛盾暗示了这种可能性并不存在。

起初,弗兰肯斯坦还对"怪物"的设计感到满意,甚至使用前文中提到的"漂亮"等字眼。但在最后,他却改变了这一说辞,声称在"怪物"还未获得生命之前,他便觉得对方丑陋。这种叙事的前后矛盾,反映了主人公心态上的巨大转变:弗兰肯斯坦获得永生知识后的"狂喜"情绪令他忽视了"怪物"本身形象上的缺陷,直到他目睹自己创造出的"怪物"获得生命,他才如梦初醒般发现了对方的可怕与丑陋之处。而"怪物"获得生命的法则源于弗兰肯斯坦所掌握的知识,因此它的诞生便象征着主人公内心的欲望具象化。换言之,弗兰肯斯坦第一次正视"怪物",其实是透过"怪物"直视他内心的欲望产物。"怪物"的丑陋与

---

① (英)玛丽·雪莱:《弗兰肯斯坦》,前引书,第34页。
② 同上,第52页。
③ 同上,第54页。

可怖隐喻着弗兰肯斯坦的欲望在本质上是不被社会接受的，并具有毁灭性的力量，这在后续的情节中也有明显的体现。例如通过"怪物"与主人公在洞窟中的交谈，读者从"怪物"的视角了解到它诞生后的经历。首先，"怪物"因自己的外貌无法在人类社会中立足，并遭到人类的排挤与攻击，甚至连好心的费利克斯一家也拒绝了"怪物"。"怪物"无法融入人类社会的境遇不仅表明弗兰肯斯坦创造生命的失败，也印证了主人公的欲望是无法被社会接受的。其次，"怪物"在被人类社会拒绝后，转而选择了与人类为敌，先是放火烧死了费利克斯一家，而后相继杀害了弗兰肯斯坦的弟弟、朋友以及爱人，毁掉了弗兰肯斯坦的人生。"怪物"带来的杀戮，不仅造成了主人公家族的悲剧，更在他复仇的过程中连带着对无辜的民众造成了伤害。在这一层面上，"怪物"映射出弗兰肯斯坦的欲望所具有的破坏性。

更重要的是，"怪物"在本质上不属于人类，因此它的诞生隐喻着英国社会进入工业时代后出现的"人"的主体性危机。在生物构成上，"怪物"的身体来源是人类的尸体与一些动物的部分组织；在认同上，"怪物"不被人类接受，被视作非人类。因此，"怪物"是一种具有人类形态的人造物。虽然在雪莱的笔下，"怪物"的自述显示出它具有成为人的渴望与向善的可能性，但"怪物"的本质脱离了人类社会的伦理，它的存在威胁着传统意义上"人"的概念。既然弗兰肯斯坦能够运用科学技术创造出一种全新的、拥有意识与情感的生命，那么传统意义上的"人"与"怪物"的区别又在何处？正是因为弗兰肯斯坦的造物行为模糊了"人"与"非人"的界限，人类社会才对"怪物"抱有天然的敌意，甚至不惜任何代价去消灭"怪物"。

至此，我们看到"怪物"的诞生并不是单纯的科学实验，而是源于弗兰肯斯坦对掌握生命权力的渴望。从结果上看，"怪物"

的出现不仅让弗兰肯斯坦意识到自身欲望的丑陋与可怕，还模糊了"人"与"非人"的概念界限，造成了人的主体性危机。在"怪物"诞生后，弗兰肯斯坦的精神与肉体开始受到疾病的困扰，这些疾病不断削弱和影响他的意志与健康。那么，小说中弗兰肯斯坦具体遭受了哪些疾病的困扰，这些疾病如何影响主人公的命运与情节发展，这些疾病的描写又怎样体现出技术与伦理之间的矛盾呢？

二、疾病所揭露的技术与伦理矛盾

仿佛是为了印证弗兰肯斯坦对自己悲剧命运的预言，"怪物"诞生后，弗兰肯斯坦的人生信念崩塌了。"怪物"成为弗兰肯斯坦精神上的巨大压力，预示着他悲剧命运的开始。艾瑞克·弗洛姆（Erich Fromm，1900—1980）认为，人的悲剧是"他是自然的一部分，但他却要超越自然"[①]。而弗兰肯斯坦的悲剧恰恰来自他的欲望，即企图利用知识去控制生命。这种欲望不仅违背了自然规律，更触犯了伦理禁忌。因此，疾病纠缠上弗兰肯斯坦，这不仅是他在实验过程中忽视身体健康所导致的后果，更是他在精神层面遭受伦理谴责的惩罚。不过，弗兰肯斯坦也多次得到治愈，而治愈疾病的关键便是远离实验，与家人朋友相伴。然而由于"怪物"的威胁，弗兰肯斯坦不得不重新进行实验以保护亲友。可见，小说中的疾病还隐喻了弗兰肯斯坦在技术与伦理之间进行选择的两难境地。

根据我国文学伦理学的相关观点，伦理是分析讨论一部作品的基准点，与西方伦理学不同的是，我国伦理学坚持马克思历史唯物主义与辩证唯物主义的观点，充分考虑作品与作者所处的时

---

① 罗继才：《欧美心理学史》，武汉：华中师范大学出版社，2002 年，第 276 页。

代背景以进行客观考察。小说中的书信为读者提供了一个时代背景，即18世纪的欧洲社会。因此，我们能以此为标准去判断弗兰肯斯坦的天性与"怪物"实验如何违背了当时的社会伦理观。在小说的第二章，弗兰肯斯坦对自己的性情作了概括，即"有时脾气暴躁，感情冲动"①，但他随后解释自己凭借自律将这种冲动化为"求知的渴望"②。不过，弗兰肯斯坦也承认这种求知渴望的对象是"天与地的奥秘"③，即对事物本质的追求。然而，弗兰肯斯坦如此渴求事物本质的目的，却是希望控制这股力量。虽然这一点没有在小说中明确说明，但从第二章起，种种迹象均表明了弗兰肯斯坦极强的控制欲。例如他对牛鬼神蛇一类的作品表现出极大的兴趣，并表示"希望能呼唤鬼神"④。可见，对事物本质的探知欲是弗兰肯斯坦的天性。因此，弗兰肯斯坦对世界本质的探知欲加上自身容易极端化的情绪，使得他在具有极强行动力的同时也会忽视其行为造成的后果。

　　了解弗兰肯斯坦的性格特点后，我们再回顾他两次"造人"的过程便可发现，每次"造人"行为接近尾声时，弗兰肯斯坦的病症便愈发明显，程度也愈发严重。比如在第一次创造怪物的初期，弗兰肯斯坦承认自己在墓地"过了多个日日夜夜"⑤，目的是便于观察人类身体的腐败过程，试图探寻生命的本质，并暗示自己对尸体进行了解剖。但根据当时的社会伦理观，解剖尸体的行为仍是存在争议的。首先，天主教长期以来对解剖尸体的行为持反对意见，其源头可追溯至耶稣死后重生的典故。其次，根据

----

① （英）玛丽·雪莱：《弗兰肯斯坦》，前引书，第28页。
② 同上，第29页。
③ 同上。
④ 同上，第32页。
⑤ 同上，第46页。

弗兰肯斯坦的自述内容推测，他的解剖行为是一种处于法律灰色地带的行为，因此他不能光明正大地在医院或学院进行实验，只能躲在人烟稀少的墓地里。虽然随着 18 世纪西方临床医学的发展，解剖学所需要的尸源以及解剖行为已不再受到来自社会与宗教的阻挠，例如在 1754 年左右，维也纳出现了尸体解剖间①，但弗兰肯斯坦在墓地进行非法解剖的行为仍处在道德与法律的灰色地带。

在弗兰肯斯坦发现"死而复生"的秘密后，他曾有过短暂的犹豫，思考是否真的要实施创造生命的计划。不过弗兰肯斯坦的犹豫并非出于伦理层面的考量，而是担心开展实验所需的材料难以符合他的要求。可见，弗兰肯斯坦在整个实验阶段，基本没有承受来自伦理上的心理负担，这正是他性格中的"极端"因素所导致的。在开展实验的几个月中，弗兰肯斯坦称"钻研使我面色苍白，足不出户使我身体虚弱"②。这些自述看似是弗兰肯斯坦将身体的不适归结于实验生活的作息混乱，但在他接下来的自述中，他却谈到往返墓穴时产生的恐惧，并且在用词上也使用了诸如"亵渎""恍惚""不自然"③ 等负面的、充满恐惧情绪的词语。这与他一开始在墓地观察尸体时表示自己不信鬼邪的态度形成了鲜明的对比。可见，在弗兰肯斯坦创造生命的过程中，他的精神实际上受到了伦理禁忌的折磨，并变得脆弱，逐渐感受到良知的谴责。

弗兰肯斯坦真正被疾病缠身的开端是他成功赋予"怪物"生命的那一刻。面对他亲自创造的生命，弗兰肯斯坦先是因疲惫倒

① （法）米歇尔·福柯：《临床医学的诞生》，刘北成，译，南京：译林出版社，2011 年，第 139-140 页。
② （英）玛丽·雪莱：《弗兰肯斯坦》，前引书，第 49 页。
③ 同上，第 49 页。

下。在短暂休息后，弗兰肯斯坦又因畏惧"怪物"而逃离了他的实验室，一路跑到旅店并巧遇故友克莱瓦尔。随后，他陷入了高烧引发的昏迷，最终引发了"神经性高烧"。在这段情节中，弗兰肯斯坦在触犯人造生命的伦理禁忌后，再次触犯了另一个伦理禁忌——抛弃"新生儿"。虽然"怪物"在血缘上与弗兰肯斯坦没有任何联系，但由于"怪物"是他亲手创造的，因此他有责任去养育"怪物"。但是，他的逃跑行为不仅逃避了自身的伦理责任，更埋下了之后一系列伦理悲剧的隐患。在弗兰肯斯坦昏倒后，神经性高烧便开始折磨他，成为他违反伦理禁忌的罪证。通过弗兰肯斯坦的自述可以得知，这场高烧令他居家休养长达数月，甚至一度危及性命，直到第二年春天才痊愈。痊愈后，弗兰肯斯坦发现"怪物"竟然消失了，因此心理上的负担有所减轻，但他也对曾经热爱的自然科学产生了抗拒情绪。随后，弗兰肯斯坦与克莱瓦尔一同将研究东方语言作为消遣，并通过语言研究获得了心灵上的慰藉。弗兰肯斯坦转移注意力，让自己在病愈后暂时逃避实验的影响，甚至在返乡的路途中接受克莱瓦尔的建议，多花半个月时间去游玩山水。至此，弗兰肯斯坦认为"前一年压迫过我的念头再也不来骚扰我了，我在尽力摆脱那看不见的重担"①。

通过上述分析可以发现，治愈弗兰肯斯坦的要素——克莱瓦尔的友谊、对自然科学的回避以及在大自然中的旅行，均象征着他回归正常的人类生活方式。克莱瓦尔的友谊象征着弗兰肯斯坦回到人类社会，对自然科学的回避象征着对禁忌的敬畏，在自然环境中旅行则象征着弗兰肯斯坦对自己伦理观的修正。但具有讽刺意味的是，弗兰肯斯坦回归正常生活的三种意象与他被迫进行

_____

① （英）玛丽·雪莱：《弗兰肯斯坦》，前引书，第70页。

第二次造人实验的起因与后果形成呼应，隐喻着弗兰肯斯坦无法摆脱自身的宿命。

小说的后半段将"怪物"的诉求与弗兰肯斯坦的挣扎直接揭露出来。弗兰肯斯坦出于内心的愧疚以及对亲友安全的担忧，答应了"怪物"的要求，为对方创造一个伴侣。弗兰肯斯坦从决定再创造一个"怪物"起，心情便不再轻松，精神上的压力也愈发沉重。即便在英国游历，自然风光也无法令他身心舒畅。这暗示着弗兰肯斯坦的选择将不可避免地走向违背伦理的异端。因此，疾病的阴影也再次笼罩在他的身上。随着实验的不断推进，弗兰肯斯坦的精神状况再次恶化，他承受着巨大的精神压力以及对"怪物"的恐惧。为此，弗兰肯斯坦坦言自己的"精神状态简直是无法描述的……心里却隐约混杂了不祥的预感，觉得恶心"[1]。而就在"造人"快要结束时，弗兰肯斯坦似乎受到了伦理上的感召，毅然决定终止这种行为，并对"怪物"恶言相向。弗兰肯斯坦在发泄情绪后，"觉得恢复了自己人的身份"[2]。但"怪物"对弗兰肯斯坦违约的报复也接踵而至：它直接杀害了克莱瓦尔，并让弗兰肯斯坦陷入谋杀亲友的嫌疑中。克莱瓦尔的死亡使弗兰肯斯坦的"神经性高烧"复发，"在死亡线上挣扎了两个月"[3]。至此，与第一次拯救弗兰肯斯坦的关键要素形成了对照：即克莱瓦尔已死，导致悲剧的根源是弗兰肯斯坦再度触碰了科学中的伦理禁忌，而自然景色已无法治愈他的心灵。虽然弗兰肯斯坦的身体再次康复，但他对药物产生了依赖，因为只有这样他"才能获得活下去所需的睡眠"[4]。

---

① （英）玛丽·雪莱：《弗兰肯斯坦》，前引书，第185—186页。
② 同上，第192页。
③ 同上，第200页。
④ 同上，第209页。

通过上述分析可以看到，疾病成为伦理的守卫者。每当弗兰肯斯坦做出违背伦理的行为时，他都会遭受精神考验与身体疾病的双重折磨。此外，第二次实验一开始，弗兰肯斯坦就被引向一个无解的结局：如果弗兰肯斯坦满足了"怪物"的要求，他会担心"怪物"繁衍并威胁人类社会，导致人的社会伦理遭受践踏与毁灭；但如果他拒绝"怪物"的要求，他又再次逃避了"父亲"的责任，没有去引导"怪物"融入人类社会。因此，疾病成为一种象征伦理之罪的印记，通过在弗兰肯斯坦身上留下"神经性高烧"以及药物依赖的痕迹对其进行惩罚，时刻提醒弗兰肯斯坦他曾犯下的伦理罪孽；同时，疾病也成为映射技术与伦理矛盾的媒介，弗兰肯斯坦在第二次实验时所面临的两难境地便是这一矛盾的具体体现。

三、雪莱、"怪物"与英国社会的伦理

在小说中，雪莱将疾病刻画为象征社会伦理的守卫者。每当弗兰肯斯坦触碰生命的禁忌时，他便会受到精神与身体疾病的双重惩罚。但同时，疾病也映射出雪莱在现实中的真实经历，成为雪莱将自身情感与思想投射到小说情节与人物上的重要媒介。这种投射分为人物的生活经历、怪物的诞生和雪莱的替身三类，而这三类投射进一步展现了雪莱将自身经历与社会伦理代入小说内容进行思考的过程。

首先，暗示弗兰肯斯坦的悲剧线索早在他母亲去世时便已埋下。通过小说中的描述可以看到，弗兰肯斯坦母亲的离世改变了他对生命的态度，间接引发了他对控制生命的欲望；在现实中，雪莱的母亲在她出生十天后便因患产褥热而去世。母亲的去世成为雪莱一生的心理创伤，再加上她的父亲威廉·葛德文（William Godwin，1756—1836）之后与其他女性结婚并诞下子

女，这让雪莱在新家庭中的位置显得十分微妙。不仅主人公弗兰肯斯坦早年丧母经历与雪莱的经历形成映照，他性格中的极端因素也同样映射出雪莱的性格。雪莱在未满 17 岁时便与已婚的珀西·比希·雪莱（Percy Bysshe Shelley，1792—1822）私奔，这种行为以 19 世纪英国社会伦理观来看是无法被人接受的。雪莱也因此与原生家庭的关系一度十分紧张。此外，珀西·比希·雪莱本人信奉开放式关系，甚至同时与雪莱同父异母的妹妹保持不正当关系，他对婚姻家庭的看法与 19 世纪英国社会伦理观格格不入。更为关键的是雪莱的第一个孩子在出生后不久便夭折。此后，"复活"孩子的愿望成为雪莱心中的一个执念。与之相应，弗兰肯斯坦在创造"怪物"前一直对掌控生死抱有十分狂热的欲望，很难不让人联想这种欲望是雪莱内心想法的投射。

　　值得注意的是，疾病对弗兰肯斯坦的惩罚是雪莱对过往经历的一种无声反思。首先，雪莱母亲所患的产褥热，早在 18 世纪后期就有医生进行研究，其中亚历山大·戈登（Alexander Gordon，1752—1799）认为孕妇患病的原因是被医生和助产士传染所致，并正确地将"医护人员接触的尸体定义为可能的传染源"[①]。戈登提出这种观点的原因，与欧洲大陆在 18 世纪盛行的"解剖学热潮"有很大关联，且当时的医疗制度并没有规定医务人员在接生时必须进行消毒。而在雪莱出生的 1797 年，戈登的上述医学观点也早已在欧洲社会传播开来。因此在小说中，雪莱将"解剖尸体"设计成弗兰肯斯坦追求生命奥秘的途径。通过这一途径，弗兰肯斯坦虽然能创造"怪物"，但也被疾病缠身，这导致他的身体状况每况愈下。同时，弗兰肯斯坦创造"怪物"时

---

① 杨萍、陈代杰、朱慧：《从妇产科外科消毒理论与实践到"细菌致病理论"的形成和预防医学的诞生》，载《中国抗生素杂志》2020 年第 4 期，第 375 页。

使用的材料也是人与动物的尸体。当弗兰肯斯坦成功地让"怪物"获得生命后，他便如同雪莱的母亲在分娩后遭受产褥热一般，患上了终生无法彻底治愈的"神经性高烧"。此处的安排体现了雪莱对临床医学的矛盾心理：医学的发展在帮助人类对抗疾病的同时，又让无辜的人受到牵连而去世。故此，雪莱让弗兰肯斯坦从事类似医生的事务，让他在触碰伦理禁忌的同时遭受疾病的反噬，再借助弗兰肯斯坦后续一系列不幸遭遇，让读者体会到技术一旦脱离伦理束缚导致的危险后果。

　　弗兰肯斯坦对创造生命的渴望，又映射着雪莱内心希望女儿复活的愿望，她的这个愿望则具体呈现在"怪物"身上。在《怪物：玛丽·雪莱与弗兰肯斯坦》（*The Monsters: Mary Shelley & the Curse of Frankenstein*，2007）中，作者谈到雪莱在失去第一个女儿后，听到一位医生使昏睡了七个月的水手重新复活的传闻，这个传闻令雪莱产生让这位医生复活自己女儿的念头。[①] 弗兰肯斯坦创造生命的行为恰好体现了雪莱的这个愿望，但是这个生命却遭到弗兰肯斯坦的遗弃与厌恶，尤其是弗兰肯斯坦在第二次"造人"过程中产生了"怪物"在未来会威胁人类种族的担忧，这些心理活动均体现出雪莱对"复活"想法的矛盾，即在违背伦理与实现个人欲望间的纠结。巧合的是，雪莱因私奔一事与自己的父亲葛德文断绝了父女关系，犹如"怪物"长得过于丑陋被"父亲"弗兰肯斯坦抛弃一般。虽然雪莱将这本小说的题记写为献给自己的父亲[②]，存在与葛德文置气的因素，但正如小说中"怪物"在一开始渴望获得"父爱"，雪莱在私奔后也一直希望能

① （美）多萝西·胡布勒、托马斯·胡布勒：《怪物：玛丽·雪莱与弗兰肯斯坦的诅咒》，邓金明，译，上海：上海人民出版社，2008年，第108—109页。
② 金钺：《构筑想象的城堡——四部英国浪漫主义小说》，博士学位论文，长春：吉林大学，2012年，第108页。

够修复她与父亲的关系。因此，在生下第二个孩子后，雪莱不断努力，挽回她与葛德文的父女情。① 但葛德文对雪莱的态度在相当长的时间里是模糊不清的，因为雪莱的所作所为彻底令家族蒙羞，还影响到他另一个女儿的前途。为此，在创作《弗兰肯斯坦》期间，雪莱的内心沉浸在父女关系一度断绝的伤痛之中。加之丈夫的花心，她在这个时期遭受十分严重的精神煎熬。对雪莱来说，社会伦理与追求爱情的矛盾使她处于一个无解的困局，她犹如小说中不被社会接受的"怪物"，徘徊在主流社交关系的边缘。

除此之外，雪莱在小说中还将自己投射到收信人萨维尔夫人身上。萨维尔夫人的姓名全称的缩写为"M. W. S."，与雪莱（Mary Wollstonecraft Shelley）的全名缩写一致。在小说中，我们没有看到任何关于萨维尔夫人的直接描写，只能透过华尔顿的描述了解到萨维尔夫人家庭生活幸福，有丈夫与孩子的陪伴②。加上华尔顿在信中对萨维尔夫人流露出的敬重与信任之情，可以推断萨维尔夫人是一位符合 19 世纪英国社会伦理观的道德楷模。这种缺少直接描述，甚至没有任何言语的沉默角色反映出雪莱希望借萨维尔夫人的身份，站在一种公正旁观的视角去看待整个故事。然而萨维尔夫人所代表的英国社会伦理是作者本人所不具备的，这种矛盾反映出雪莱内心深处对当时英国社会伦理存在的某种憧憬，她希望自己也能像萨维尔夫人一样，家庭圆满，被社会接纳。

通过对《弗兰肯斯坦》的分析可以发现，"怪物"的存在既是技术发展对人类伦理的威胁，同样也暗喻了人类践踏伦理造成的悲剧。造成这一悲剧的原因十分复杂，它可能源于人对掌控生

---

① （美）多萝西·胡布勒，托马斯·胡布勒：《怪物：玛丽·雪莱与弗兰肯斯坦的诅咒》，前引书，第 172—173 页。
② （英）玛丽·雪莱：《弗兰肯斯坦》，前引书，第 246 页。

死的贪婪，也可能源于人对生老病死的恐惧，而"怪物"正是这种矛盾性与复杂性的体现。其中，小说中的疾病伴随着"怪物"产生，不断纠缠弗兰肯斯坦的身体与心灵，它象征了实施道德伦理惩罚的执行者。

第三节 勃朗特姐妹小说中的疾病书写与伦理

勃朗特姐妹的作品自问世以来就成为英国文学史上的重要作品，其作品的文学性不断被不同时代的评论家发掘。其中，疾病书写作为三姐妹作品中的重要元素之一，不仅起到推动剧情、刻画人物、烘托背景等作用，还反映出勃朗特姐妹对维多利亚时期英国社会的伦理观念持极为矛盾的态度。巧合的是在现实中，疾病的阴影也从小伴随着勃朗特姐妹。疾病使三姐妹过早地目睹死亡，给她们留下了心理创伤，也让她们在疾病的阴霾下窥探到维多利亚时期英国社会的不合理之处。

英美学者对勃朗特姐妹的作品进行了大量研究。有学者从叙事角度切入，例如帕特里夏·耶格尔（Patricia Yaeger）的《客厅里的暴力：〈呼啸山庄〉与女性小说》[1] 以小说人物的笑声为切入点，研究作者如何借助声音来表达人物权力关系与女性人物的地位。也有学者从女性主义、殖民、阶级等角度进行研究，以此分析维多利亚时期的英国社会。特里·伊格尔顿（Terry Eagleton，1943—）所著的《权力的神话：勃朗特姐妹》（*Myths of Power: A Marxist Study of the Brontës*，1975）[2] 一书以进

---

[1] Patricia Yaeger. "Violence in the Sitting Room: Wuthering Heights and the Woman's Novel". *Genre*，1988，Vol. 21，pp. 203-229.

[2] Terry Eagleton. *Myths of Power: A Marxist Study of the Brontës*. Hampshire: Palgrave Macmillan, 2005.

入工业革命转型期的英国社会为背景，运用马克思主义批评方法解析勃朗特姐妹的多部作品，研究其生平、作品与英国社会转型之间的关联。

相比英美学界，国内学界在相当长的时间把研究重点放在小说中的阶级斗争上。其中，关于《简·爱》（*Jane Eyre*，1847）里"疯女人"伯莎形象的研究相当多。诸多学者围绕该人物形象，从维多利亚社会的阶级、身份、族裔等方面展开分析。如夏郁芹从简的反抗精神入手，认为伯莎的疯子形象投射出个体在资本主义社会中对资本力量的反抗。[①] 进入 21 世纪以来，国内学界的研究视角与层次逐渐丰富并与英美学界接轨，研究角度涉及女性主义、原型批评、后殖民等。例如，朱文认为艾米丽·勃朗特在《呼啸山庄》（*Wuthering Heights*，1847）中参考了美狄亚神话，借助希斯克利夫这一角色展现了在维多利亚时代的畸形社会中，人的本性如何遭到异变。[②] 张群则透过小说中的复仇与悲剧情节，从美学层面分析这些形象与情节如何影响小说的艺术张力。[③]

可见，国内外对勃朗特姐妹作品的研究成果十分丰富，但多以单部作品或其中一位作者为分析对象，而以三姐妹作为整体进行的研究大多以三姐妹的人物传记或作品合集为主。少有学者将勃朗特姐妹的小说进行结合，在某个视域下进行解析。本书以疾病书写为视角，结合文学伦理学的相关概念，以《简·爱》《呼啸山庄》《艾格妮丝·格雷》（*Agnes Grey*，1847）三部小说中疾

---

① 夏郁芹：《浅谈〈简·爱〉中的简·爱形象》，载《兰州大学学报》（社会科学版）2000 年第 S1 期，第 128-130 页。

② 朱晓映：《爱恨情仇：对〈呼啸山庄〉的原型解读》，载《学术交流》2007 年第 12 期，第 178-181 页。

③ 张群：《"黑压压的恐怖感"：〈呼啸山庄〉中复仇者的形塑与爱情悲剧的书写》，载《英美文学研究论丛》2017 年第 2 期，第 341-353 页。

病引发的伦理矛盾为线索，分析三姐妹在小说中如何通过家庭伦理、社会伦理与重构全民伦理的描写，反映出她们对维多利亚时期英国社会伦理所持有的矛盾态度。

一、疾病书写作为家庭伦理的"卫道者"

我国的文学伦理学主要是从伦理的角度，研究文学作品、作家与文学间的相关问题。[①] 与西方伦理学不同的是，我国伦理学坚持马克思历史唯物主义与辩证唯物主义对文学与作家相关的伦理与道德分析，需要结合时代背景进行客观的考察，考虑该时期的伦理道德原则。我国学界对"伦理"的定义，主要以中国传统文化为源头，根据"伦理"与"道德"间的关系辨析来确定的。虽然学者对"伦理"的定义仍有不同看法，但从功能上看，伦理对社会的影响体现为其维系了社会中的融洽关系，并具有超越"道德"内向性的双向性功能，即"伦理"可同时对个体与社会群体产生影响；同时，"伦理"相对"道德"而言更具有客观性与自律性。[②] 从这些特征看，文学伦理学的批评方法需要遵守历史的客观性与规律性，以当时的伦理观为基准对文学作品中的现象进行分析批评，这是伦理批评与传统伦理道德批评的最大不同。基于上述定义，研究勃朗特三姐妹的伦理矛盾就必须立足于维多利亚社会的伦理观。

首先，维多利亚社会伦理的核心是家庭伦理。在当时的社会中，成年男性是一个家族的核心，女性则处在附庸的地位。虽然19世纪的英国因工业革命解放了生产力，但生产方式的变化也破坏了曾经的家庭经济，而机器的普及又导致大量工人失业。在

---

① 聂珍钊：《文学伦理学批评：基本理论与术语》，载《外国文学研究》2010年第1期，第14页。

② 邹渝：《厘清伦理与道德的关系》，载《道德与文明》2004年第5期，第18页。

此过程中，英国女性的生存方式呈现两极化的趋势：成为新中产阶级的女性不再需要劳作，而是在家中相夫教子①；相反，下层女性面对极度萎缩的就业市场，生存环境日趋恶劣，社会地位低下。女性地位的两极化最终导致女性的经济地位持续下降，婚姻则成为维多利亚社会中多数成年女性唯一的出路。西蒙娜·德·波伏娃（Simone de Beauvoir，1908—1986）在《第二性》（*Le Deuxième Sexe*，1949）中对此现象有所提及，并将其形容为女性与社会结合的唯一方式，"如果没有人想娶她们，从社会角度来看，她们简直就成了废品"②。女性在维多利亚社会几乎成为男性的附庸，她们没有属于自己的独立的社会人格。

可见，一个家庭中的已婚女性是丈夫的所有物，她的生活状况代表着男主人的社会地位。因此，女性被物化的现象在 19 世纪的英国十分普遍，比如当时的大众极度看重女性的婚前纯洁以及她们对丈夫的忠贞。但在勃朗特姐妹的小说中，女性角色的婚外情与伤害丈夫的行为却屡见不鲜。最明显的例子是在《呼啸山庄》中，凯瑟琳为了维护自己的社会地位嫁给了埃德加，但在婚后仍旧深爱着希斯克利夫。凯瑟琳的精神出轨，实际上仍是对夫妻关系的破坏。另外，埃德加的妹妹伊莎贝拉与希斯克利夫私奔，这在当时的伦理观中更不被大众接受。正因如此，埃德加与伊莎贝拉断绝了兄妹关系。然而在伊莎贝拉婚后，她遭到希斯克利夫的恶劣对待，并得知了对方娶自己的真实目的，于是她直言想杀死希斯克利夫。伊莎贝拉杀害丈夫的想法虽然能在情理上获得读者的理解，但若考虑维多利亚社会对"妻子"身份的伦理规

---

① M. Jeanne Peterson. "The Victorian Governess Status Incongruence in Family and Society". *Victorian Studies*, 1970, Vol. 14. No. 1, p. 9.

② （法）西蒙娜·德·波伏娃：《第二性》，陶铁柱，译，北京：中国书籍出版社，1998 年，第 489 页。

约，伊莎贝拉是一个未能尽到"妻子"职责的失败女性形象。同样的例子也出现在《简·爱》中，简在准备与罗切斯特结婚时，意外得知罗切斯特在境外已婚的事实，这使得简的社会角色从由一名家庭女教师变成破坏他人夫妻关系的第三者，罗切斯特则犯下了重婚罪。

虽然在女性主义的解读下，上述有违家庭伦理的情节被看作女性对男性权力的反抗，但从勃朗特姐妹的生平经历可以看出，她们从小接受的教育与家庭观均建立在父权意识的基础上。史蒂维·戴维斯（Stevie Davies，1946—）在其编撰的艾米莉·勃朗特的传记中，对勃朗特三姐妹的成长经历进行了详细记录。他提到三姐妹的父亲帕特里克·勃朗特（Patrick Brontë，1777—1861）通过自身努力，从一个铁匠的儿子成为神职人员[1]，这种自强不息的性格对他的孩子们有着巨大影响。帕特里克十分注重对子女的教育，他将自己对知识的热爱延续到下一代勃朗特人身上。根据记录，勃朗特三姐妹可以随时进入帕特里克的私人藏书室，这对当时的女孩来说是少有的特权。[2] 尤其是艾米莉，她在短暂的三十年人生中，大部分时间都与父亲相伴。根据传记的记载，艾米莉只在 1824 年 11 月至 1825 年 6 月、1837 年、1842 年共近三年的时间远离家乡[3]，其余时间都留在父亲身边料理家务。根据上述信息，可见帕特里克在对三姐妹的教育及人生观、价值观的培养中起到了重要作用，父亲的权威也因此投射在三姐妹的潜意识中，这也导致三姐妹的小说中反复出现打破与遵循家庭伦理的情节。

---

① Stevie Davies. *Emily Bronte: The Artist as a Free Woman*. Manchester：Carcanet Press Limited，1983，p. 4.

② 同上。

③ 同上，第 8 页。

　　在打破与遵循家庭伦理的矛盾中，疾病作为一种对打破伦理的惩罚出现在三姐妹的小说中。具体到小说情节，疾病往往在人物做出违背伦理的行为后出现，对人物的肉体和精神造成损害，甚至导致人物的死亡。以《呼啸山庄》为例，凯瑟琳在得知希斯克利夫与伊莎贝拉私奔后，她的精神因自责与背叛而崩溃，这导致她的健康情况日渐恶化。凯瑟琳离世之前开始忏悔，并在病重的状态下要求开窗，感受着来自荒野的寒风，以寻求精神上的平静。① 来自荒野的寒风让凯瑟琳在混乱中坦言自己愿意变回一个小女孩儿。② 凯瑟琳在病痛中的行为，展现了她内心最真挚的愿望，即重新回到过去；同时，这个愿望也引导凯瑟琳对自己违背家庭伦理的行为进行忏悔。但是，疾病对她的身体与精神造成了不可逆的伤害，最终导致她在生产后离世。除凯瑟琳之外，伊莎贝拉也在逃离希斯克利夫后身患疾病，几年后撒手人寰；希斯克利夫最后也陷入精神上的癫狂，以一种"自虐"的方式死亡。类似的情况也发生在《简·爱》中，无论是简逃跑后因饥饿生病而濒临死亡，还是罗切斯特在大火后身体残疾，疾病如同伦理的卫道者，将精神与肉体的痛苦施加在家庭伦理的破坏者身上，让他们为自己犯下的错误赎罪。可见，勃朗特姐妹在疾病与伦理之间建立起一种深层的因果关系，即便她们笔下的凯瑟琳等角色体现了反抗男权社会的意识，但这些角色依旧不能逃脱伦理的审判。

　　当我们离开家庭伦理的视野，从社会伦理的范畴看待疾病在小说中扮演的角色时，能够发现疾病除了与捍卫伦理相关，还与财产权有着极强的关联性。财富作为维多利亚社会的一种身份象征，又进一步使得疾病与角色的社会地位变化产生联系。从这个

---

① Peterson, Emily Brontë, *Wuthering Heights*, London: St. Martin's Press, Inc., 1992, p. 122.
② 同上，第121页。

维度看，疾病在勃朗特姐妹的小说中具有更加深刻的象征意义。

二、疾病作为社会伦理的"维系者"

财产是勃朗特姐妹小说中的另一个隐性主题。涉及人物命运转折的重要情节均离不开与财产相关的话题。同样地，勃朗特姐妹将自己的大多数时间都花在努力挣钱持家上。由于帕特里克的薪资无法很好地维持整个大家庭的支出，夏洛蒂·勃朗特早早就以女家庭教师的身份开始工作，随后安妮·勃朗特也追随夏洛蒂的脚步外出务工。艾米莉·勃朗特虽然长期在家，但她负责了一切家务以减轻家庭的负担，并且她在离家的几年时间中也从事女家庭教师的工作来赚钱补贴家用。这些经历使勃朗特姐妹充分认识到财产对一个人的生存与社会地位的重要性。回到她们的小说中，我们可以看到财产在三姐妹的小说中发生多次转移，财产的每次转移都象征着人物关系与命运的巨大转变。同时，疾病也常常随着财产的转移出现。

在《艾格妮丝·格雷》中，艾格妮丝成为女家庭教师的契机是父亲投资失败导致家庭财务状况急转直下。更严重的是，她的父亲因为自责而染上疾病，这使得艾格妮丝一家的境遇更加糟糕。艾格妮丝前后受到两户人家的聘用，她作为女家庭教师见证了庄园系统的日常运作：庄园等级森严，自然人被分成了三六九等，庄园的唯一中心是掌控庄园财产的男主人，庄园中的一切均围绕男主人运行。通过艾格妮丝的家庭教师经历，财产对人的控制与异化得到充分体现。在故事末尾，艾格妮丝的父亲因病离世，她与姐姐和母亲在处理完父亲的丧事后，便一同将父亲的财产变卖，并搬到一处海边小镇生活。艾格妮丝与母亲利用购买的公寓办起一所私营女校，通过招收学生获得了不错的收入。艾格妮丝在海边小镇偶遇她钟爱的牧师韦斯顿，后来与其喜结良缘。

　　在这部小说中，财产与疾病紧密相连。从内容上看，艾格妮丝父亲的两次染病，一次象征着家境的衰落，另一次则具有女性家庭成员迎来新生的寓意。虽然艾格妮丝的父亲慈爱善良，但他在投资上的失败与观念上的固执，是导致整个家庭陷入不幸的开端。他的死亡虽然令艾格妮丝等人心痛，但也让她们变卖原有房产偿还完债务，搬到海边开始新生活。可见，疾病促使财产权从艾格妮丝的父亲转移到她本人和母亲手中，财产权使她们获得自由处理财务与规划未来的机会。而艾格妮丝与韦斯顿的再次相遇，恰好发生在她财务状况改善之后，这种处理方式与《简·爱》有异曲同工之处。这种处理体现了在勃朗特姐妹的观念中，财产的平等是男女结合的重要基础。这在某种程度上维护了维多利亚社会"门当户对"的阶级观念。

　　此外，疾病导致人物的财产状况变化，在某种程度上也是对违反社会伦理者的惩罚。在《简·爱》中，简的表哥里德因生活放浪不羁死亡，里德夫人在遭受丧子之痛和赌债压力的双重打击后，身体状况急转直下。里德夫人去世后，她的财产被两个女儿平分，其中一个女儿将获得的遗产捐赠给修道院。这样的结局对里德太太是一种极大的讽刺，她从前看不起简的低微出身，对简态度恶劣，还阻止简与她的叔父相见，防止简因获得财产而提高社会地位；但女儿们对财产的处理导致里德家族积累的财产消失，整个家族的社会地位变得与简没有太大差别。虽然里德太太在病痛的折磨下将简的叔父一事和盘托出，但她并没有对自己的隐瞒行为进行忏悔。因此，里德太太去世后，整个里德家族在上层社交圈中消失，这也是对里德太太过于重视社会地位与财产而违背社会伦理的惩罚。

　　类似的情节也出现在《呼啸山庄》中。欣德利在妻子去世后沉迷于酒精与赌博，并将山庄的财产作为赌资进行了抵押。希斯克利夫抓住了这个机会，将呼啸山庄纳入自己的名下，顺理成章地以主人身份入住呼啸山庄。在这个过程中，欣德利逐渐被整个社会抛弃，尤其是他的儿子哈里顿对他酗酒的行为感到恐惧，并在希斯克利夫的影响下厌恶自己的父亲。同时，哈里顿自己也变得玩世不恭，成为希斯克利夫复仇计划中的一环。虽然从传统医学的视角看，酗酒并不是一种疾病，但在 19 世纪的英国社会观念中，酗酒与赌博被看作维多利亚时期的主要社会问题之一，其中酗酒更被视为一种慢性的精神疾病，能把一个人彻底摧毁。在现实中，她们的兄弟布兰韦尔也因事业和感情问题酗酒，最终因肺病离世，因此艾米莉深知酗酒对人精神的摧残，以及这种恶习对家人造成的痛苦。欣德利的自甘堕落直接导致了整个肖恩家族的没落，而原先被他视作下等人的希斯克利夫成为自己的债主，并夺走了他的一切。

　　同样，希斯克利夫也迎来了相似的结局。他利用非法手段从欣德利与凯蒂手上夺走两座庄园，这种行为本质上违反了社会伦理。此外，从他与房客洛克伍德的交流中可以看出他有厌世情绪，他也很少对庄园的事务进行过问或处理。从庄园运作的角度看，他作为当地最大的庄园主，却没有承担起相应的责任。尤其是在凯蒂进行反抗后，希斯克利夫彻底不问世事，最后陷入精神癫狂而死，而诱发其癫狂的直接因素是他的掘墓行为。虽然从上帝视角看，这是由于他对凯瑟琳的执念所致，但希斯克利夫采取的掘墓行为是对死者的不尊重，也严重违背了当时的社会价值观。而令希斯克利夫癫狂的根本原因则要追溯到他的复仇计划致使凯瑟琳死亡的那一刻。因此，精神上的疾病是对希斯克利夫种种反社会伦理行为的惩罚，疾病使他陷入亦真亦幻的精神状态，令他在呼啸山庄中看见凯瑟琳的鬼魂。从这个角度看，精神疾病的折磨是对希斯克利夫的最大惩罚。在他死后，呼啸山庄与画眉山庄重新回到哈里顿与凯蒂的手中，这意味着他的复仇彻底失去了意义。

由此可见，在社会伦理的层面，疾病原有的"卫道者"功能得到延伸，变成确保社会伦理运作的"维系者"。不过，这种"维系者"的功能大多是惩戒性的：疾病通过人物财产的变化，降临在当事人身上，最终导致破坏社会伦理者的财产损失。但从另一个角度看，疾病的"维系者"功能使得小说中的其他人物从病逝者手中继承或夺回财产，继而获得重新生活的机会。因而疾病造成的财产转移不仅是社会伦理的维系，更是一种全民伦理层面上的重构与建设。

三、疾病作为全民伦理的"重构者"

在文学伦理学的视域下，全民伦理指一个社会群体"共同遵守的伦理道德规范"[1]。伊丽莎白·盖斯凯尔（Elizabeth Gaskell，1810—1865）将伦理观念看作维系社会关系的一种决定性力量，并试图建立一种以"爱"与"宽容"为核心的全民伦理思想。[2] 盖斯凯尔提出这种想法是为了解决维多利亚时期暴露出的诸多社会问题，希望能用"爱"与"宽容"的观念凝聚整个社会。巧合的是，同时代的勃朗特姐妹也对 19 世纪英国社会的固有观念存在不同的见解。读者在阅读她们的作品时，可以感受到她们笔下的女主人公们渴望改变女性的社会地位，并获得某种意义上的独立。然而，勃朗特姐妹深受维多利亚时代家庭伦理与社会伦理观的约束，因此在她们设定的情节中，疾病又往往成为一种逾越伦理的惩罚，来保卫或维系社会固有的伦理观念。但正是在伦理的

---

① 夏文静：《英国维多利亚时期女性小说文学伦理学批评——以三位代表作家为例》，博士学位论文，长春：吉林大学，2013 年，第 30 页。
② 同上，第 31 页。

破坏与纠正过程中，一套与以往不同的伦理观念被勃朗特姐妹重构出来，而这种伦理观与盖斯凯尔的理念十分接近。其中，"爱"与"忏悔"也是十分关键的要素，而且勃朗特姐妹在盖斯凯尔的理念之外增加了"平等"的要素，试图建立一个以"爱""忏悔""平等"为核心的全民理论，以调和英国维多利亚时代的社会矛盾。

　　"爱"是勃朗特姐妹小说中的关键要素，有时甚至是小说的核心主题之一，疾病则是对"爱"进行考验与强化的重要媒介。在《简·爱》中，一个角色能否经受住疾病的折磨，以及他在生病期间受到了周围人物怎样的对待，往往决定了人物关系或人物命运的走向，其中一个例子便是"疯女人"伯莎。根据罗切斯特的描述，伯莎的精神疾病是先天的，且在他们相识时没有任何征兆。但在婚后，伯莎的精神疾病愈发严重且需要照料时，罗切斯特选择了逃避，他认为自己与伯莎的结合是错误的，并将大部分原因归咎于父亲对保护家族财产的自私决定。之后，他将伯莎软禁在英国的庄园中，并派人看守。可以看出，罗切斯特与伯莎的结合是出于经济利益的考虑，两人之间似乎不存在任何"爱"的因素。所以，罗切斯特在面对伯莎日益严重的精神疾病时，选择了逃避和监禁对方。最终，两人的夫妻关系没有经受住疾病的考验，这为罗切斯特与简的关系埋下了一颗定时炸弹。与之相反，简在得知真相后出于良知逃离了桑菲尔德庄园，她在逃离过程中不仅迷失在荒野中，还因饥饿引发高烧，幸好偶遇约翰一家才得以保住性命。在康复过程中，简受到约翰一家的细心照顾，这与伯莎在生病时受到的待遇有天壤之别。正是因为约翰一家对简的同情与关爱，让她经受住疾病的考验，最后促成简以一种更加独立的方式重新开始生活。可见，两对关系在经历疾病考验后，呈现出截然不同的结果。背叛伯莎的罗切斯特不仅无法摆脱这段关系的阴影，更在之后导致了简的逃离、桑菲尔德庄园的毁灭与自己的残疾；简则意外得知约翰等人是自己的表亲，这使她获得了渴望已久的亲情。最终她获得了叔父的遗产，使得她在财富与社会地位上与罗伯斯特接近。夏洛蒂通过"无爱"与"爱"经受疾病时的对比，展现了"爱"作为一种力量如何影响个人及其人际关系，体现了"爱"在构建全民伦理中的重要性。

除了"爱"这一元素之外，人物在经受疾病困扰时对过去的行为进行忏悔，也是勃朗特姐妹小说的另一个重要元素。这种忏悔不仅限于人与人之间的关系，更是一种人与自我的和解。在《艾格妮丝·格雷》中，艾格妮丝父亲的疾病决定了女主人公的命运与故事走向。艾格妮丝起初因考虑父亲的疾病而离家赚取补贴，同时也因父亲疾病加重回到家中，甚至她也因父亲的去世而开始了另一种生活。虽然艾格妮丝的父亲是一个慈善的、遵从信仰的角色，但他由于无法原谅自己在经济方面造成的损失，一直背负着巨大的精神负担，进而患上了身体疾病。在艾格妮丝父亲患病期间，他对自己的过错始终无法释怀，最终导致了他的死亡。在此处，安妮·勃朗特点出了人应与自己和解的重要主题，艾格妮丝父亲的疾病不仅折磨他的肉体，更折磨他的心灵。如果他像其他家庭成员一样着眼于当下，而不是过分自责，他也许会迎来新生。相似的例子也出现在《简·爱》与《呼啸山庄》中，如前文提到里德太太在病症中仍不愿忏悔，以及凯瑟琳在去世前表达重回过去的愿望。可以看出，疾病击溃了小说人物的精神防线，使他们将内心深处的想法暴露给读者。但只有那些真正做到自我忏悔的角色才可能战胜疾病，获得重生的机会。从这点上看，勃朗特姐妹暗示"忏悔"起到直面自我欲望和心魔的作用，而人只有战胜这种欲望和心魔，始终坚守良知与美德，才能克服伦理崩坏的危机，以一种新的姿态面对社会生活。

　　全民伦理重构的最终目的是实现社会的平等。勃朗特姐妹强调的"平等"不仅是性别层面的平等，更是一种跨越阶级的人与人之间的平等。这种平等的实现方式，与疾病在家庭伦理和社会伦理中承担的"卫道"与"维系"功能密切关联。在《简·爱》中，我们在前文中已经提到疾病是如何惩戒简与罗切斯特的，但疾病在发挥家庭伦理的"卫道"的作用时，又成为简与罗切斯特地位变化的先决条件之一。简在流浪时患病并巧遇约翰一家，在意外得知他们之间的亲缘关系后，简最终获得一大笔遗产；而罗切斯特则在火灾后身体残疾，在精神方面遭受重创，他将自己封闭在附近荒僻的丁芳庄园，如果简没有及时回到他的身边，等待他的结局很可能是在绝望中死去。我们看到，两人在遭受疾病后的境遇改变了双方的地位。这种地位不仅是社会层面的，还是两性层面的。从罗切斯特形容简为一个"有钱人"①，到他承认自己已无法离开简独活，他的话语象征着他作为庄园主和男性的权力遭到双重瓦解，并被简所代表的平民和女性的权力取代。从小说中的描述我们看到，罗切斯特在社交时表现出的上层阶级的冷漠与高傲，与谦逊平和的简正好形成对比。而他们之间地位的改变与他们的结合，也寓意不同阶级、不同性别达成"平等"需要经历权力瓦解与重构的过程。在《呼啸山庄》中，这个过程也体现为财产权从深陷复仇怒火的希斯克利夫，转移到纯洁却坚强的凯蒂手中；同时，希斯克利夫认识到复仇的无意义，也是因为他从凯蒂的反抗中看见凯瑟琳的影子。可见，疾病成为财富与权力在不同人物之间转移的媒介。

　　经过上文分析可见，从家庭伦理到全民伦理，疾病所起的作

<hr>

① 夏洛蒂·勃朗特：《简·爱》，宋兆霖，译，上海：上海文艺出版社，2007年，第471页。

用从单纯的惩罚逐渐变为破坏与重构旧有伦理关系的前兆与关键。这种功能上的延伸，不仅反映了疾病与伦理之间的微妙关系，更体现了勃朗特姐妹对维多利亚伦理观的矛盾情绪。这种情绪是遵循伦理与重构伦理之间的矛盾，造成这种矛盾的原因与勃朗特姐妹的家庭和社会经历紧密相关。从更深远的意义来看，疾病与伦理间的微妙关系折射的是同时期英国女性所面临的社会性压迫与身份困扰。这种压迫与困扰跨越了阶级，是当时所有女性共同面对的问题。因此，从社会意义层面看，勃朗特姐妹小说中的疾病与伦理的多重表现与结果，表现了她们对女性问题的隐喻和思考：她们试图从这种关系中探寻女性的真正出路。

通过本章对女性作家与疾病的分析我们可以看到，在 19 世纪的女性作家眼中，疾病与社会伦理有着十分紧密的关联。无论是奥斯丁、雪莱还是勃朗特姐妹，她们都借助疾病书写阐述了她们对 19 世纪英国社会伦理观念的看法。值得注意的是，女性在 19 世纪英国社会中的地位远低于男性，她们是英国社会中受压迫群体的重要组成部分。那么，在女性作家之外，生活在同时期的其他受压迫群体又如何看待疾病？这些群体又如何在同期作家的笔下与疾病产生关联？为了探明这些问题，下文将以 19 世纪英国最具代表性的作家之一——查尔斯·狄更斯的作品为研究对象，分析狄更斯笔下穷苦工人阶级与疾病之间的关联及其作品所反映的 19 世纪英国社会问题。

第三章 查尔斯·狄更斯小说中的
疾病书写

　　19 世纪的英国因工业化和城市化的高速发展，成为当时世界上的经济及政治大国。英国人民，尤其是中产阶级对国家的繁荣信心百倍，沉浸在国家带来的荣光之中。然而繁荣的表象之下暗潮涌动，工业化和城市化引发的各种问题成为中产阶级避无可避、亟待解决的难题。最能体现 19 世纪英国社会问题的莫过于传染性疾病的多次暴发。鉴于传染性疾病的高致死率以及由此引发的公众恐慌，19 世纪的英国政府对传染性疾病的来源及传播途径进行了长期且曲折的探索。最初，人们普遍认为传染性疾病经由受污染的空气传播，并且这种有关传染性疾病的"瘴气说"（Miasmatism）曾在相当长的时间内占据主导地位。然而人们经过长期的探索和研究最终否定了"瘴气说"，并确定传染性疾病主要经由水传播。在政府机构对传染性疾病建构的一系列话语中，人们逐渐发现，疾病除了与糟糕的环境相关联之外，其实还和贫穷、道德相关。换言之，透过疾病问题，我们可以窥见 19 世纪英国的社会问题，尤其是工人阶级面临的艰难处境。

　　疾病作为 19 世纪英国的显性问题不可避免地出现在英国的现实主义小说中。正如勃朗特姐妹将疾病与伦理联系起来，查尔斯·狄更斯（Charles Dickens，1812—1870）也认为疾病与道德密切相关。狄更斯是英国 19 世纪至今最杰出的现实主义小说家，他在小说中对疾病的探讨可谓全面而深入。狄更斯对疾病的兴趣一方面源于他自身的患病经历，另一方面源于他特定的目的，即借探讨疾病来针砭时弊，揭示当权阶级对底层人民，尤其是工人阶级的压迫。在狄更斯的小说中，疾病影射了社会不公，例如当权阶级利用话语和权力对底层人民进行空间隔离和排斥；疾病本身也具有隐喻意义，是阶层身份的象征。鉴于此，本章以狄更斯的小说为研究对象，结合 19 世纪英国的疾病话语探讨这一时期英国底层人民与疾病的关联。

第一节　狄更斯与疾病书写

狄更斯是英国维多利亚时期最著名且多产的小说家。他不仅全景式地刻画了 19 世纪的伦敦，而且深入地展现了伦敦各阶层人民的生活。在狄更斯的小说中，疾病是一个重要的元素。他不仅刻画了许多饱受疾病折磨的儿童，而且再现了英国 19 世纪出现的职业医生与护士形象。他所刻画的儿童形象吸引着不同时代的读者，引发读者对儿童命运的同情和关注。在狄更斯塑造的儿童形象中，疾病一方面成为儿童性格和命运的隐喻，另一方面也是儿童认知世界的重要途径。例如，《雾都孤儿》（*Oliver Twist*，1838）中的奥利弗从出生起便与疾病如影随形，他在与疾病的共存中获得对自我和社会的深刻理解。狄更斯对职业医生形象的呈现则是以传统的家庭照顾模式和济贫院医生制度为背景的，这展现了他对病人所受照顾的伦理考量。狄更斯对疾病的关注一方面源于他对自身健康的关心，但更重要的是出于他对社会发展，尤其是道德和公共卫生等社会问题的人文关怀。他敏锐地意识到疾病问题不仅是医学问题，更是社会问题。他在小说中描述的天花、斑疹伤寒、伤寒、霍乱等疾病不仅是个人卫生问题，更是普遍的社会现象；疾病与阶级、资本主义制度、城市发展等问题勾连，然而这种社会现象却被维多利亚时代的主流话语忽视或遮蔽。通过探讨这些疾病出现的根源和产生的后果，狄更斯挑战了维多利亚时代主流话语对疾病的建构，表达了他改良社会的愿望。由此可见，分析狄更斯的疾病书写对于窥视19世纪英国的社会问题具有重要意义。在剖析狄更斯的疾病书写之前，笔者将在本节梳理中西方学界对此话题的既有研究并介绍狄更斯的患病经历。

一、关于狄更斯疾病书写的既有研究

狄更斯的疾病书写不仅反映了他改良社会的美好愿景，而且体现了他的人道主义精神，因此笔者将梳理中西方学界围绕狄更斯的疾病书写与其人道主义精神展开的研究并加以总结。由于中西方意识形态的不同，中西方学界在评析狄更斯的人道主义精神时选取的批评角度大不相同，得出的观点也大相径庭。对于狄更斯作品中的疾病书写，中西方的批评也表现出深度和广度上的差异。

西方的人道主义思想萌芽于文艺复兴时期，文艺复兴时期的人道主义思想"首次明晰并发现了人的全部的、丰富的本性"[①]。到了启蒙运动时期，思想家们为人道主义注入新的内容，即对本性的控制：勒内·笛卡儿（René Descartes，1596—1650）的"我思故我在"体现了身体和理性的对立，通过这一对立，他将人的理性置于哲学的高度，开启了西方二元对立的先河；伊曼努尔·康

---

① 沈顺福：《Humanism：人文主义还是人道主义》，载《学术界》2018年第10期，第123页。

德（Immanuel Kant，1724—1804）则与笛卡儿有所不同，他提出的自由意志和自律概念为人道主义增添了一定的约束。之后，人道主义在马克思主义批评和存在主义思潮中获得进一步发展。就狄更斯的人道主义思想而言，他对穷人生活的关注体现了他对人类普遍命运的关注。他的人道主义思想与他的生活经历和维多利亚时代崇尚道德的风气有很大的关联。狄更斯年幼时曾因他的父亲约翰·狄更斯（John Dickens，1785—1851）无力还债而与父亲一同被关进监狱。在狄更斯出狱后，他便早早地进入社会工作，为家庭分担经济压力。童年时代的遭遇成为狄更斯心中无法抹去的痛，传记作家约翰·福斯特（John Forster，1812—1876）曾这样描写狄更斯的感受："我暗暗地承受，承受着非人的痛苦，除了我自己没人能知道我有多苦，简直就是无法形容。"① 正因为他的童年阴影挥之不去，狄更斯的小说大多带有自传性质，他在刻画儿童时流露的深刻同情在某种程度上体现了他对儿时自我的补偿性慰藉。此外，在维多利亚时代，基督教精神仍然发挥着社会凝聚的作用，其平等、博爱、救世的主张潜移默化地影响着维多利亚时代的人。不难看出，个人经历的坎坷和宗教精神的浸染成为狄更斯人道主义思想的重要来源。

需要指出的是，狄更斯的人道主义思想因受到他自身阶级身份的影响而带有局限性，中西方学者对这种局限性从不同的角度进行了解读。国内的狄更斯研究相比西方起步较晚，始于近代文学家林纾对狄更斯小说的译介。1907 年至 1909 年，林纾和魏易合作，将狄更斯的五部小说翻译成中文。此后，狄更斯受到国内学术界的持续关注，成为国内众多研究英国文学的学者深入研究

---

① 邱细平、朱祥：《狄更斯人道主义思想的演义与双重性》，载《求索》2011 年第 12 期，第 222 页。

的对象。国内对狄更斯作品中人道主义精神的解读呈现出鲜明的时代特点。在国内狄更斯研究的最初阶段，国内评论家认为狄更斯的作品具有改良社会的功能。这种功能得益于狄更斯对英国维多利亚时期下层阶级饱含同情的生动描绘以及他对上层社会的批判。为此，林纾曾呼吁国内作家向狄更斯学习，"极力抉摘下等社会之积弊，作为小说，俾政府知而改之"①。中华人民共和国成立后，国内评论界受到马克思主义的影响，以马克思主义批评视角分析狄更斯的小说成为主流的批评方法。在马克思主义批评视角下，狄更斯在小说中展现的人道主义精神受到国内评论家的质疑，后者认为狄更斯的人道主义精神带有资产阶级性质，并对狄更斯不愿革命的妥协性进行了批判。到了20世纪90年代，西方文论在国内的传播使得评论家开始对狄更斯的作品进行多角度的阐释。进入21世纪后，国内学者对狄更斯人道主义思想的评析明显呈现出非政治化、多维度、多元化的态势。严幸智在《现世情怀：狄更斯的宗教观》一文中将狄更斯小说中体现的人道主义思想归因于狄更斯的宗教观，他认为这种思想体现了狄更斯对整个维多利亚时代的人文关怀。陆建德在《新语境下，如何读狄更斯》一文中肯定了英国渐进式的改良。

西方学界对狄更斯人道主义思想的研究也随着时代的发展而逐步发生改变。在19世纪后期，马克思主义评论家将文学视作对现实生活的反映，他们既注意到狄更斯作品在揭示社会现实方面的价值，也肯定了狄更斯在作品中流露出的人道主义精神。德国杰出的马克思主义文艺批评家弗朗兹·梅林（Franz Mehring，1846—1919）强调，狄更斯"那颗诗人的心……永远和穷苦不幸

---

① 张和龙：《狄更斯研究在中国（1904—2014）》，载《上海大学学报（社会科学版）》2015年第3期，第84页。

的人在一起"①。第二次世界大战以后，随着英国曾经的殖民地纷纷独立并开始建构自己的话语，后殖民批评走上西方文论的舞台并成为评论家评析作品的利器。一直处于西方文论批评界视野的狄更斯作品自然成为该批评理论的试金石，不少学者采用后殖民视角发现了狄更斯作品中的帝国主义倾向。在温迪·雅各布森（Wendy Jacobson）看来，后殖民理论视阈下的狄更斯显得傲慢且缺乏人道主义精神，这样的狄更斯显得具有非常大的局限性。②由此可以看出，西方学界对狄更斯人道主义思想的研究随着时间的推移逐步深入并愈发具有批判性。

国内关于狄更斯小说中疾病书写的研究起步较晚，这类研究于 21 世纪初在学界出现，研究深度和广度还有待提高。迄今为止，国内的相关研究仅有 4 篇硕士学位论文和 6 篇期刊论文。③ 宗原从《荒凉山庄》（*Bleak House*，1852）中的疾病书写

① 蔡熙：《国外马克思主义狄更斯批评研究》，载《湖南社会科学》2012 年 3 期，第 185 页。

② 同上，第 171 页。

③ 截至 2022 年 1 月 12 日，中国知网上显示与"狄更斯""疾病"有关的词条仅检索到 4 篇硕士学位论文。刘仲岳：《压迫和救赎：〈雾都孤儿〉中的热病和全科医生》，衡阳：南华大学，2020 年。宗原：《疾病与维多利亚社会：〈荒凉山庄〉的医学视角解读》，北京：北京林业大学，2020 年。杨雅鑫：《精神生态理论视角下〈艰难时世〉中精神失衡问题的解读》，长春：吉林大学，2020 年。李小莹：《绅士与俱乐部，维多利亚时代的文化精神分裂症》，成都：四川师范大学，2015 年。与"狄更斯""疾病"有关的期刊论文共有 6 篇，其中有一篇发表在核心期刊上。李庆忠、王荣光：《查理·狄更斯谈耳鼻咽喉科疾病》，载《国外医学. 耳鼻咽喉科学手册》2002 年第 1 期，第 65 页。乔安妮·西尔伯纳、兰秀娟：《狄更斯的另一面：公共卫生先锋》，载《英语世界》2020 年第 6 期，第 76—81 页。刘仲岳：《论〈雾都孤儿〉中的热病与阶级压迫》，载《北方文学》2019 年第 35 期，第 66—68 页。王彦军：《狄更斯小说中伦敦卫生的现代性》，载《河南理工大学学报》（社会科学版）2021 年第 1 期，第 37—41 页。宗原：《狄更斯作品的医学视角解读》，载《北方文学》2019 年第 9 期，第 72 页。与"狄更斯""疾病"有关的核心期刊论文有一篇。罗灿：《卫生改革、流行病和〈荒凉山庄〉》，载《外国文学研究》2021 年第 3 期，第 123—134 页。

出发，剖析狄更斯如何通过心理和生理疾病表征批判当时的社会。① 杨雅鑫关注《艰难时世》（*Hard Times*，1854）中人的精神失衡问题，并提出重建人际关系、回归自然等解决危机的方式。② 刘仲岳研究了狄更斯在《雾都孤儿》一书中对热病的描写，他认为狄更斯通过热病揭示了当时的资产阶级对底层人民的压迫。③ 罗灿认为，在《荒凉山庄》中，狄更斯不仅展现了流行病、卫生改革以及人们道德观之间的关系，而且表达了他对伦敦人共同命运的思考。④ 从国内对狄更斯疾病书写的研究可以看出，疾病与道德、阶级的关系虽然较晚被关注，但是已经成为重要的话题。

西方学界从 20 世纪 80 年代开始关注狄更斯小说中的疾病书写，现已积累了不少研究成果。安德鲁·桑德斯（Andrew Sanders）在《查尔斯·狄更斯复活者》（*Charles Dickens Resurrectionist*，1982）一书中指出，狄更斯在《荒凉山庄》中就疾病对城市生活的影响做了极为重要的描写。桑德·L. 吉尔曼（Sander L. Gilman）在《疾病与表征：从疯癫到艾滋病的疾病意象》（*Disease and Representation: Images of Illness from Madness to AIDS*，1988）一书的第五章探讨了狄更斯在小说中使用的精神病院意象。凯瑟琳·萨米伊（Catherine Samiei）在其博士学位论文《重诊狄更斯：查尔斯·狄更斯作品中的疾病与医疗问题》（*Rediagnosing Dickens: Disease and Medical Issues in the Work of Charles Dickens*，2003）中对狄更斯作品中的疾病书写进行了全面细致的分析。她认为，狄更斯通过建构疾病话语挑战了维多

---

① 宗原：《疾病与维多利亚社会：〈荒凉山庄〉的医学视角解读》，前引文。
② 杨雅鑫：《精神生态理论视角下〈艰难时世〉中精神失衡问题的解读》，前引文。
③ 刘仲岳：《论〈雾都孤儿〉中的热病与阶级压迫》，前引文。
④ 罗灿：《卫生改革、流行病和〈荒凉山庄〉》，前引文。

利亚时代人们对疾病的传统态度；狄更斯对医师和护士的描写反映了 19 世纪英国医生和护士的职业化；此外，狄更斯在小说中还探讨了疾病与犯罪的关系。在《位于医学中心的狄更斯：对于当今行医的意义》（*Dickens in the Heart of Medicine: Implications for Today Medical Practice*，2020）一书中，作者厄恩斯特·E. 范·德·沃尔（Ernst E. van der Wall）描述了狄更斯对医学和疾病治疗的浓厚兴趣并分析了后者对医疗文学的影响。

从以上文献梳理来看，中西方学者都注意到狄更斯的人道主义精神带有的局限性。通过马克思主义批评的视角，中西方学者都意识到，虽然狄更斯出于人文关怀而呼吁社会改革，但是他所期望的改革是以不改变原有社会结构为基础的，因此他的改革思想并不彻底，带有阶级的局限性。从围绕狄更斯小说中的疾病书写展开的研究来看，虽然中西方学界在研究时长和研究深度方面颇具差异，但两方学者都采用了新历史主义批评的方法来探讨狄更斯的疾病书写。通过研究狄更斯的疾病书写与维多利亚时代主流疾病话语间的互动，中西方学者呈现了狄更斯对维多利亚时代英国医学发展的各种回应。

综上，狄更斯小说中的疾病书写不仅可以使读者窥见维多利亚时代底层人民的生活，而且能够使读者了解该时代各种疾病话语之间的互动、社会各阶层之间的冲突。值得注意的是，虽然狄更斯的疾病书写体现了他的人道主义精神，但是这种精神带有很大的局限性，因此读者要以批判的眼光去审视狄更斯的疾病书写以及他的人道主义精神。接下来，笔者将从狄更斯的个人经历出发，展现他的患病经历与其作品中的疾病书写之间的关联。

二、狄更斯与疾病书写

狄更斯是英国最伟大的作家之一，其成就可以比肩威廉·莎士比亚（William Shakespeare，1564—1616）。狄更斯在写作方面的成就有目共睹：他著有 15 部长篇小说、5 部中篇小说、数部短篇小说以及非虚构作品；他编辑了 5 本报刊，其中包括由他主要创办的畅销刊物《家常话》（*Household Words*，1850—1859）和《一年到头》（*All the Year Round*，1859—1895）；此外，他还书写了大量具有文学价值和科学价值的信件。在狄更斯的小说中，人们可以与他塑造的经典人物角色共情，欣赏他字里行间的诙谐讽刺，着迷于他对人物和事件的生动描写。就狄更斯在作品中表达的主题而言，人们通常认为狄更斯利用文学来揭露社会不公，尤其是穷人所遭受的种种痛苦，他创作的主要目的是呼吁社会改革，以及为下层阶级特别是贫穷的儿童争取权利。

从某种角度来讲，狄更斯的作品不仅具有文学价值，而且具有社会价值。19 世纪的英国是当时世界上的政治经济大国，英国人民，尤其是中产阶级对国家信心百倍，沉浸在国家带来的荣光之中。然而作为中产阶级的狄更斯却关注到荣光背后被忽视的穷人和弱势群体，将他们置于小说的中心，书写他们的生活。在《艰难时世》中，狄更斯描绘了工人阶级如何遭受压迫和剥削，并谴责了那些放任这种现象不管的官员和机构。他在这部小说中刻意提及工人阶级的称谓，即"帮手"（hands），这个称谓无疑暴露了资产阶级对工人阶级的物化。在《雾都孤儿》中，狄更斯通过形象的描写揭示了贫穷与犯罪之间的关系，即前者导致后者。这一披露使人们感到震惊，也使得中产阶级再也无法忽视贫穷可能导致的后果。文学评论家将《远大前程》（*Great Expectations*，1861）的创作看作狄更斯写作生涯的转折点，认为狄更斯在这部作品中从书写阳光喜剧的作家转型为描绘社会阴暗面的小说家和严肃的社会评论家。① 狄更斯在报刊上发表和编辑的作品通常涉及一些特殊问题，例如卫生问题、济贫院问题。据托尼·威廉姆斯（Tony Williams）的统计，在《家常话》登载的文章中，关于公共卫生、环卫设施和水的有 125 篇，关于医疗、护理、医院、外科和医生的有 289 篇，关于社会环境、贫困、精神病学和心理健康的有几百篇。② 狄更斯对社会问题的关注受到学者们的广泛认可。马克思曾评论说，狄更斯向世界言明的政治和社会现实比所有职业政客、道德家讲述的政治现实加起来还多。③

狄更斯对社会问题的关注一方面得益于他敏锐的观察力，另一方面则与他的个人经历有关。例如，《荒凉山庄》涉及大量诉讼案件和法庭辩论，狄更斯在小说中对这些事件的准确描述离不开他早年担任法官助理及法庭记录员的经历；在《小杜丽》（*Little Dorrit*，1857）一书中，监狱及监狱生活的描写细致入微，这种精准呈现与狄更斯小时候因父亲欠债而陪父亲入狱的经历直接相关。而公认的最能反映狄更斯生平经历的小说则是《大卫·科波菲尔》（*David Copperfield*，1849）。在这部小说中，主人公大卫·科波菲尔的姓名首字母缩写暗示了他与狄更斯的联系——大卫姓名的首字母缩写"D. C."反过来便是狄更斯姓名首字母缩写"C. D."。此外，科波菲尔儿时做童工、成年后当记者

---

① Paul Schlicke. *The Oxford Companion to Charles Dickens*. Oxford：Oxford University Press，2012，p. 504.

② 罗锐编译：《他是医学界小说写得最好的，文豪界最懂医学的》，载《健康界》，［2019－1－1］．［2021－11－24］．https：//www. cn－healthcare. com/article/20190102/content－513229. html.

③ 续枫林：《"两结合"的文学大师》，载《新疆社科论坛》1999 年第 2 期，第 53 页。

和作家的经历，与狄更斯童年时期在鞋油厂（blacking factory）
做工、长大后先后成为记者和作家的经历高度相似。可以说，狄
更斯对社会问题的描写，例如他对童工经历的展示，掺杂着一种
为儿时的自己寻求正义的个人动机。也正是因为狄更斯亲身经历
过社会的不公，他才能游刃有余地书写这些不公平现象并积极寻
求社会改革。一位牧师曾这样评价狄更斯：在我们中间，有三股
巨大的社会力量——伦敦城市布道团（the London City Mission）、
狄更斯的小说以及霍乱。[①]

在关注社会问题的同时，狄更斯在作品中也描述了纷繁复杂
的疾病。他谈及的疾病不仅包括常见的霍乱和斑疹伤寒等传染
病，还有精神疾病以及一些未被命名的疾病。例如，狄更斯在
《匹克威克外传》（*The Pickwick Papers*，1836）一书中描写了
一个嗜睡的胖子。在小说中，这个名叫乔的人总是在白天不适当
的时候睡去；除此之外，他还肥胖、打呼噜、不易醒并患有外周
性水肿（peripheral edema）。狄更斯对乔嗜睡行为的精准描述引
发了医学界的关注。当美国医生发现这种症状是由肥胖型心肺功
能不全引起后，特将这种症状命名为匹克威克综合征，以纪念狄
更斯对此病的关注。由此可见，狄更斯对疾病的描写不仅使人们
了解了多种病症，还引发了医学界的讨论，推动了医学的发展。
因此，他去世时，《英国医学杂志》（*British Medical Journal*）
特地刊登讣告，感谢狄更斯为医学发展做出的贡献。

狄更斯对疾病和医学的兴趣与他的患病经历有很深的联系。
在狄更斯的一生中，他不仅被各种身体疾病折磨，而且还饱受精
神疾病的困扰。狄更斯糟糕的身体状况与他悲惨的童年经历密切

---

① 　G. M. Young，G. S. R. Kitson Clark. *Portrait of an Age: Victorian England*.
London：Oxford University Press，1977，p. 69.

相关。狄更斯年幼时，因为父亲欠债太多且无力偿还，他在大部分时候都过着食不果腹的生活；此外，由于父亲入狱，他不得不在 11 岁的年纪就去鞋油店工作来养活自己。营养不良和过早的劳作损害了狄更斯的身体，使他一生都饱受各种疾病（感冒、疼痛、痛风、哮喘等）的折磨。狄更斯对疾病深入骨髓的体验不仅使他在描写疾病方面具有得天独厚的优势，而且还促使他对疾病的成因和治疗方法进行思考。除身体疾病以外，狄更斯还多次遭受精神创伤：至亲离世、抑郁、铁路事故等。为摆脱这些创伤性事件对他的影响，他做出了多种尝试，写作便是其中一种。从某种程度上来说，狄更斯的疾病，无论是身体上的还是精神上的，均成为他写作的动力和源泉。

狄更斯在写给友人的信件中记录了他的患病情况和他对疾病治疗的看法。从他的书信记录来看，他最常患的病是感冒。此外，他还时常感到背部疼痛、脸部疼痛和脚部疼痛。他对这些疼痛的描述不仅详尽、具体，而且还显示出一定的专业水平。从儿童时期开始，狄更斯就时常感到左边身体间歇性的抽搐。在鞋油厂工作时，有一次他的抽搐突然发作，他的朋友不得不用稻草做了一个临时床铺让狄更斯躺下，并将灌满热水的瓶子放在狄更斯身体的左侧以缓解他的疼痛。[1]成年后，狄更斯时常感到脸部疼痛，他将这种疼痛归因为风湿病或三叉神经痛。[2] 狄更斯的面部神经痛影响了他的社会活动，曾导致他无法主持报纸经销商慈善晚宴。[3] 有时，他会跑到海边，借助海边的清新空气缓解面部的

---

[1]　John Forster. *The Life of Charles Dickens*. New York：Cambridge University Press，2011，p. 40.

[2]　（英）彼得·阿克罗伊德：《狄更斯传》，包雨苗，译. 覃学岚，校译. 北京：北京师范大学出版社，2015 年，第 124 页。

[3]　同上，第 318 页。

神经疼痛。从狄更斯用于描述疼痛的词汇（"三叉神经痛"）可以看出，狄更斯非常熟悉当时的疾病话语，而且他对诊断疾病有着极大的兴趣。值得注意的是，关于狄更斯是否患有痛风，医生与他本人并未达成一致意见。有的医生先是将狄更斯的腿部疼痛诊断为普通的脚部疾病，后来又将这种病确诊为痛风。狄更斯则认为他得病是因为感冒影响了他脆弱的神经和肌肉。从这个事例不难看出，由于19世纪诊疗手段的相对落后，关于疾病的各种话语还处于建构之中。1868年在美国旅行期间，他也曾提及自己的痉挛性喘息以及这种喘息带来的影响——因为咳嗽他在夜晚几乎无法入睡且没有胃口。喘息是哮喘的典型症状，因此我们有理由推断，狄更斯可能患有哮喘。狄更斯曾两次前往美国旅行，然而环境的改变不但没有使他的身体状况得到改善，反而使他遭受了新的折磨。具体而言，狄更斯在旅途中敏锐地注意到美国铁路旅行对旅客造成的伤害。狄更斯访问美国的时间是19世纪40至60年代，当时美国的火车使用炉子进行加热，但没有配备通风设施，因此炭燃烧时产生的一氧化碳会留在车厢内。虽然一氧化碳无色无味，不易被人察觉，但浓度过高会使人感到虚弱不适。一氧化碳中毒常见的症状包括眩晕、乏力、头痛、困倦、恶心、呕吐和胸痛等。狄更斯在美国乘坐火车旅行期间总是感到非常恶心和虚弱；不管是早上、中午还是晚上，他的头痛总是令他难以忍受。[1] 从狄更斯的描述中不难猜测，狄更斯在美国旅行期间遭遇了一氧化碳中毒。在狄更斯生命的最后几年，他数次中风。有医生认为，狄更斯因长期的朗诵活动而过度劳累，这些活动使狄

---

① Hattie T. Griswold. *Home Life of Great Authors*. Chicago: A. C. McClurg, 1914.

更斯的大脑遭受了损伤，使狄更斯处于中风和瘫痪的边缘。① 狄更斯在信件中提到，他曾一度不能看全店铺上方的名字。② 1870年6月，狄更斯在经历了一次严重中风后与世长辞。

狄更斯不仅患有多种身体疾病，而且饱受精神疾病的折磨。狄更斯有失眠症，喜欢在夜晚的街头漫步。狄更斯认为，行走可以使人快乐和健康，延长生命的最佳方法就是带着目的稳步健走。狄更斯在一生中也多次经历抑郁。创作也会使狄更斯抑郁。他在写作《董贝父子》（*Dombey and Son*，1848）的过程中感到情绪十分低落，并为此特地前往日内瓦平复自己的心情。③ 1868年，狄更斯的抑郁情绪似乎更加严重，他在信件中提及自己感到疲惫、抑郁，而且没有什么胃口。④ 为应对抑郁，狄更斯通常会进行长时间的散步。除了间歇性地因身体或创作感到抑郁以外，狄更斯还遭受了亲人离世的打击以及创伤后应激综合征的折磨。狄更斯的妻妹玛丽·斯科特·霍格思（Mary Scott Hogarth，1819—1837）对他而言是极为重要的亲人，她的英年早逝极大地影响了狄更斯。当年仅17岁的霍格思去世时，狄更斯太过悲痛以至于一度停止写作，错过了《匹克威克外传》和《雾都孤儿》的出版时间，这也是狄更斯人生中唯一一次错过出版时间。⑤ 对于狄更斯而言，失去的年轻至亲是他最依恋的亲人，与这位至亲的交往很长时间以来都是他辛劳工作时的主要慰籍。人们通常认

① 牟雷：《雾都明灯 狄更斯传（下）》，石家庄：河北人民出版社，2012年，第221页。
② John Forster. *The Life of Charles Dickens*. Ibid, p. 494.
③ 牟雷：《雾都明灯 狄更斯传（下）》，前引书，第193页。
④ Charles Dickens, Madeline House, and Graham Storey. *The Letters of Charles Dickens: Volume 12*；1868—1870. Ibid., p. 67.
⑤ David Parker. "Dickens and the death of Mary Hogarth". *Dickens Quarterly*, Vol. 13, No. 2, The Johns Hopkins University Press, 1996, pp. 67-75.

为霍格思是狄更斯小说中许多女性人物的原型，最著名的是《老古玩店》（*The Old Curiosity Shop*，1840）中的小内尔。1865年，狄更斯经历的一次铁路事故也给他的生活带来了极大的困扰，他描述的症状与创伤后应激综合征的表现如出一辙。那场铁路事故造成十人死亡，几十人受伤。在事故发生后，狄更斯第一时间加入救援行动，为受伤和濒临死亡的乘客提供水和白兰地。事故之后狄更斯的创作近乎停滞。此外，狄更斯在事故之后的信件中时常提到自己的虚弱、恶心、紧张以及对火车旅行的恐惧。[①] 这些都是典型的创伤后应激综合征的表现。

从狄更斯的信件来看，他不仅饱受身体和精神疾病的折磨，而且对这种折磨进行了多次且详细的描写。狄更斯的信件呈现出一个与公众认知中的文豪狄更斯截然不同的形象：一个饱受疾病困扰的普通英国人。从某种程度上来说，狄更斯的疾病成就了他的写作。首先，狄更斯对多种疾病的亲身经历使他得以在小说中准确并详细地描写疾病。其次，狄更斯对已故妻妹霍格思的回忆促使他塑造了数个动人的女性角色，例如《老古玩店》中的小内尔和《雾都孤儿》中的罗丝·梅莉。其次，狄更斯为应对疾病采取的步行等措施增进了他对伦敦的了解，也为其全景式地描绘伦敦打下了坚实的基础。此外，狄更斯在信件和小说中对疾病的准确描述不仅有助于其塑造人物、设计情节，而且也成为维多利亚时代疾病话语的一部分。通过书写疾病，狄更斯不仅引起读者的同情从而促进社会改革，而且还引发了同时代乃至后来的医生对小说中疾病现象的思考。

① John Forster. *The Life of Charles Dickens*. Ibid.，p. 102.

第二节　疾病话语与阶层的共谋

在狄更斯的小说中，掌握话语权的阶层通过话语和知识对下层人民进行意识形态形塑和身体控制，下层人民则通过疾病实施他们的沉默抵抗。为使读者更好地理解狄更斯的疾病书写，本节将简要介绍福柯的话语理论和阿尔都塞的意识形态理论。福柯是第二次世界大战之后最具影响力的哲学家和历史学家之一。他的主要著作有《词与物：人文科学考古学》（*Les mots et les choses: une archéologie des sciences humaines*，1966）、《知识考古学》（*L'Archéologie du savoir*，1969）、《规训与惩罚：监狱的诞生》、《性史》（*Histoire de la sexualité*，1976—1984）等。福柯的思想体系庞大复杂且晦涩难懂。大致来讲，他的关注点历经从"权力—知识"（knowledge-power）间的互动向伦理（ethics）考量的转变，其研究方法则从考古学转到谱系学。

福柯探讨权力—知识间的互动是在权力方式发生转变的背景下进行的。18 世纪以后，欧洲的权力方式由曾经的暴力规训转变为生命权力的统治，后者以知识、规范等方式替代了前者的暴力惩戒方式。在生命权力的背景下，福柯在《词与物：人文科学考古学》一书中考察了知识如何塑造主体，即人如何成为知识的主客体的过程。换言之，从《词与物：人文科学考古学》中诞生了关于人的历史科学。然而，《词与物：人文科学考古学》中的话语理论逐渐暴露出其缺陷——话语实践无法说明人类历史中认识论断裂的外部动力，于是福柯引入了权力这个非话语实践的概念。① 在《规训与惩罚》一书中，他讲述了权力如何改变和塑造人，人如何被各种权力机构和制度裹挟并生产。在福柯看来，知识与权力间的互动是动态的，这种互动不仅产生了控制，也造成了主体化。

《荒凉山庄》是狄更斯进行疾病书写最明显和深刻的小说。在本小节中，笔者将运用福柯的"话语—权力"互动理论评析狄更斯在《荒凉山庄》中的疾病描写，揭示狄更斯的文本中关于"疾病"的知识如何与权力代表（资产阶级）互动合谋并巩固其对下层工人阶级的意识形塑及身体控制。由于意识形塑及身体控制必然涉及意识形态的运作机制以及权力对身体的管控机制，因此本小节将提及路易·阿尔都塞（Louis Althusser，1918—1990）的意识形态理论，并在意识形态理论和"话语—权力"互动理论的共同观照下对《荒凉山庄》展开分析。

一、阿尔都塞的意识形态理论

法国著名哲学家阿尔都塞是结构主义的马克思主义流派的代表，其《意识形态与意识形态国家机器》（"Ideology and Ideological State Apparatuses"，1970）一文是 20 世纪 70 年代以来西方文化研究的重要思想来源。在这篇论文中，阿尔都塞发展了马克思、列宁（Lenin，1870—1924）和安东尼奥·葛兰西（Antonio Gramsci，1891—1937）的理论，强调了意识形态发挥社会功能的物质性存在机制，并在社会文化的各个具体领域展开对资本主义的意识形态分析和文化批判。阿尔都塞还提出一些创新性的观点，例如意识形态是个人关于自身与其真实生存条件之

---

① 胡耀辉：《身体、权力—话语和历史：福柯的意识形态批判》，载《国外理论动态》2021 年第 5 期，第 87 页。

间的想象关系的表述、"意识形态国家机器"等。这些观点加深了人们对意识形态的理解，人们不再将意识形态仅仅看作政治领域内统治阶级为维护自身利益而对社会现实所作的歪曲，而是将其看作整个文化领域（包括文学领域）内人们为实现自身目的而进行的一种话语掩饰和说服机制。

在阿尔都塞看来，虽然意识形态表述的是个人与其真实生存条件之间的想象性关系，但这种表述反映的仍然是人们的真实生存条件。具体而言，虽然人们通常把各种意识形态（宗教的、伦理的、法律的、政治的）看作具有想象性质的"世界观"，但这些"世界观"同时也暗示着现实。通过对它们进行阐释，人们可以发现世界的现实。在阿尔都塞看来，阐释的手法有两种：一是流行于 18 世纪的机械论，二是由教父们开创并由路德维希·费尔巴哈（Ludwig Feuerbach，1804—1872）和神学—哲学学派复兴的"诠释学"。[1] 阿尔都塞认为这两种阐释方法都表明，人们在意识形态中发现并通过想象所表述的东西是人们真实的生存条件。具体而言，18 世纪的僧侣或专制君主为了用想象力奴役人们的心灵，对世界进行想象的、虚伪的描述；费尔巴哈则认为，生存条件本身的异化导致人们做出生存条件异化的表述。在此基础上，阿尔都塞提出了自己的观点：人们在意识形态中对自己表述的并不是他们的真实生存条件，而是他们与这些真实生存条件之间的关系。换言之，意识形态是对真实生存条件的想象性置换。[2]

在上述论点的基础上，阿尔都塞提出意识形态具有物质性。

---

[1] Louis Althousser. "Ideology and Ideological Apparatuses" in *Literary Theory: An Anthology* (2nd edition). Ed Julie Rivkin and Michael Ryan. Oxford, Blackwell Publishing Ltd., 2004, p. 694.

[2] 同上。

首先，阿尔都塞认为，进一步分析意识形态性质的前提是构成意识形态的"观念"或其他"表述"具有物质性的而非精神性的存在。在此基础上，阿尔都塞提出如下论点：一种意识形态总是存在于某种机器（apparatus）及其实践中。他同时指出，这种存在的物质性与垫脚石等物质的形态不同。①其次，阿尔都塞探讨了意识形态在个人层面发挥的作用。他认为，意识形态所作的想象性歪曲取决于个人与生产、个人与阶级之间的想象关系，而这种想象关系本身具有物质性的存在。受布莱兹·帕斯卡尔（Blaise Pascal，1623—1662）用辩证法颠倒意识形态概念的启发，阿尔都塞用马克思的术语来阐释他自己的观点：当仅考虑单个主体时，组成其信念的观念具有物质性的存在形式，即他的观念是嵌入其物质性实践的物质性行为；这些物质性实践由物质性仪式支配，而这些物质性仪式本身由物质性意识形态机器规定。② 在这个表述中，阿尔都塞确立了四个概念：主体、意识、信仰和行为，其中他将主体视为中心并提出两个相互关联的论点：没有不借助于意识形态并在意识形态中存在的主体，没有不借助于主体并为了这些主体而存在的意识形态。③

在意识形态的物质性的基础之上，阿尔都塞阐释了意识形态和主体的双重构成机制。在这个双重构成机制中，阿尔都塞着重分析了意识形态的承认功能。这个承认功能是指，"你我都是主体"被人们当作最基本、最显而易见的事情接受，这正是意识形态的效果。例如，门里的人通过门外的人所说的"是我"就能识别出说话人身份。阿尔都塞进一步对承认机制做出说明并提出以

---

① Louis Althousser. "Ideology and Ideological Apparatuses" in *Literary Theory: An Anthology* (2nd edition). Ibid., 2004, p. 696.
② 同上，第 697 页。
③ 同上，第 698 页。

下观点：所有意识形态都通过主体这个范畴发挥功能，把具体的个人呼唤（hail）或传唤（interpellate）为具体的主体。[1] 阿尔都塞举了一个例子：当警察在街上对着某人呼喊"嗨！叫你呢！"时，被呼喊的那个人意识到自己被呼唤，于是转过身来。在这180度的转身中，他变成了主体。就这样，意识形态把个人呼唤或传唤为主体。在此基础上，阿尔都塞进一步指出，个人从来都是被意识形态呼唤为主体，甚至可以说，个人从来就是主体。[2]

此外，阿尔都塞还以基督教意识形态的结构形式为例探讨意识形态的结构形式。阿尔都塞认为意识形态是一种复制的镜像结构（duplicate mirror-structure），有着四重组合体系。在这个体系中，个人被传唤为主体，臣服于作为他者的、大写的绝对主体（Subject，在基督教中这个主体指上帝），实现普遍承认（主体与绝对主体的互认、主体之间的互认、主体对自我的承认）和接受绝对保证（只要主体承认自己的身份并做出相应的行为，一切都会顺利）。[3] 在这个体系中，除了少数"坏的主体"需要引发意识形态国家机器的干预以外，大多数"好的主体"自发地起作用。阿尔杜塞进一步指出，之所以主体可以自发地起作用，是因为除非由于臣服（subjection），或为了臣服，否则不会有主体的存在。具体而言，由于"subject"既可指自由、主动，也可以指臣服，因此它的含混性制造了如下效果：个人被传唤为（自由的）主体，为的是他能够自由地接受他的臣服。说到底，意识形态的机制实际上就是生产关系的再生产，以及由生产关系派生的

---

① Louis Althousser. "Ideology and Ideological Apparatuses" in *Literary Theory: An Anthology* (2nd edition). Ibid., 2004, p. 699.
② 同上，第 700 页。
③ 同上，第 701 页。

其他关系的再生产。①

意识形态通过呼唤或传唤将个人变为主体、使其臣服于绝对主体并自发地起作用，这一切都离不开意识形态的物质载体。葛兰西是首位强调意识形态的物质载体的理论家。葛兰西提出一种新的国家概念。在他看来，国家不能被简单地视为强制性的国家机器，还应当包括一定数量的市民社会机构，如教会、学校、工会等。强制性国家机器采取暴力形式，市民社会则以意识形态或舆论方式维持。在葛兰西提出的国家概念的基础之上，阿尔都塞构建了其意识形态国家机器理论。阿尔都塞认为，国家权力的实施可以通过两种方式在两种国家机器中进行：一种是强制性和镇压性的国家机器，另一种则是意识形态国家机器。前者通过暴力或强制的方式发挥其功能，后者则以意识形态的方式发挥作用。阿尔都塞将国家机器与意识形态结合成一个新的范畴，揭示了意识形态国家机器发挥作用时的神秘性，并为解构和祛除资本主义意识形态寻找到突破口。这一范畴将意识形态与意识形态的物质存在（国家机器）紧密结合在一起，使那些看似远离意识形态的社会机构或社会活动（如体育比赛、文化艺术、家庭、教育等），在意识形态国家机器理论的逼视下呈现出鲜明的意识形态色彩。

综上所述，阿尔都塞提出了诸多重要观点：意识形态具有物质性，意识形态通过传唤将个人变为主体，意识形态通过意识形态国家机器发挥作用。这些观点使人们认识到意识形态运作机制的隐秘性，并为人们抵抗意识形态指明了方向。就阿尔都塞在文学及文化批评中的影响来看，他为文学批评提供了一种全新的可能性，使得文学批评首次变得既具有科学上的真实性，又具有政

①　Louis Althousser. "Ideology and Ideological Apparatuses" in *Literary Theory: An Anthology* (2nd edition). Ibid., p. 702.

治上的激进性。

二、福柯的话语—权力理论

有学者认为，福柯通过阿尔都塞与意识形态之间建立了微妙的关系，福柯的话语—权力理论可以被看作对阿尔都塞意识形态理论的有力补充。[①] 在阿尔都塞看来，意识形态通过意识形态国家机器（即社会机构或社会活动）对人施加影响并将人建构为主体，其中施加影响的方式——传唤，就是一种话语。米哈伊尔·巴赫金（Michael Bakhtin，1895—1975）也认为话语在本质上是政治性和意识形态性的，因此抽象的语言已经被社会含义和权力结构渗透。[②] 福柯在《词与物：人文科学考古学》一书中探讨了话语内部的成型规则，认为话语决定了人们感知事物的界限，即经验形式。[③] 此外，福柯还将视线投向了话语背后隐藏的权力机制。福柯认为，"在每个社会，话语的制造是同时受一定数量程序的控制、选择、组织和重新分配的"[④]，权力与话语在历史中的具体分配策略正是他研究的具体对象。在福柯看来，权力不是来自国家机器的暴力，而是通过与话语的联姻贯穿整个社会机体；老师与学生、医生与病人、雇员与雇主之间存在复杂的权力关系和不同的知识话语，他们在一种不间断的往复运动中承载着

---

① 胡耀辉：《身体、权力—话语和历史：福柯的意识形态批判》，前引文，第 82 页。
② 赵一凡、张中载、李德恩：《西方文论关键词：第 1 卷》，北京：外语教学与研究出版社，2017 年，第 601 页。
③ （法）迪迪埃·埃里蓬：《权力与反抗——米歇尔·福柯传》，谢强、马月，译，北京大学出版社，1997 年，第 57 页。
④ 陶然：《从话语分析到权力分析——论福柯〈话语的秩序〉》，载《青年文学家》2011 年第 10 期，第 145 页。

各种驯服形式和认知图式。① 换言之，权力—知识话语策略通过规训与驯服将人建构为主体，例如全景敞视。此外，福柯还探讨了现代主体性的三种形式：出现在现代认识型中的话语主体、劳动主体和生物学主体；规训权力与生命权力所区分的正常或不正常的主体，18 世纪以来由性的话语所塑造的现代的欲望主体。② 由此可见，福柯不仅在主体形式、意识形态作用机制上都对阿尔都塞的意识形态理论进行了拓展，而且还对意识形态的作用机制进一步祛魅。

在《词与物：人文科学考古学》中，福柯通过研究生物学、经济学以及语言学的起源得出如下推论：每一个历史时期都有其隐含的知识形态（épistémè）假设，这种知识形态假设决定了何为真理以及何为关于某特定主题的、可以被接受的话语。可以被接受的话语与时代背景相关，它们的转变和发展也体现了知性主义（intellectualism）的范式转移。福柯进一步分析了三个知识形态：文艺复兴时期的知识形态以类似（resemblance）和相仿（similitude）为典型特征，古典时期的知识形态以表征（representation）和排序（ordering）间的区分、同一（identity）和差异（difference）间的区分为特点，现代主义时期的知识形态以人为研究中心。虽然福柯并未在《词与物：人文科学考古学》中给出话语的准确定义，但是从福柯对知识形态的分析中不难看出，话语的流变性、不稳定性与时代紧密关联。

在《知识考古学》一书中，福柯给出了话语的定义："话语是由符号构成的，但是，话语所做的，不止是使用这些符号以确指事物。正是这个'不止'使话语成为语言和话语所不可减缩的

---

① Michel Foucault. *The History of Sexuality: An Introduction*，*Volume 1*，Trans. by R. Hurley. New York：Vintage Books，1990，p. 98.

② 胡耀辉：《身体、权力—话语和历史：福柯的意识形态批判》，前引文，第 85 页。

东西，正是这个'不止'才是我们应该加以显示和描述的。"①
在福柯看来，话语的外延比语言和言语更广，因此其功能也超越
了语言和言语。话语分析是福柯提出的另一个重要概念。有学者
概括了福柯话语分析的五个步骤，其中第一个步骤涉及一个简单
的认识，即话语是以规则且系统的方式组织起来的大量陈述。其
余步骤则是基于对如下原则的遵守：这些陈述如何被创造；什么
可以被述说，什么不可以被述说；新的陈述得以产生的空间如何
被创造；既是物质的又是话语的实践如何同时进行。② 对话语分
析的研究会考察掌权人士如何运用语言来向其从属者表明自己的
支配地位并获得其从属者的服从与尊重。例如，老师对学生使用
的语言、军官对应征入伍者使用的语言都是话语分析的对象。

　　然而，福柯指出："在任何社会中，话语的产生既是被控制
的、受选择的、受组织的，又是根据一些秩序再分配的，其作用
是防止它的权力和它的危险，把握不可测的事件。"③那么，谁来
控制、选择以及分配话语呢？福柯的答案是"作者"。话语通过
"作者"，即主体来发挥作用。值得注意的是，话语发挥权力有着
重要的历史背景。福柯认为，随着时代的发展，西方世界的权力
方式发生了重大改变。在 18 世纪以前，统治阶级通过暴力统治，
使用酷刑以彰显权力，通过公开处决来实施惩戒。然而，随着资
本主义在 18 世纪的迅速发展，劳动力成为确保经济发展的重要
因素，因此确保人口的稳步增长成为重要话题。正是在这样的背
景下，新的权力方式在 18 世纪诞生了，以知识和规范为特点的

---

① （法）福柯：《知识考古学》，第 2 版，谢强、马月，译，北京：生活·读书·新
　　知三联书店，2003 年，第 53 页。
② Gavin Kendall, Gary Wickham. *Using Foucault's Methods*. London：Sage，1999，
　　p. 42.
③ 尹小玲：《文学史叙述与权力控制》，载《三峡大学学报（人文社会科学版）》
　　2006 年第 1 期，第 27 页。

生命权力统治代替了暴力统治。相应地，权力机制也发生了重大改变。新的权力机制使得统治阶级在面对异己时不再采取暴力的方式，而是采取另一种手段，即监督和维持其异己的发展。具体而言，新的管控权力分为两种，一种是针对个体解剖学而言的身体政治学权力，另一种是面向人口发展的生命政治学权力，它们分别表现为规训权力和生命权力。① 身体政治学权力着眼于微观，生命政治学权力着眼于宏观。身体政治学的规训权力针对的是个人的身体，"其目标不是增加人体的技能，也不是强化对人体的征服，而是要建立一种关系，要通过这种机制本身来使人体在变得更有用时也变得更顺从，或者因更顺从而变得更有用"②。而生命权力则是关注人口的总体状况，其目标是在政治领域承担繁衍、维持和投资生命的使命。③

在《规训与惩罚：监狱的诞生》一书中，福柯总结了规训权力的三种手段：层级监视、标准化判断和审查。监视和凝视是规训权力的核心手段。通过这些手段，"正常"这个概念被建立起来。在福柯看来，最能体现规训权力的机构是杰里米·边沁（Jeremy Bentham，1748—1832）于1787年设计的圆形监狱（Panopticon）。虽然这个设计未被实践，但它体现了监狱里的权力关系如何通过凝视来建立从而达到规训与惩罚的目的。具体而言，在圆形监狱中，监视人处于中央瞭望台的隐秘位置，因此监视人可以在不暴露自己的情况下随心所欲地监视罪犯；相反，罪犯虽然知道有人监视自己，但却不知道监视人何时会监视自己，

---

① 栾青、韩秋红：《主体、权力和生产：福柯生命政治理论的三重维度》，载《国外理论动态》2021年第5期，第78页。
② （法）福柯：《规训与惩罚：监狱的诞生》，刘北成、杨远婴，译，北京：生活·读书·新知 三联书店，1999年，第156页。
③ 栾青、韩秋红：《主体、权力和生产：福柯生命政治理论的三重维度》，前引文，第78页。

因此他们始终处于担心的状态中，害怕自己的违规行为被发现而受罚。久而久之，罪犯因为对惩罚的恐惧而将监视人的凝视内化为自我凝视，他们最终也变成监视者来时刻约束自己不让自己越界。换言之，他人对罪犯的规训最终变成了罪犯的自我规训，而这种规训方式成为现代惩罚方式的理想形式。福柯认为，监狱的规训机制在 17 和 18 世纪时逐渐扩展到整个社会，促成了所谓规训社会的形成。① 这个规训社会不仅包括监狱，还包括学校、军事机构、医院和工厂，后者的运作机制依赖医学、心理学和犯罪学的科学权威。就规训机制与话语间的联系而言，福柯认为，"被规训人员的全部活动都应该用简明的命令来表示和维系"②，"规训教师与受训者之间是一种传递信号的关系"③。通过信号传递以及信号传递的重复进行，受训者接受了自己的主体性以及对他人的臣服。值得注意的是，福柯认为主体与话语之间的规训关系基本上是单向的。换言之，只有话语规则对主体的规训，而很难见到主体在话语重构和改变上的能动性。④ 虽然福柯提出了一些策略来进行反话语实践和反话语控制，但这些抵抗思路和路径总体而言是消极的。⑤

在所有的规训机构中，福柯着重探讨了医院在规训性质上的转变。在福柯看来，医院具有隔离和规训的功能，而隔离方法的最早应用见于中世纪的权力机构对麻风病人的隔离处理。福柯认为，麻风病之所以在中世纪的西方消失，主要得益于隔离措施的实施以及十字军在东征结束后对东方病原的切断。然而，当麻风

---

① （法）福柯：《规训与惩罚：监狱的诞生》，前引书，第 235 页。
② 同上，第 186 页。
③ 同上，第 187 页。
④ 周宪：《福柯话语理论批判》，载《文艺理论研究》2013 年第 1 期，第 126 页。
⑤ 李智：《从权力话语到话语权力——兼对福柯话语理论的一种哲学批判》，载《新视野》2017 年第 2 期，第 113 页。

病消失后，类似的排斥和隔离方法却被保留了下来。贫苦流民、罪犯和"精神错乱者"接替麻风病人成为被隔离的对象。[①]福柯在《疯癫与文明》一书中指出，17世纪出现了禁闭的制度，实施禁闭的机构包括法国的总医院和英国的教养院。之所以出现这种制度是因为17世纪的主流话语将贫穷和懒惰看作堕落的象征，因此这些实施禁闭的机构将乞丐、游民和流浪之人禁闭起来，让他们工作以拯救自己堕落的灵魂。当然，将这些人暂时与不贫穷的人隔离开也是为了预防贫穷的蔓延，这种做法使得贫穷在大部分人的视野中消失并成为一个被忽略的问题。换言之，通过禁闭制度，贫穷得以隐形，穷人也失去了话语权。值得注意的是，虽然在17世纪时已经有了医院这一名称（如法国的总医院），但是当时的医院是接收穷人而非病人的机构。直到规训机制进入医院之后，医院才具备治疗的功能。[②] 在福柯看来，18世纪的医学是对疾病进行干预的环境医学，医院的规训则表现为将病人安排在医院的特定空间，并对病人身体及周边环境进行监视和记录。[③]无论是17世纪的总医院，还是18世纪初具现代医院雏形的医院，它们都是禁闭机构；无论是穷人，还是病人，一旦这些被视为"他者"的人进入这些禁闭机构，他们就失去了对身体的管控和话语权。

三、《荒凉山庄》中的话语—权力分析

从表面上看，狄更斯在《荒凉山庄》一书中似乎仅仅在贬斥19世纪英国社会的法律制度。然而笔者通过关注这部小说中有

---

① （法）福柯：《疯癫与文明》，前引书，第9页。
② 莫伟民：《福柯论"医院空间"的政治权力运作》，载《学术月刊》2019年第5期，第18页。
③ 同上。

关疾病的描写发现，狄更斯借由对雾、贫民窟、墓葬和疾病的描写做出了对 19 世纪英国主流疾病话语的回应。他的回应不仅解构了部分主流疾病话语，而且揭露了被剥夺话语权的底层人民沉默地抵抗话语规约的过程。

在 19 世纪，西方的疾病话语主要呈现出疾病与个人、疾病与环境相联系的认知模式。在 19 世纪的很长一段时间内，人们对疾病的认识主要分为两种：一是疾病与个人体质或性格相关，二是疾病与受到污染的环境有关。换言之，前者为疾病寻找一种内在缘由，而后者则从外部环境入手解析疾病。疾病与个人体质相关的论调主要受到古希腊名医希波克拉底的影响。希波克拉底根据人体内各种体液的多寡将人格分为四种：第一种是胆汁质人格，具有这种人格的人因为体内胆汁过多而性急、易怒；第二种是多血质人格，具有这种人格的人因为体内血汁过多而愉快、乐观；第三种是黏液质人格，具有这种人格的人因为体内黏液过多而生性迟缓、缺乏感情；第四种是忧郁质人格，具有这种人格的人因为体内黑胆汁过多而生性消极、意气消沉。格罗德克则认为疾病与人的性格有关，他写道："病人自己创造了自己的病"①，"他就是该疾病的病因，我们用不着从别处寻找病因"②。从外部环境着手探讨疾病则具有一定的社会学意义。如本书第一章所述，瘴气说曾在相当长的时间内占据主导地位，直至它被约翰·斯诺倡导的水源说替代。由于两种学说都将疾病的根源指向受污染的环境，因此它们促使人们实施卫生改革，推动了城市的健康发展。

从狄更斯在《荒凉山庄》中对雾的详细描述来看，他认可瘴

---

① （美）苏珊·桑塔格：《疾病的隐喻》，前引书，第 43 页。
② 同上。

气说，然而这种描写另有深意，它们与小说中关于疾病的描写形成了张力。在这部小说的第一章中，狄更斯对雾进行了拟人式的描写："雾笼罩着河的上游，在绿色的小岛和草地之间飘荡；……雾爬进煤船的厨房；雾躺在大船的帆桁上，……雾钻进了格林威治区那些靠养老金过活、待在收容室火炉边呼哧呼哧喘气的老人的眼睛和喉咙里；雾钻进了在密室里生气的小商船船长下午抽的那一袋烟的烟管和烟斗里；雾残酷地折磨着他那在甲板上瑟缩发抖的小学徒的手指和脚趾。"①从狄更斯用来描写雾的词汇（笼罩、飘荡、爬进、躺在、钻进、折磨）来看，雾如同一个无处不在、随意游走的幽灵，它将破坏的触角伸向所有角落，触及所有人群。从这个角度来看，小说中的雾具有抹平一切阶级差异的民主内涵，因为它的破坏性并未因人的阶级差异而显示出不同。狄更斯还写道："就在那浓雾的中心，坐着那位大法官庭的大法官。哪怕雾再浓、泥泞再深，也还是比不上大法官庭。"②这个明显的对比揭示出大法官庭在破坏范围上的广度和破坏力上的强度，为小说定下了悲剧性的基调。

　　狄更斯在开篇对雾及其破坏性的描写是实际的，也是确切的，然而雾造成的破坏，即不洁的空气逐渐具有了隐喻性的意义。在"上流社会"一章中，狄更斯写道："这是个垂死的社会，由于缺少新鲜空气，它的发展往往是不健康的。"③ 从表面来看，"垂死的"社会的"不健康"表现为社会中人的不健康。例如，雷斯特·德洛克爵士认为，她的夫人常常因不良空气而头晕。然而，熟悉该小说的读者则知道，德洛克夫人真正"头晕"的原因

---

① （英）查尔斯·狄更斯：《荒凉山庄》，黄邦杰，等译，上海：上海译文出版社，1979年，第5页。
② 同上，第5—6页。
③ 同上，第14页。

是她对自己卑微出身的介怀。一方面，德洛克爵士将其夫人的头晕归咎于不良空气，表明德洛克爵士支持疾病的瘴气说这一主流疾病话语；另一方面，德洛克爵士对妻子头晕的真正原因的失察则体现了拥有话语权力的人对真相的忽视。

在小说中，除了德洛克爵士以外，拥有话语权的其他人士也忽视和遮蔽真相。众人对尼姆死因的草率推断就是例子。尼姆一贫如洗，是以誊写法律文件糊口的无名人士。人们对尼姆的了解仅限于他的名字和工作。至于尼姆的姓氏和出身，即便他的房东以及好心为他介绍工作的斯纳斯比先生都一无所知。正因为尼姆身份低微，人们非常敷衍地调查和推断他的死因。首先，被请来判断尼姆死因的医生是从饭桌上拉来的，因此这位医生在草草诊断尼姆大概死了三个钟头后，就急着回去继续吃他的晚饭。[①]另一位在场的外科医生则通过对尼姆居所的观察，言之凿凿地将尼姆的死归因为吞服过量鸦片。[②] 其次，在有关尼姆死因的审讯中，所有能出席作证的人都对尼姆了解甚少，他们只知道尼姆曾和同他一样无姓且身世不明的穷男孩乔接触过。然而，当唯一与尼姆真正接触过的乔被传唤时，乔却因为没有通过证人测试（乔记不起某些事情，说不清如果对在座的先生们撒谎，死了以后会怎么样 [③]）而被拒绝作证。于是，在几乎没有任何证词佐证的情况下，验尸官和地保宣布尼姆的死亡纯属偶然。[④] 从尼姆死后具有话语权的人士对他死因所做的草率推断来看，发生在尼姆死后的一切如同一场当权者自导自演的闹剧：从表面上看，他们尽力挖掘真相，然而实际上他们却用所谓的规则将真相拒之门外；他

① （英）查尔斯·狄更斯：《荒凉山庄》，前引书，1979 年，第 182 页。
② 同上，第 183 页。
③ 同上，第 195 页。
④ 同上。

们的虚情假意显示了他们的伪善，他们的草率则暴露了他们对穷人的不屑。不过，被拒绝发声的乔仍然不止一次在当权者的话语权控制不到的地方为尼姆发声。乔在被拒绝作证后抹着眼泪说尼姆对他非常好，他在默默清扫完尼姆墓地铁门外的台阶后喃喃地说："他对我实在太好了，太好了！"① 乔的发声是对话语权力的反抗，这种反抗虽然微弱，但仍充盈着希望。

　　穷人对话语权的反抗是微弱的，但也是决绝的。尼姆的安葬地成为穷人决绝反抗的起点。尼姆的埋葬地非常肮脏，狄更斯对它的描述既是实际的，又是隐喻的。狄更斯写到，墓地臭气冲天，死人散发着毒素，空气黏黏糊糊，好像女巫用的油膏。② 这种环境在狄更斯看来，"就连一个异教徒也会把它当作极其不堪的东西而加以拒绝，连一个野蛮人也会望而生畏"③。从狄更斯对墓地环境的描述中可以看出，狄更斯认为道德败坏与污秽的环境紧密相连。他在演讲中也曾强调过这个观点。在一次演讲中，狄更斯说道，从城市污垢中滋生出来的灾祸无法预计，这其中既有身体上的，也有道德上的。④ 狄更斯的看法代表了19世纪英国中产阶级的想法，后者因为深受基督教道德观的影响而特别重视独立、整齐、清洁和得体。⑤ 然而这种看法带有明显的阶级意识和话语霸权。确立这一话语的中产阶级之所以将道德与清洁联系在一起，无非是因为他们有足够的金钱得以维系身体、家居乃至职业的体面，而穷人却不能如此，因此中产阶级可以利用自己在

---

① （英）查尔斯·狄更斯：《荒凉山庄》，前引书，1979 年，第 200 页。

② 同上，第 199 页。

③ 同上。

④ K. J. Fielding ed. *The Speeches of Charles Dickens: A Complete Edition*. Harvester Wheatsheaf, 1988, p. 128.

⑤ Thomas William Heyck. *The Peoples of the British Isles: A New History*, *from 1688 to 1870*. Vol. 2. Lyceum Books, 2008, p. 300.

金钱上的优势和穷人在金钱上的劣势来排斥穷人。然而这种来自当权阶级的排斥是站不住脚的，因为在那些处于污秽环境的人当中，也有道德感很强的人。在《荒凉山庄》中，斯纳斯比太太对尼姆的同情、乔重复言说"尼姆是个好人"的行为都体现了仁爱和同情精神，这种精神并未因为尼姆身体和住所的肮脏而将他拒之门外。正是出于强烈的道德感，乔来到了尼姆的安葬地并进行清扫。在墓地有毒素的空气中，乔无意中充当了传播疾病的媒介，通过行为来无声地反抗和解构中产阶级的话语霸权。

乔的居所"托姆独院"也是穷人实施反抗的地点。这个地方疾病肆虐，是一个被隔离和排斥的地方。狄更斯对托姆独院的首次描述具有极强的视觉效果，令人非常不适。狄更斯写道："正如穷人身上长虱子那样，这些破房子也住满了倒霉的家伙，他们从那些石头墙和木板墙的裂口爬进爬出；……他们来来去去，不仅染上了而且也传播了流行病，到处撒下罪恶的种子。"[①] 在这段描述中，叙述者的声音代表中产阶级，这种声音通过将穷人降格为虱子般的低等生物而将其"他者化"，并且建立了"穷人—虱子—传播疾病"的话语关联。这种将穷人视为虱子的话语为当权阶级把穷人视作其对立者提供了"理据"，使得当权阶级可以理直气壮地把穷人视作令人恶心的存在并将其完全消除干净。[②] 狄更斯在对托姆独院所作的第二次描述中，将这个独院比作人间地狱，而托姆独院的门口则是一道隐形的界限，它不仅区分开院内污浊的空气和院外稍微通风的空气，而且把"魔鬼"禁闭起来。托姆独院这个臭气熏天、垃圾遍地的地方不仅让在伦敦待了大半辈子的布克特先生很难相信自己的眼睛和鼻子，而且让斯纳

---

① （英）查尔斯·狄更斯：《荒凉山庄》，前引书，第 288 页。
② 同上。

斯比先生顿时面色不好，因为他觉得自己好像没法呼吸这种可怕的空气。① 从布克特先生等人的反应不难看出，托姆独院这个贫民窟因被人为排斥、隔离而成为无话语权的、隐形的存在。然而，这个"隐形的"地方在第二次被提及时发出了自己的声音："瞧，又有人得了传染病啦！"② 这个声音不仅是来自"无话语权"的机构发出的反击宣言，同时也揭示了乔即将感染并传播疾病的命运。

当乔真的患病后，他的自述如下："一会儿冷，一会儿热，一个钟头里折腾好几回。我的脑袋直发晕，老是想睡觉——我的嘴干极了——我的骨头痛极了，好象都散了似的。"③ 从乔描述的症状可以推断他患上了传染病，因为19世纪的许多传染病，例如斑疹伤寒和伤寒的典型症状就是发热。旁人对乔的处置则体现了19世纪英国人对传染病的态度。当过医生的斯金波建议将乔直接赶出家门，而监护人所做的评论以及斯金波对其评论的反应则极具反讽意味。监护人说："如果这可怜的孩子，是个判了罪的犯人，那么监狱里的医院就一定收容他，而他也会象英国任何一个害了病的孩子那样，得到适当的照顾。"④对于这个说法，斯金波先生说："请原谅我提一个简单的问题——因为我对世事一窍不通——不过那孩子为什么不是一个犯人呢？"⑤斯金波的言论表明，他完全接受"贫穷＝犯罪"这一主流话语，并且他认为监狱是穷人的最好归宿。这赤裸裸地体现了他的排斥和隔离思维。整个过程中，处于话题中心的乔本身是"隐形"和"沉默"

---

① （英）查尔斯·狄更斯：《荒凉山庄》，前引书，第404页。
② 同上。
③ 同上，第556页。
④ 同上，第560页。
⑤ 同上。

的，他对自己身体的去留并没有发言权。在半夜，他"消失"了。乔虽然走了，但是他的影响却留了下来——查理和埃丝特相继患病。值得注意的是，叙述者对查理和埃丝特患病症状的描述、对查理和埃丝特患病心情的描述以及对周围人关心查理和埃丝特情形的描述占据了小说的几页篇幅，这与乔在自述病情时用的只言片语形成篇幅上的明显对比。这种对比影射了不同阶级在患病时所受社会关注程度的不同，贫穷人士被忽视的情形跃然纸上。

当乔再次出现时，叙述者如此描写道："他躺在角落的那堆木材上，很象那没人过问的肮脏地方长出的一个毒菌或是什么废物。"① 从这个隐喻式的表达中人们不难推测乔的形象变化。很明显，他因为病情恶化而变得丑陋了。乔容貌的改变使得他的形象在人们眼中被进一步降格并变得更让人难以忍受。与之形成鲜明对比的是，查理和埃丝特也因患病导致容貌发生改变，但是这些改变几乎没有引起人们的注意，人们反而因为她们遭受了疾病的折磨而更加喜爱她们。由此可以看出，比起疾病人们更加排斥贫穷。在小说中，当权者排斥穷人的方式是用"往前走"的口号驱赶乔。在所有的驱赶者中，探长对他的影响最大。在乔看来，探长的行踪无人能知，然而他却似乎具有说来就来的能力。② 很明显，探长与乔的关系正如全景敞视监狱中监视者与罪犯的关系，而乔也因为害怕探长的随时出现而内化了探长的监视和指令，不停地"往前走"。"往前走"这个口号所指意义的模糊和能指符号的简短暴露了掌权者在对待穷人态度上的简单粗暴。然而这种方式完全不能解决问题："往前走"引导乔不断移动，而乔

---

① （英）查尔斯·狄更斯：《荒凉山庄》，前引书，第 808－809 页。
② 同上，第 812 页。

的出现总会引发新一轮的驱逐。换言之，即使"往前走"这个口号被重复使用，贫困的形象也不会因此而消失不见；相反，口号的频繁使用暴露了当权者话语权的无效。即使愚笨如乔，他都本能地领会到"往前走"这个口号在某种程度上的"无意义"："如果我不躲到地下去，他也一定会看见我"①。因此，"往前走"的口号和乔的移动体现了当权者话语权和穷人抵抗之间的对立，这种对立使得穷人的处境十分艰难。在小说中，当伍德科特医生想要为乔寻一个住处时，他感慨道："在这个文明世界的大城市里，安插他这样一个人竟比安插一条丧家狗还要困难。"② 这个比喻形象地揭示出穷人地位的低下和处境的艰难：穷人竟然连在街上正大光明地行走的权力都没有。值得庆幸的是，乔遇到了好心的医生，并在医生的帮助下度过了一段平静的日子，最后跟医生说着祷告去世。

在《荒凉山庄》中，穷小孩乔的经历是 19 世纪英国底层人民经历的缩影。狄更斯借助叙述者和人物的视角不断用话语将乔降格为低等且待被消灭的生物，这种话语的使用体现了中产阶级对底层人民的敌视。不仅如此，中产阶级还利用各种机制，例如用证人测试来剥夺穷人（一般也是未受教育者）的话语权，将他们禁言。更有甚者，当权者还控制了乔的身体，决定了他的行动轨迹。具体而言，具有话语权力的人用自己的目光和"往前走"这个驱赶和规训的口号编织了一张权力话语网，罩住了将众多人物联系起来的乔。中产阶级建构的"穷人—疾病—不道德"的话语为他们对穷人实施监视、驱逐提供了理据，即使这个话语从未被不识字、未受过教育的乔理解，但是这种话语施加影响的机

① （英）查尔斯·狄更斯：《荒凉山庄》，前引书，第812页。
② 同上，第814页。

制——目光的监视和空间的隔离却被像乔那样的人内化。起先，乔因为贫困住在疾病横行的贫民窟，而后因为想为尼姆做点事情去了墓地，乔与这两个空气污浊且有毒的地方的接触无疑为他患病埋下了伏笔。而后，在不断"往前走"以及被迫被带到各处的过程中，乔就像一个移动的疾病传播源，将疾病传给了埃丝特和查理。来自中产阶级的训诫口号最终却使中产阶级受到了损害，这是一个莫大的讽刺。通过描写疾病在不同阶层间的传播，一方面，狄更斯质疑了中产阶级将疾病与贫穷对等的话语建构、消解了中产阶级的话语权威；另一方面，他解构了中产阶级利用话语—权力所形成的阶层隔离和对峙。在《荒凉山庄》中，话语权的多寡与阶层地位有着直接联系，对不同阶层人士患病所作的描述在详略程度上的不同则表明了人们对待疾病和贫穷的态度：相比于疾病，人们更惧怕贫穷。由此，通过对《荒凉山庄》中疾病书写的分析，不难看出狄更斯对主流话语的回应以及他不愿完全认同中产阶级价值观的态度。

第三节　疾病的双重隐喻：奢靡与赤贫

狄更斯笔下的"通风不良的工厂""糟乱的工作环境"是贫困工人阶级的处身之地，这种恶劣的环境滋生了多种疾病，如肺结核和热病。一方面，社会上对于此类疾病，尤其是热病的成因看法不一，形成了对抗性的话语；另一方面，这些疾病在 19 世纪英国的文化背景下具有特殊的隐喻意义，体现了当权阶层的话语权力建构。本节将简单梳理疾病在各个时代的隐喻意义，并在维多利亚时代疾病话语的背景下分析狄更斯在多部小说中的疾病描写。

一、疾病在各个时代的隐喻意义

人类历史可以被看作一部疾病史。自人类诞生以来，疾病便如影随形。正如人类认知随着社会以及文明的发展缓慢进步，人类对疾病的认识也经历了从片面到全面、从感性到理性的转变过程。在现代医学出现以前，疾病并未单独被看成客体，而是作为患者的某种身份标记被认知。在古希腊罗马时代，人们将疾病看作患者有罪的标记，认为疾病是对有罪之人的惩罚。在《伊利亚特》（*Iliad*，前 800—前 600）第一部中，阿波罗为惩罚阿伽门农诱拐克莱斯的女儿而让阿凯亚人染上鼠疫；在《俄狄浦斯王》（*Oedipus the King*，前 427）中，底比斯国王所犯的罪行导致鼠疫席卷了底比斯王国。随着基督教的盛行，基督教对道德意蕴的关注不仅强化了古希腊时代"得病即意味着有罪"的观念，而且使得疾病成为考验信徒或彰显上帝之爱的手段。《雅各书》（*Letter of James*，前 62）中就曾提及以主的名义用油涂抹病人、医治他们的病。纵观古希腊至中世纪的疾病观，不难看出，疾病在很长一段时间内都与道德密切相关，作为判定患者是否道德有罪的标志，发挥着规约民众、控制民众身体和思想的作用。

到了文艺复兴时期，人们的疾病观有了一定的进步。随着自然科学的发展以及近代解剖学等学科的进步，人们对疾病与道德间关系的关注被部分地转移到疾病本身。疾病被看作症状、体征、形态改变等的综合实体，这是生物医学模式的机械疾病观。[①] 到了 19 世纪，人们开始思考疾病与患者自身或患者所处环境之间的联系。本书第一章提及的人们围绕结核病建构的话语、

---

① 梁治学、倪红梅、崔安平、何裕民：《"疾病"词源学探析》，载《中医药文化》2010 年第 5 期，第 46 页。

瘴气说、水源说等都揭示了疾病与身体或环境之间的关联。由此可以看出，无论是古希腊时期的疾病观（疾病是道德惩罚之显现），还是 19 世纪的疾病观（疾病受到患者性格或所处环境的影响），人们对疾病的理解从来都不是纯粹的。相应地，不同时期的疾病书写也必然受到意识形态的影响，因此人们通过了解疾病书写得以窥见当时的社会和人文风貌。具体到 19 世纪的英国，传染性疾病、城市化、工业化、阶层、卫生改革等问题都是当时英国社会的主要问题，而那个时代的疾病书写则或隐或显地反映了这些问题。

在 19 世纪的英国，最受关注的疾病是死亡率极高的传染性疾病：霍乱、斑疹伤寒、伤寒和结核病。如本书第一章所述，霍乱、伤寒和结核病都有其隐喻意义：霍乱、伤寒与肮脏的环境相关；结核病的隐喻意义则随时代变迁发生了翻天覆地的变化——从象征想象力到表征贫穷。类似地，斑疹伤寒在 19 世纪的疾病话语里也有其隐喻意义。人们普遍认为斑疹伤寒与肮脏的环境有关，但不是所有人都认为这种病与贫穷相关。由此可见，围绕斑疹伤寒建构的疾病话语并非同质，人们从中可以窥见 19 世纪阶层之间的权力斗争。

斑疹伤寒又被称作军营热（camp fever）、监狱热（jail fever）和战争热（war fever），从这些名字就不难看出斑疹伤寒与特定环境之间的直接联系。由于斑疹伤寒与伤寒等传染病都具有发热的症状，因此斑疹伤寒常常被错当成伤寒或其他传染病，而斑疹伤寒作为一种独立的、特别的疾病进入人们的视野则是在 19 世纪。在 19 世纪，斑疹伤寒首先在爱尔兰暴发；1838 年，斑疹伤寒在伦敦暴发。1838 年的死亡登记数字显示，在伦敦约有

14000 人生病，1281 人死亡。[①] 人们就斑疹伤寒暴发的原因达成了共识：这种病与肮脏的环境有直接联系。

　　然而关于这种病是否与贫穷关联，人们则看法不一，争执不下。时任济贫法委员会秘书的查德威克根据他对斑疹伤寒最严重的区域展开的调查，得出以下结论：斑疹伤寒主要由肮脏的习惯和酗酒造成，但穷人往往无法改善其污秽的生活条件。[②] 由此可以看出，查德威克默认斑疹伤寒是穷人才得的病。换言之，斑疹伤寒具有一定的阶层性。然而，斑疹伤寒与贫穷的关联并未得到大部分人的肯定。例如，有医生指出，斑疹伤寒不仅攻击那些贫穷且虚弱的人，也攻击那些营养良好、身体强壮的人。这位医生进一步指出，斑疹伤寒的根源不是物质上的缺乏，而是肮脏污秽；不是食物的短缺，而是空气的不洁，而不洁空气是由过度拥挤、化粪池等释放的粒子流导致的。[③] 很明显，这位医生是瘴气说的拥护者。此外，中央卫生委员会（The General Board of Health）则选择从卫生和环境的角度而非经济的角度来解释斑疹伤寒出现的原因。委员会否定斑疹伤寒与贫穷之间的关联或许是出于维护社会稳定的考虑，毕竟相比贫富悬殊，环境污染对社会稳定，特别是统治阶级的利益所构成的威胁要小得多。由此可以看出，关于疾病成因的讨论涉及社会的权力话语建构，而各种疾病话语间的争锋也折射出社会中的权力斗争。

　　如上所述，19 世纪的英国人普遍认为霍乱、斑疹伤寒、伤

---

① （英）弗雷德里克·F. 卡特赖特、（英）迈克尔·比迪斯：《疾病改变历史》，前引书，第 131 页。

② 同上。

③ Southwood Smith, Gavin Milroy. *Results of Sanitary Improvement*, *Illustrated by the Operation of the Metropolitan Societies for Improving the Dwellings of the Industrious Classes*, *the Working of the Common Lodging-Houses Act*, *Etc.* London: Charles Knight, 1854, p. 12.

寒这三种疾病与肮脏的环境有关，然而当权机构却刻意回避这些疾病与贫穷之间的关联，不愿正视贫富差距太大这个棘手的社会问题。就狄更斯建构的疾病话语而言，首先，他认为污秽的环境滋生了疾病和道德问题（本章第二节对此已经提及）；其次，他认为疾病和不道德的行为总是结伴而行、威胁着社会的稳定。换言之，狄更斯为疾病增加了道德的隐喻意义。在《董贝父子》中，他不仅指出，邪恶与热病在一同传播的过程中实施对社会的报复①，而且他还列举了与浊气密不可分的各种道德瘟疫：堕落、不虔诚、醉酒、偷盗、谋杀等。② 正因如此，他在这部小说中也表达出他对后世子孙乃至人性的担心：他害怕疾病击垮儿童的这种模式会被世世代代延续，他担心在疾病中成长起来的子孙后代会终身与天真无邪、谦逊庄重无缘；更重要的是，他惧怕人性将变得不自然和反常。③ 对于疾病、道德与贫穷的关联，狄更斯并不否认，他甚至还将疾病的存在归咎为富人对穷人苦难的忽视。在《马丁·翟述伟》（Martin Chuzzlewit，1850）的序言中，狄更斯说，他在所有的作品中都尽其所能，试图向读者展示被疏于照顾的贫民区是多么缺乏卫生改革。④ 正是基于他对疾病根源和疾病治疗的这种理解，狄更斯多次为卫生运动宣传。他在1851 年的一次演讲中提出，探索卫生改革必须先于其他所有的社会救济。⑤ 狄更斯对卫生改革给予的厚望得到了同时代人的认可。和狄更斯一样，现代流行病学创始人威廉·法尔（William

---

① Charles Dickens. *Dombey and Son*. Harmondsworth：Penguin，1970，p. 739.
② 同上，第 738 页。
③ 同上。
④ Charles Dickens. *The Life and Adventures of Martin Chuzzlewit*. London：Chapman and Hall，1850，p. x.
⑤ K. J. Fielding. *The Speeches of Charles Dickens: A Complete Edition*. Ibid.，pp. 128-129.

Farr，1807—1883）也将疾病和道德关联，他也竭力推广卫生政策、提升人们的道德水平。法尔指出，卫生改革将帮助国家抵御瘟疫；这些改革措施将会拯救成千上万人的性命，也会阻止一代又一代人腐化堕落；最终，他们将促进人类改善自我并趋近完美。①

传染性疾病的高致死率以及人们围绕这些疾病建构的隐喻性意义最终迫使 19 世纪的英国政府做出改变，做出了缓解贫困、改造环境的举措。在所有的改革措施中，最引人注目的就是 1838 年颁布《济贫法修正案》（Poor Law Amendment Act）和始于 1838 年的卫生运动（The Sanitary Movement）。对于这两个事件，人们的评价褒贬不一。首先，在《济贫法修正案》的督促下，英国建立了济贫院（Workhouse）来为健全、可劳作的穷人提供院内救济。后来，济贫院设立了济贫院医院（Workhouse Infirmary）来救治贫穷的病人。从表面上来看，济贫院及济贫院医院的设立体现了社会关怀，做到了穷有所依、穷有所救。考虑到 19 世纪初期英国的医疗服务状况，济贫院的存在显得尤为重要。在 19 世纪初期的英国，穷人无法像富人一样请医生和护士上门治疗，他们看病时只能选择志愿医院（Voluntary Hospital），而进入志愿医院接受治疗的门槛很高——必须获得一位医院管理员或股东的提名，还需要进行道德测试②。换言之，穷人很难得到医疗救治，因此济贫院提供的免费医疗成为穷人问诊的主要渠道。然而，济贫院医院提供的医疗救助非常糟糕：病人们全都挤在同一个房间且没有按疾病的不同被区分治

---

① William Farr. *Report on the Mortality of Cholera in England*，1848-49. London：Her Majesty's Stationery Office，1852. p. xcviii.

② 郭家宏：《新济贫法体制下英国贫民医疗救助问题探析》，载《史学月刊》2021 年第 2 期，第 103 页。

疗；同时，护理人员通常是不识字的病友。有人在访问英国济贫院医院后提出，英国的济贫院医院堪比英国、法国和德国国内最糟糕的监狱和疯人院。针对济贫院医院存在的问题，英国在 19 世纪 60 年代开始对济贫法医疗体制进行改革，并于 1867 年 3 月 29 日通过了《大都市济贫法》（Metropolitan Poor Act）。至此，人们才开始有意识地对济贫院医院内的病人进行分类治疗和隔离。

与济贫院相比，卫生运动则得到了广泛的支持并在减少死亡率上起到了比医生更为关键和重大的作用。在卫生运动中，卫生局（The Board of Health）发挥了至关重要的作用。虽然卫生局在很长一段时间内都坚信瘴气说而没有承认真正的疾病来源，但官员们却无意中采取了正确的方式来应对他们眼中的传染源，即有臭味或受到污染的空气。在此过程中，他们减少了疾病的载体，如老鼠和虱子，并且在消除水的恶臭的同时也减少了疾病经由水造成的传播。因此，人们公认，卫生运动在改善 19 世纪英国人的健康方面——特别是在降低由斑疹伤寒、伤寒和霍乱导致的死亡率方面做出了比医生更为卓越的贡献。[①]

总而言之，疾病在 19 世纪的英国是一个重大且复杂的社会问题。因涉及阶层、经济、道德和环境，疾病的隐喻意义在 19 世纪尤其丰富，人们围绕疾病所建构的话语也有效地推动了社会改革。狄更斯的小说包含了他对疾病问题的思考，他对疾病话语的建构同样也有效地促进了社会改革。

二、狄更斯小说中的疾病隐喻

狄更斯的小说充满了不同阶层在空间和话语权力等方面的对

---

① A. Susan Williams. *The Rich Man and the Diseased Poor in Early Victorian Literature*. London: Palgrave Macmillan, 1987, p. 30.

立。狄更斯对疾病的描述既是具体的又是隐喻的。他对疾病的详尽描述得益于他自身的患病经历以及他对疾病的兴趣，而他为疾病赋予隐喻意义的行为则是出于揭示阶层对立、抨击阶级剥削的目的。在狄更斯的小说中，斑疹伤寒、天花、伤寒、结核病、痛风、中风等疾病都被描述过，而这些疾病都或多或少地揭示了阶层的隐含意义。在本节中，笔者将对《荒凉山庄》《大卫·科波菲尔》《董贝父子》《小杜丽》中的疾病话语进行分析，借以展示狄更斯在疾病书写上的广度与深度。

在《荒凉山庄》中，除了影响容貌的传染病被描述外，雷斯特爵士的痛风和中风也被详尽描述，成为显示该人物身份的重要方式。雷斯特爵士的多次痛风和中风显示了他的身体从部分受限到完全受限的转变过程。从表面上来看，雷斯特爵士和穷人乔都逐渐对自己的身体失去了掌控，这似乎意味着人在疾病面前是平等的。然而如果我们对爵士和乔在掌控话语权上的情况进行对比，则可以看出明显的阶层差异。在雷斯特爵士中风并失去说话能力后，他的话语权丝毫不受影响：他的意愿依然得以被准确且快速地传达。在爵士的身边有熟悉他的老管家和得力的侦探，只需要通过只言片语或一些手势，老管家和侦探便可以理解他的意思；碰到较长的句子，爵士则在石板上写下他想说的话以确保自己的话能被正确地理解和执行。在这个过程中，人们不难看出文字在确立话语权方面所起的基础性作用，以及文字相对于口头语的优势。如果细究起来，我们还可以看出，雷斯特爵士之所以具有话语权是因为他在经济和阶层上都具有优势，他的经济优势使他能差遣别人，他的阶层优势则保证了他在受教育方面享有的特权以及由此确立的能够使用文字的优势。相比之下，无论是患病前还是患病后，乔作为当权者眼中需要被驱逐的他者，都是被禁言的。此外，他的孤儿身份也排除了其受教育甚至是被宗教感化的机会。小说中不止一次提到乔对文字及布道的不解和无动于衷，这些细节表面上是乔"愚昧"的佐证，实际上却是狄更斯对穷人识字权利被剥夺的控诉。因此，从爵士和乔因疾病所受的不同影响可以看出，经济、阶层以及受教育程度的差异是人们能否具有话语权以及这种话语权能否被撼动的决定性因素。此外，爵士所患的痛风也隐晦地显示了他的身份。众所周知，引起痛风的主要原因是病人对海鲜和肉类等食物摄入过多。狄更斯就是一个肉食爱好者，也是痛风患者。在19世纪的英国，能够获得肉类和海鲜本来就是经济优势的象征，因此痛风这个病可以被看作富裕的能指符号。在《荒凉山庄》中，痛风更是成了贵族的标志。雷斯特爵士认为，虽然痛风就像恶魔一样，但是不管怎么说，"这个恶魔到底是属于贵族这一阶层的。……尽管人们不分贵贱，都难免一死，德洛克家的人却只能死于自己家传的痛风病。这种病，就象那些金银餐具、那些画像或林肯郡那所邸宅一样，是从那些显赫的先人，世代相传下来的。这种病也是他们家的一种尊严"①。在爵士的眼中，痛风这种疾病如同"金银餐具""邸宅"，这无疑揭示了痛风的经济内涵，而爵士一家对痛风这种"遗产"的"坚守"其实也是维持和彰显家族经济优势的无声宣言。

在《大卫·科波菲尔》中，狄更斯将道德败坏的人描写成疾病般的存在。对狄更斯而言，工人阶级不良的生活习惯以及所有的不道德行为都是非自然的、接近疾病般的存在。② 在小说中，此类描述较多。且看叙述者对妓女玛莎的描述：她把右胳膊枕在脖子下面，就像是一个在发烧或因枪击而处于剧痛中的女性那样

---

① （英）查尔斯·狄更斯：《荒凉山庄》，前引书，第286页。

② A. Susan Williams. *The Rich Man and the Diseased Poor in Early Victorian Literature*. Ibid., p. 82.

扭曲着自己的身体。[1] 在这个描述中，叙述者的声音是贬斥的，这简短的描述还隐含着叙述者的道德判断：道德败坏的女人就应该被疾病折磨甚至是受到枪击的惩罚。不遵守道德标准的希普一家也被描述为疾病般的存在：这栋老宅挣脱掉希普一家的存在后，如同其疾病也被清除掉了。[2] 从这个描述中不难看出狄更斯通过叙述者传达出的信息：不道德的因素应除之而后快。

除了探讨疾病和道德之间的关联，狄更斯在《大卫·科波菲尔》中还探讨了贫穷和道德之间的关联。在 19 世纪的英国，欠债被视作一种罪行。在《大卫·科波菲尔》中，善良的米考伯先生因欠债曾多次被投入债务人监狱，米考伯夫人也为了方便照顾米考伯先生而和他一起住进了监狱。然而从米考伯的监狱经历来看，人们对他的崇敬并不因他入狱而有所减弱，把欠债之人当作不道德的人的观点是站不住脚的。监狱的规训和惩罚性质与米考伯先生的德行之间形成鲜明对照，狄更斯正是借此消解了贫穷与道德的关联并讽刺了债务人监狱这种机构的存在。

如前文所述，与敏感情绪紧密相关的结核病是贵族的标志之一，狄更斯在《大卫·科波菲尔》中也表达了类似的看法。例如，狄更斯借人物斯蒂福之口表达了如下意见：情感的脆弱，也即多愁善感是富人和穷人间的差距。当斯蒂福的表亲达特尔小姐认为斯蒂福将穷人称作"这种人"的措辞不当时，斯蒂福回答，"本来嘛，我们和他们之间就是有一段相当大的距离"[3]。接着，斯蒂福继续说道："不能指望他们也和我们一样感觉敏锐。他们的感情不是很容易受到刺激，受到伤害的。……但是他们天生的

---

① Charles Dickens. *David Copperfield*. London：Vintage，2017，p. 398.

② 同上，第 852 页.

③ （英）查尔斯·狄更斯：《大卫·科波菲尔》，全 2 册，庄绎传，译，北京：人民文学出版社，2000 年，第 348 页。

性格不甚细腻，他们的感情和他们那粗糙的皮肤一样，不容易受到伤害，这是他们的福气哟。"①这些话不仅将斯蒂福的阶层优越感赤裸裸地暴露出来，而且也解释了他为何一再伤害其他阶层的人，尤其是女性，并且对他造成的伤害不以为然。然而，这句话具有极强的反讽意味，因为斯蒂福并不像他声称的那样感觉敏锐。相反，他总是对别人因他所受的伤害无动于衷。达特尔上嘴唇直至下巴位置上的伤疤就是斯蒂福伤害他人的罪证。当斯蒂福向大卫解释这道疤的由来时，他说道："当时我还很小，她把我逼急了，我就把斧子朝她扔了过去。我当时准是一个前途无量的小天使吧！"②从这句话我们可以看出，斯蒂福并未因自己对别人的造成的伤害而感到后悔，即使这个人与他有血缘关系；相反，我们可以明显地看出，他仅把达特尔当作扔斧子的目标，并为自己命中目标而沾沾自喜。达特尔嘴上的疤也因此具有隐喻意义：一方面，它象征了斯蒂福性格中的冷酷无情和情绪的不可控；另一方面，它在达特尔嘴上的始终可视性也象征了斯蒂福对她伤害的永恒性。斯蒂福对达特尔的伤害既是身体上的，也是情感上的。从小说中，我们不难看出达特尔深爱着斯蒂福，但她也清醒地知道，她认识的斯蒂福不可能回应她的爱，于是她只能隐藏自己的情感。然而，斯蒂福对此毫不知情并且总是轻率地与她调情，这一举动加重了她的精神痛苦，并最终使她变成了一个冷酷无情、喜爱嘲讽并且报复心重的女人。达特尔的疤以及这个疤背后的故事为斯蒂福之后诱拐并抛弃艾米丽埋下了伏笔。如同斯蒂福将达特尔视为靶子一样，斯蒂福将艾米丽也物化为一件商品：当他喜欢这件商品时，他就竭力争取；当他不喜欢或无法拥有这

---

① （英）查尔斯·狄更斯：《大卫·科波菲尔》，前引书，第348页。
② 同上，第349页。

件商品时，他便弃之如敝屣。达特尔和艾米丽并非小说中男性物化或伤害女性的特例，小说中还有类似但更为极端的例子——大卫的母亲。大卫的母亲承受了男性带给女性的最大伤害——死亡。如果说贵族将情感容易受影响看作他们阶层的标志，他们的行为则是对这一想法的绝对解构。因为他们倘若真的多愁善感，断不会对别人因其所受的伤害无动于衷，也不会操控别人的情感从而导致他人死亡。

在《董贝父子》中，狄更斯也探讨了疾病和道德之间的关联。小说的第一章描述了生命的诞生和逝去：董贝先生的儿子出生了，他的妻子因此离世。通过呈现董贝先生对待这两件事情的态度，狄更斯将董贝先生性格中的为富不仁鲜明地展现了出来。面对新生儿子，他毫不掩饰内心的喜悦。儿子才出生 48 分钟，他已经同时想好了儿子的名字和商行的新名字。他决定让儿子跟自己拥有一样的名字——珀尔，并将自己的商行改名为"董贝父子商行"。然而面对医生给他夫人下的病危诊断，他想的却是："如果他的妻子病倒、死去，他还是会非常惋惜，觉得自己的杯盘、桌椅等日用家具里，就此缺少了一件很有用、很舍不得丢失的东西。"①董贝先生对他妻子的物化是明显的，他们的婚姻在他看来就是一桩双赢的交易：董贝先生为夫人提供高的社会地位和丰富的物质条件，而夫人则为他的商行生出一个小老板。董贝先生对夫人的情感投入势必是极少的，这也解释了为何在董贝先生因狂喜而称呼夫人为"董贝太太，我……我亲爱的"②时，身体极度虚弱的夫人有点惊讶，脸上竟泛出一阵红晕。更引人深思的是，董贝先生的妹妹虽然身为女性，却和董贝先生持有相似的看

①　（英）查尔斯·狄更斯：《董贝父子》，全 2 册，薛鸿时，译，北京：人民文学出版社，2012 年，第 7 页。
②　同上，第 2 页。

法。当董贝先生的妹妹前来探望刚出生的董贝少爷时，她称心地微笑着说："这回好啦！范妮生了儿子，我什么都原谅她了！"①对于此番说辞，叙述者评论道："这话符合基督教的精神，戚克太太说了觉得自己真好。她嫂子并没有哪件事需要她原谅，实在是什么也不用她原谅……除非是她不该嫁给她哥哥。"②虽然自始至终董贝夫人因为虚弱而没有发言，但我们从董贝先生和他妹妹的反应和言辞中可以推断，董贝夫人应该早已将董贝先生和他妹妹的这种想法内化，成为这种想法的牺牲品。在董贝先生的眼里，他的财产以及财产的延续才是生活中最重要的事情，其他人的安危并不在他的关心范围内。董贝先生对自己的妻子尚且如此，我们不难想象他对别人是多么地冷酷无情。

与董贝先生相反，小珀尔是一个富有同情心的孩子。在叙述者的眼里，珀尔对别人的情感非常敏感，他也很想得到众人的喜欢。当珀尔已经显示出一些患病症状时，例如容易疲劳、脑袋沉甸甸的、耳朵无缘无故听不见等，他选择了向姐姐隐瞒病情，因为他一心只想邀请姐姐来开开心心地参加宴会。小说中关于珀尔的医学诊断仅有一句，而且通过珀尔模糊的记忆传达出来："是因为元气亏损（什么叫元气，珀尔不懂！）和机体组织极度衰弱"③。与片段式的医学诊断形成鲜明对比的则是众人对珀尔面貌的评价。众人皆说珀尔有老人相，然而老人相的具体所指则让珀尔百思不得其解，同时使珀尔疑惑的还有他享受的特权。小说写道："当其他年轻绅士都在为整个半年功课总复习而拼命时，珀尔却成为这座房子里前所未见的一位享有特权的学生。这一点，就连他自己也几乎不敢相信；可是他确实一小时又一小时、

---

① （英）查尔斯·狄更斯：《董贝父子》，前引书，第 10 页。
② 同上。
③ 同上，第 225 页。

一天又一天地安享自由；每一个人都对他无限怜惜。"①人们对珀尔所患疾病的委婉指称表明了人们对珀尔的爱护，对珀尔的怜惜同时暗示了这种疾病的严重性。通过小说中有关珀尔去世前的描述可以看到19世纪围绕结核病所建构的话语的影子。如本书第一章所述，在19世纪的欧洲，由于众多浪漫主义作家（例如拜伦）都患有结核病，因此结核病具有激发人想象力的隐喻性含义。在《董贝父子》中，结核病也激发了小珀尔的想象力。他在临终前总是想到一条决心汇入大海的滔滔大河，那一汪水在墙上舞动了无数次，它的行动轨迹也映射着珀尔临终前的生命历程。当珀尔听到海浪的声响，感到船儿已流进了大海，他的生命也结束了。狄更斯对小珀尔死亡的描述是诗意的，这不免让人想起狄更斯对小珀尔母亲死亡时的类似描写："妈妈紧紧抱住怀里那根纤弱的船桅，漂流到围绕着人世滚滚翻腾的那无比黑暗、神秘莫测的大海上去了。"②这种特殊的安排显示出狄更斯对善良人的无限同情。

在《小杜丽》中，狄更斯描述了一种特殊的疾病并且形象地呈现了这种病在城市的蔓延。小说第二部分的第十三章被命名为"流行病的蔓延"，然而这里的"流行病"不是指在伦敦肆虐的霍乱或斑疹伤寒等疾病，而是特指人们的投机买卖。换言之，狄更斯在这部小说中将投机看作一种具有传染性和破坏性的疾病。叙述者在这一章的开端说道："制止精神疾病的传染，至少是与制止人体疾病的传染同样困难的；这种疾病会象瘟疫那样毒害极大，速度极快地传播；一旦传开之后，它的传染便不分什么职

---

① （英）查尔斯·狄更斯：《董贝父子》，前引书，第230页。
② 同上，第13页。

业，不分身体条件，概莫能外。"①这句话指出了"投机"这种病不分阶层、不分身体条件的高度传染性。因此，从某种程度上来讲，这种病打消了阶层隔阂。为说明这种病的毒害性，狄更斯描述了亚瑟·克莱曼的经历。克莱曼在拜访赤贫的伤心园之前虽然疲惫孤单，但还算是一个健康人，然而他回家后则有了"生病的症状"。此番将疾病与某地点联系起来的方式不禁让人想到了当时流行的瘴气说，两者都强调环境在传播疾病上起到的重要作用。然而克莱曼的"病"是通过人传播的，准确地说，他通过模仿别人的投机行为而患病。投机行为的终极模仿对象是莫多尔先生。莫多尔先生以流星般的速度发家的事迹不仅在证券交易所广为传播，而且被穷人们奉为圭臬，成为穷人们试图改变自身窘境的参照。人们对莫多尔先生的狂热追捧被这样形容："狂热在伤心园那样猖獗，那样厉害，就连潘克斯先生的收租日也没有使病人的狂热间断。到了这样的时候，那疾病便换了个奇怪的症状，让感染了疾病的人依靠叫唤那个具有魔力的名字，寻找不可思议的借口与安慰。"②

小说中莫多尔的故事是 19 世纪英国投机热的写照。在 19 世纪，英国商业经济的扩张以及《有限责任法》（The Limited Liability Act，1855）、《公司法》（The Companies Acts，1856，1862）颁布后的经济发展致使英国在维多利亚时代后期变为股票持有者的国度。③ 到 19 世纪末期，粗略估计有五分之二的国民财富被投资到公司股票上，中上层阶级的大部分人依赖分红、股息

---

① （英）查尔斯·狄更斯：《小杜丽》，金绍禹，译，上海：上海译文出版社，1993年，第792页。
② 同上，第794页。
③ George Robb. *White-Collar Crime in Modern England: Financial Fraud and Business Morality，1845-1929*. Cambridge：Cambridge UP，1992，p. 3.

及证券利息生活。① 正如人们总是将疾病与道德相提并论，人们围绕投机与道德之间的关联展开了激烈的争论。从本质上来讲，投机是一种赌博，因此投机在 19 世纪的英国本应被视作不道德的行为，理应被人们清醒地防范。然而，靠操作股票获利的新型赌徒刻意将自己与那些老派的邪恶赌徒区分开，并把自己呈现为有道德的、有理性的公民。② 这种将投机中的不道德因素清除出去的行为逐渐演化为一场运动，并在 19 世纪 60 年代基本完成，从此投机被视作一项声誉良好的经济活动，投机者也相应地被视为值得尊敬的经济行为人。③ 小说中的莫多尔正是这样一位受人尊敬的经济行为人。然而，无论投机行为的既得利益者如何撇清自己行为中的不道德成分并将自己与一般的赌徒区分开，投机行为毕竟如同赌博，具有非常大的风险。莫多尔最终破产并跌下神坛，他的失败表明投机这种行为的高风险性和非理性；同时，他在面对失败时采取的方式（全然不顾那些被他牵连的人而选择自杀）则不言而喻地抹杀了投机行为的道德性。通过描写莫多尔从发迹到破产的传奇故事，狄更斯建构了"投机＝不道德"的话语，否定了"投机是道德的行为"这一主流话语。

不仅如此，狄更斯还通过对克莱曼的描写，以谱系学般的方法分析了"投机病"产生的根源。在狄更斯看来，投机行为源于家庭环境和社会环境的双重影响。就克莱曼而言，他从小在父母的账房中长大，母亲对有关尘世磨难的基督教福音派道德观的滥

---

① George Robb. *White-Collar Crime in Modern England: Financial Fraud and Business Morality*, 1845-1929. Cambridge: Cambridge UP, 1992, p. 81.

② Ann Fabian. *Card Sharps*, *Dream Books*, *and Bucket Shops: Gambling in 19th-Century America*. Ithaca: Cornell UP, 1990, p. 61.

③ David C. Itzkowitz. "Fair Enterprise or Extravagant Speculation: Investment, Speculation, and Gambling in Victorian England". *Victorian Studies*, 2002, 45 (1): 121-47.

用对他产生了极大的影响。他从小就对父母敛财的方式嗤之以鼻，迫切想要以道德的方式帮助家里摆脱经济窘迫，因此他才会在知晓人人交口称赞的投机致富途径后受其影响。讽刺的是，在帮助家族避免贫困和偿还债务的过程中，他使用的方法却引入了贫困和债务本身。然而，无论是为更正家庭不道德的致富方式而选择投机，还是投机失败后勇于承担责任、去欠债人监狱还清债务，克莱曼的这些行为都体现了崇高的道德感，因此狄更斯最终为克莱曼安排了美好的结局。从社会环境的角度来讲，《小杜丽》中的投机瘟疫源于人们想要通过在人群中传播投机行为以逃避别人评判的愿望。在狄更斯的笔下，投机致富是社会各阶层都热衷的消遣，甚至贵族阶层都对新贵的巨大财富崇拜不已。如同人人都可能感染流行病，公众对于投机行为也是没有抵抗力的。狄更斯对投机行为的描述不免让人想起托马斯·卡莱尔（Thomas Carlyle，1795－1881）的类似评论：英国的工业似乎正在快速变为一个巨型毒沼，释放肌体和道德的瘟疫；它也是一个可怖的活地狱，将灵魂和身体活埋。① 由于人人都在从事投机行为，而且总体来讲，富人产生的影响远胜于穷人，因此狄更斯的描述也微妙地驳斥了经济困难（或自然灾难）是基于穷人想跨越阶层而产生的这一断言。此外，值得注意的是，投机对不同阶层人群的影响程度也是有差异的。在小说中，莫多尔的去世无论是在情感上还是经济上都对他的家人影响不大，然而他的投机失败却对其他没有经济保障的穷人产生了毁灭性的打击。这样的结果无疑使得贫富差距越来越大。

总体而言，19 世纪在英国蔓延的传染性疾病对整个社会都

---

① Thomas Carlyle. *Carlyle: Selected Works*, *Reminiscences*, *and Letters*. Ed. Julian Symons. Cambridge：Rupert Hart-Davis, 1955, p. 430.

产生了极大的影响。在 19 世纪的英国，疾病问题实则是社会问题。表面上看，许多传染性疾病的产生与受污染的环境有关，但深究起来，环境问题实则是城市发展的问题，即城市的工业发展速度与基础设施的建设速度和道德责任感的提升速度不匹配。同时，城市发展的问题也折射出阶层之间的矛盾。英国工商业在 19 世纪的迅速发展造成了城市人口的爆炸性增长，尤其是工人数量的大幅增加。工人阶层在为中上层阶级积累财富、为英国的工商业发展贡献所有的同时却未得到应有的重视。中上层阶级建构的一系列话语都是利己的，他们关于清洁等同于道德的话语也只限于对自身良好条件的维护。他们对工人阶层缺乏道德责任，对工人阶层的住房问题不管不顾，他们的忽视最终导致了环境的恶化。而环境的恶化，尤其是被污染的水源，进一步为疾病传播提供了有利条件，使得疾病肆虐。然而，疾病在各个阶层的传播无疑是对中上层阶级不作为的讽刺，因为中上层阶级道德感的缺失最终也在某种程度上反噬了他们。

　　出于对疾病的兴趣和对社会道德的极大关注，狄更斯在小说中较为全面深入地书写了疾病。狄更斯书写的疾病种类是多样的，他建构的疾病话语也是多元的。通过书写疾病，狄更斯回应了 19 世纪英国的主流疾病话语：他对部分主流话语的肯定（如瘴气说）表明了他对疾病的科学思考以及他中产阶级身份的局限性，他对部分主流话语的否定（如他否认投机与道德的关联）则显示了他高尚的道德观。狄更斯的疾病书写折射出他本人思想的矛盾性：一方面，他具有强烈的道德责任感，这使他非常同情下层人民的遭遇并对他们的苦难进行生动的描写；另一方面，他的中产阶级身份使他不自觉地与下层民众保持距离，例如他在小说中用语言将后者降格为他者般的存在。换言之，虽然狄更斯想通过小说唤起中产阶级对下层人民的责任感以便改善社会现状，但是他想要的改革却是以不改变原有社会结构为基础的。因此，在评析狄更斯的疾病书写时，读者需要特别注意狄更斯思想的矛盾性，从而更好地理解他对工人阶层（特别是穷人）的深切关怀、对阶级对立的批判以及对阶层间和谐共处的思考。

第四章　世纪之交英国文学中的
殖民与疾病书写

　　"疾病是一个生物过程。人体组织以正常的生理反应对正常刺激作出回应。……当刺激的数量或质量超出了生物体的适应能力时，生物体的反应也就不再是正常的，而是反常的，或病态的。……疾病只不过是生物体（或它的某些部分）对异常刺激所作出的异常反应的总和。"[①] 然而，疾病并不仅仅是一个生物过程，它对人类社会、历史和文化都有一定的影响。历史上，疾病一直是文学创作的重要题材之一，具有一定的隐喻作用。正如本书第二、三章所讨论的勃朗特姐妹和狄更斯的作品一样，疾病在文学作品中反映了不同时代人们对疾病的态度和各种社会问题。

　　1492 年哥伦布得到西班牙王室支持，从西班牙巴罗斯港扬帆大西洋，无意中发现美洲大陆，这标志着殖民时代的到来。同时，殖民为文学创作带来了新的创作素材。在此基础上，西方文学作品不可避免地将殖民与疾病、文学联系在一起。18 世纪，工业革命时代到来，欧洲殖民扩张进入第二个阶段。经过一个多世纪的拓殖，英国在 19 世纪成为最大的殖民帝国。19 世纪末到

---

① （美）亨利·欧内斯特·西格里斯特：《疾病的文化史》，秦传安，译，北京：中央编译出版社，2009 年，第 1 页。

20 世纪初，英国文坛出现了不少以殖民为背景的优秀小说，英国作家约瑟夫·康拉德（Joseph Conrad，1857—1924）和威廉·萨默塞特·毛姆（William Somerset Maugham，1874—1965）的作品就位列其中。两人均游历了英国大部分殖民地和英国殖民统治的地区，经历了英帝国由盛转衰的过程。康拉德和毛姆的殖民小说具有经典性和独特性，其中融入了不少疾病书写。两位作家殖民小说中的疾病书写和殖民书写均是其对英国现代文明弊端、殖民体系的批判与谴责，同时也体现出他们对东西方文明碰撞下"原始—文明"的矛盾看法以及对殖民统治地区"东方主义"式的刻板印象。因此，本章主要从疾病、殖民与文学之间的关系入手，以康拉德和毛姆的殖民小说为研究对象，探讨 19 世纪末 20 世纪初英国殖民小说中的疾病书写。

第一节　疾病、殖民与文学书写

疾病作为一个生物过程，在社会文化中有着一定的隐喻。隐喻是指用表示某种事物、特性或行为的词来指代另一种事物、特性或行为，这种隐喻常常反映在文学之中。王予霞在《西方文学中的疾病与恐惧》一文中提出："从古至今，人类认识疾病的历史过程始终受到这种隐喻思维的左右，从而使'疾病'负载着各种想象与神话，直接引发社会公众的恐惧。"[1] 比如在古希腊时期，疾病被看作对个人过失、祖先犯罪、部落集体所犯罪责的惩罚；中古时期，人们普遍把瘟疫归咎于世界的罪愆、道德的过失等。[2] 苏珊·桑塔格在《疾病的隐喻》一书中分析了结核病和癌

---

① 王予霞：《西方文学中的疾病与恐惧》，载《外国文学研究》2003 年第 6 期，第 141 页。
② 同上。

症的隐喻，比如结核病在某个时期被认为是一种浪漫的疾病，而"癌症"这个词本身就包含贬义，使患者在道德上感觉低人一等。桑塔格在分析以上两种疾病的隐喻的同时，也试图解构这种刻板印象。[①] 除此之外，疾病作为文学的一种题材由来已久，从中古时期到 19 世纪，疾病一直都是西方文学中的重要主题。上帝施于人类的伤痛、瘟疫和精神失常在索福克勒斯（Sophocles，前496—前406）的《菲洛克忒忒斯》（*Philoctetes*）和《约伯记》（*The Book of Job*）中就已经成为主题；文艺复兴时期，尽管解剖学和生理学兴起，但无论是莎士比亚还是米歇尔·德·蒙田（Michel de Montaigne，1533—1592），他们对心理疾病比对那些让医生束手无策的身体疾病更感兴趣；18 世纪后期，随着浪漫主义的兴起，疾病顺理成章地成为文学的一大题材。因此，在长达一个世纪的时间里，"肺病"，也就是结核病，是所有疾病中最受青睐的题材；在 19 世纪的现实主义文学中，疾病仍然扮演着十分重要但不是最主要的角色。[②]

19 世纪，欧洲帝国的殖民地遍布全球，其中英国的殖民地最多。随着殖民扩张的不断深入，19 世纪末 20 世纪初的英国出现了不少以殖民地为背景的优秀小说，代表作家主要有康拉德、毛姆、E. M. 福斯特（E. M. Forster，1879—1970）等。这些作家游历了不少英国的殖民地和殖民统治地区，并通过其所见所闻更加深刻地认识到殖民主义的本质。因此，他们通过创作殖民小说批判殖民主义。同时，在这些小说中存在大量的疾病书写。这些疾病书写在殖民小说中起着重要作用，具有丰富的隐喻，是作家们借以批判殖民主义的有效题材。如康拉德的短篇小说《进

---

① （美）苏珊·桑塔格：《疾病的隐喻》，前引书，第 55 页。
② 魏玉杰：《英国小说与疾病》，载《外国文学评论》1994 年第 2 期，第 135 页。

步的前哨》(*An Outpost of Progress*,1897) 和毛姆的长篇小说《面纱》(*The Painted Veil*,1925)。这两部小说以英国殖民地或殖民统治地区为故事背景,并且均融入了疾病书写。通过梳理前人的研究材料发现,鲜有人讨论疾病、殖民与文学三者之间的关系。因此,本节将依次讨论以下三个问题:一是殖民与疾病之间的关系,即殖民扩张如何影响疾病的全球传播,帝国对疾病的控制又如何成为殖民扩张的重要理由和推手;二是疾病与文学的关系,即疾病是如何在文学中表征的,文学又对疾病产生了何种影响;三是疾病、殖民与文学的关系,即从殖民小说和疾病书写的关系出发,分析康拉德和毛姆的人生经历和文学观念,讨论两人的小说如何通过疾病书写批判了欧洲的殖民主义,反映了英国殖民扩张的运作方式以及他们对殖民的看法。

一、殖民与疾病

1492 年哥伦布发现美洲大陆,标志着旧大陆与新大陆之间,也就是东半球和西半球之间联系的开始。随之,东半球与西半球之间发生了"哥伦布大交换",即新旧大陆之间生物、农作物、人种、疾病、文化、观念等的交换。其中,疾病的交换对新、旧大陆产生了灾难性的影响。从旧世界传播到新世界的传染病清单很长,主要有天花、百日咳、水痘、鼠疫、斑疹伤寒和麻疹。[①]同时,这也造成了疾病的全球化。在疾病全球化之前,地球上的不同地域都有其小范围传播的疾病,即前文提到的地方病或地方性流行病。由于东、西半球的居民从未接触过彼此的地方病,对其不具备任何免疫力。因此,疾病全球化之后,东、西半球开始

---

① Nunn,Nathan,and Nancy Qian. "The Columbian Exchange: A History of Disease, Food, and Ideas". *The Journal of Economic Perspectives*,2010,Vol. 24,No. 2,p. 165.

频繁发生传染病大流行。"地方性流行病和传染病大流行存在明显的区别。前者指在一个区域持续发生的某种传染病；后者指一种疾病偶尔袭击一个区域并迅速传播，病毒迅速从一个人传播到另外一个人，从而使很多居民在短时间内被感染，并在广大区域乃至全球传染人或其他物种，除了造成病亡，摧毁城市、国家，瓦解文明外，甚至还可以毁灭种族或物种。"①

1497 年，瓦斯科·达·伽马（Vasco da Gama，1469—1524）受葡萄牙国王派遣，找到了通向印度的海上航路。该航路和哥伦布发现的航线使新、旧大陆之间开始进行贸易。新大陆带来的大量经济利益使得欧洲不同国家开始进行商业竞争。为确保异国货物与产品的稳定供应以及减少金银外流到对手国，欧洲各国纷纷开始在亚洲和美洲建立殖民地。② 当东半球遭到新疾病袭击时，殖民地首当其冲受到巨大影响。受疾病冲击最大的是美洲殖民地的原住民。据估计，哥伦布开辟新航路之后，美洲部分区域的原住民人口死亡率高达 90％；在人口密集区域，疾病能够快速传播，相应的死亡率也最为惊人。③ 16 世纪，欧洲人和非洲人横跨大西洋时将地方疾病传给了美洲印第安人，使得后者大量死于天花、麻疹、伤寒等其从未接触过的疾病。

以天花为例。天花的适应能力极强，其病毒可以附着在尘土、衣物上存活数月甚至长达一年之久，并且当时美洲原始的生活环境给天花的传播提供了一个绝佳的"温床"。由于美洲印第安人对天花没有免疫力，因此天花在这个"温床"中快速传播。

---

① 刘去非：《16—17 世纪西葡殖民时期美洲天花大流行的特点及其影响》，载《世界历史》2020 年第 6 期，第 57 页。

② （英）普拉提克·查克拉巴提：《医疗与帝国：从全球史看现代医学的诞生》，前引书，第 40—41 页。

③ 同上，第 139 页。

这导致天花病毒变异，更具破坏力。天花在登陆美洲夺取大约三分之一人口的生命后，传播趋势仍未减弱。"天花在整个 18 世纪几乎没有得到控制，每隔几年就会流行一次。"[①] 此外，殖民的路线也是天花传播的路线，因此，欧洲帝国殖民的不断扩张一定程度上加快了天花全球传播的速度。

此外，通过殖民传到美洲的疾病还有黄热病。黄热病起源于非洲，17 世纪 90 年代通过奴隶贸易被带入美洲，其在非洲和南美洲都导致了高患病率和高死亡率。科学家认为，黄热病在美洲大陆的传播跟天花有一定的关系。天花造成美洲大陆大量劳动力损失，这在一定程度上促使欧洲帝国将非洲的原住民作为奴隶贩卖到美洲，从而使黄热病毒被携带至美洲。此外，欧洲帝国在殖民地频繁发动战争、持续扩张种植园，这使得黄热病在美洲，甚至大西洋快速传播。比如，欧洲帝国在美洲殖民地大量种植蔗糖，这为黄热病的病媒之一埃及斑蚊提供了绝佳的食物来源和繁殖场所，而埃及斑蚊的大量繁殖则加剧了黄热病毒的传播。17 世纪至 19 世纪，大西洋地区共有三次黄热病大暴发。1878 年，美洲大陆暴发最后一次黄热病大流行。疾病蔓延到亚拉巴马州、肯塔基州、路易斯安那州、密西西比州和田纳西州的 132 个城镇，导致这五个州共有超过 7.4 万例病例和 15934 例死亡。其中，路易斯安那州遭受的损失最大，仅新奥尔良市就有 4600 人死亡。[②]

除了天花、黄热病以外，在全球范围内暴发的疾病还有霍乱。如前文所述，霍乱是因摄入受到霍乱弧菌污染的食物或水而

---

① 刘去非：《16—17 世纪西葡殖民时期美洲天花大流行的特点及其影响》，前引文，第 59 页。

② G. W. McGinty. "The Yellow Fever Epidemic of 1878". *The Southwestern Social Science Quarterly*，1940，Vol. 21，No. 3，p. 227.

引起的一种急性腹泻性传染病，能在数小时内造成感染者腹泻脱水甚至死亡。从 1817 年开始，霍乱在欧洲、非洲和美洲暴发七次①，给欧洲各国及其殖民地造成了惨重的损失。1831 年 10 月至 1832 年 12 月，处于工业化高潮时期的英国第一次遭遇霍乱大流行的冲击。在疫情蔓延的一年多里，英国报告霍乱病例的城镇和乡村达到 397 个。"据统计，英伦三岛霍乱病例总计 82540 例，其中死亡病例 31376 例，死亡率高达 38%。在疫情高峰期的 1832 年，全国死亡人口总数中，死于霍乱的比例高达 11.2%。由此，霍乱与伤寒、天花一道，成为 19 世纪英国最具致命性、毁灭性的三大流行病。"② 在始于 1826 年的第二次霍乱大流行中，几乎所有欧洲国家都遭到霍乱侵袭，英国在三个月内就有超过 3.3 万人口死亡③，以至于 19 世纪 30 年代被欧洲人称为"霍乱的年代"。19 世纪以来，欧洲人认为霍乱是通过商业网络从亚洲传过来的，并将其称为"亚洲霍乱"。因此，为了防止这种"来自东方"的疾病的传播，欧洲各国发起了几次会议，商议对"来自东方"的人与物进行防疫。欧洲对霍乱来源的猜测及应对霍乱的防疫措施都加深了欧洲中心主义，强化了亚洲落后、野蛮、原始、肮脏的"他者"形象，并使这种形象深深地印刻在欧洲公众心中。

欧洲帝国的殖民活动扩大了疾病的传播范围，疾病的传播反过来又在某种程度上"促进"了欧洲帝国的殖民扩张。比如，天花因为殖民扩张被传播到美洲大陆，导致印第安人大量死亡，因

---

① Edward Laws. "Case Study：Cholera". *Oceanography*，2006，Vol. 19，No. 2，p. 81.
② 刘金源：《疫情之下的社会分裂——英国医学界关于 1832 年霍乱的病原学之争》，载《史学集刊》2021 年第 4 期，第 54 页。
③ 同上。

此，"印第安人不再相信神的庇护，转而信仰'欧洲上帝'"①，
这加深了印第安人对欧洲人的宗教信仰依赖。此外，印第安人为
了躲避天花不得不放弃土地，导致土地被殖民者占领。失去土地
的印第安人没有地方种植粮食及居住，这在一定程度上又提高了
印第安人的死亡率。这种情况导致印第安人不得不向欧洲人寻求
帮助，从而加深了他们对欧洲人的社会依赖。为了保护殖民军
队，欧洲帝国将先进的医疗资源带到殖民地，有效降低了当地由
疾病造成的高死亡率。殖民地人民也从中受益，这又加深了他们
对欧洲人的医疗依赖。可以看出，疾病间接地使殖民地人民在各
方面依赖欧洲，这在一定程度上帮助欧洲帝国更顺利地开展殖民
活动。

疾病甚至直接成为帝国殖民的工具。19 世纪，随着英国工
业的发展，工业产量急剧上升，英国开始寻找新的资源及产品生
存空间。于是，英国开始在世界范围内建立自己的殖民地，地处
亚洲的中国自然成为英国扩张殖民地的目标之一。英国竭力向中
国推销工业产品，企图用商品贸易打开中国的大门。然而，
1820—1830 年，中国对英贸易每年仍保持出超二三百万两白银
的局面。为了改变这种贸易局面，英国资产阶级通过外交途径强
力交涉，仍未能达到目的。随即，英国采取了卑劣的手段，即靠
"毁灭人种"的方法，向中国大量走私特殊商品——鸦片，以满
足他们追逐利润的无限欲望。鸦片贸易给英国资产阶级、英印政
府、东印度公司和鸦片贩子带来暴利，打破了中国对外贸易的长
期优势，使中国由二百多年来的出超国变成入超国。

然而，鸦片给中国带来了毁灭性的打击。鸦片引发了中国的

① 刘去非：《16—17 世纪西葡殖民时期美洲天花大流行的特点及其影响》，前引文，第 59 页。

财政危机、腐蚀了中国的统治机构，最重要的是，鸦片损害了中国人的身心健康。人吸食鸦片后，可以初致欣快感、无法集中精神、产生梦幻现象，导致高度心理及生理依赖。长期使用后停止则会发生渴求药物、不安、流泪、流汗、流鼻水、易怒、发抖、寒战、厌食、便秘、腹泻、身体蜷曲、抽筋等戒断症。因此，鸦片吸食者身体羸弱、精神萎靡，无法进行正常的活动。这不仅削弱了军队的战斗力，也使从事农业生产的大量劳动力丧失，导致万事废弛、农作失时。嘉庆十八年（1823 年）七月，北京的一般百姓甚至侍卫官员都在吸食鸦片，"凡吸烟之人，不耐劳苦，筋力减也，不能振作，精神颓也，思不久远，心术坏也。图片刻之安，不问来日，贪一身之苦，不顾全家"①。在此情况下，1839 年，林则徐开始了禁烟活动。随后，英国以中国禁烟为借口发动战争，逼迫中国签订了中国近代史上第一个不平等条约——《清英江宁条约》。条约要求中国：（1）割让香港岛；（2）向英国赔偿鸦片烟价、商欠、军费共二千一百万银元；（3）五口通商，开放广州、福州、厦门、宁波、上海五处为通商口岸，允许英人居住并设派领事；（4）协定关税，英商应纳进出口货税、饷费，中国海关无权自主；（5）废除公行制度，准许英商在华自由贸易等。此外，条约还规定双方官吏"平等往来"、释放对方军民以及英国撤军等事宜。1843 年英国政府又强迫清政府订立了《五口通商章程》和《五口通商附粘善后条款》（即《善后事宜清册附粘和约》）作为《清英江宁条约》的附约，增加了领事裁判权、片面最惠国待遇等条款。其他列强不欲英国坐大，纷纷与中国签订更多不平等条约。1844 年 7 月 3 日，中美签订《美

---

① 张玉梅：《清代宁夏禁烟研究》，载《北方民族大学学报》2020 年第 6 期，第 121 页。

利坚合众国与中华帝国之和平、友好、通商条约》。1844 年 10
月 24 日，中法签订《中法五口通商章程》，使法国享有领事裁判
权和传教权等。由此可见，英国成功通过用鸦片造成中国人身心
疾病的手段达到了开辟海外市场的殖民扩张目的。

综上所述，疾病与殖民互相影响。一方面，殖民活动扩大了
疾病的传播范围，导致新、旧大陆损失惨重；另一方面，在某种
程度上，疾病是帝国开展殖民扩张的重要手段之一，其或间接或
直接地成为帝国开辟海外市场、进行殖民扩张的推手。

二、疾病与文学

关于疾病与文学之间的关系，国内外学者已进行了一定的探
讨与研究。疾病是一种正常的生理现象，但作为生理现象的疾病
对人类社会、文化等方面有着一定的影响。比如，在每一个国家
的每一个历史时期，疾病，尤其是无法治愈的疾病，深刻影响了
当时当地的文学发展。每个时期的时代背景、疾病种类不同，文
学作品所体现出的对疾病的态度和书写方式也不同。在圣经以及
古希腊的作品中，疾病是对人类的惩罚。到了 18 世纪后期，疾
病则成了一种浪漫的象征，这个时期最主要的疾病是结核病。结
核病在当时难以疗愈，并因其病症和特有的治疗方式被认为是只
有上层人士、有才学的人会患的疾病。"结核病既带来'精神麻
痹'（罗伯特·路易斯·斯蒂文斯语），又带来更高尚情感的充
盈，既是一种描绘感官享受、张扬情欲的方式，同时又是一种描
绘压抑、宣扬升华的方式。尤其是，它肯定了下列做法的重要
性，即意识上更敏感，心理上更复杂。健康反倒变得平庸，甚至
粗俗了。"① 这个时期除了结核病，还有精神疾病。苏珊·桑塔

---

① （美）苏珊·桑塔格：《疾病的隐喻》，前引书，第 24 页。

格认为，癫狂、疯狂一类的精神疾病是对当时社会压抑风气的反抗，是一种对激情的膜拜，其激活了人的意识，是一种间歇性的悟彻状态。对激情的压抑则被认为是重大疾病的诱因。[①] 19 世纪，疾病在文学中则成了悲剧的一部分。主人公们堕落的生活因为疾病而雪上加霜，极具悲剧色彩。在两次世界大战期间，疾病虽不是主要题材，但对文学的创作仍然有着较大的影响。20 世纪 40 年代以来，抗生素的发明和使用使得一般的疾病不足以对人的生命和心灵造成冲击。因此，难以治愈的癌症和艾滋病则成为社会的重点关注对象，文学界也不例外。可以看出，作家们更经常将难以治愈的疾病放到文学创作中，以此来推动情节发展和实现他们的表达意图。此外，从另一个角度来看，文学中的疾病书写也可以在一定程度上反映人们在某一时期对待某种疾病的态度。

正如医学领域有一部认识疾病、治疗疾病的历史，文学领域也有一部想象疾病、书写疾病的历史。亨利·E. 西格里斯特（Henry E. Sigerist，1891—1957）在《疾病的文化史》（*Civilization and Disease*，2009）一书中用一个章节来讨论疾病与文学的关系。他认为文学中的情节如果需要有说服力就必须是真实的、跟现实生活相符合的。作家在文学创作过程中也会从自己的亲身体验出发。由此可见，作家们在文学中书写的疾病很大程度上是因为他们自身或身边的人患过某种疾病。实际上，很多伟大的作家或他们身边的亲友都患过严重的疾病。毛姆的母亲患有结核病，常受病痛的折磨，在毛姆 8 岁的时候就去世了；两年后，毛姆的父亲因胃癌和过度劳累与世长辞；毛姆自己从小就有一些说话方面的

① （美）苏珊·桑塔格：《疾病的隐喻》，前引书，第 24 页。

缺陷，身材比较矮小，后来也患过结核病。[①] 父母因病离世，使他意识到疾病对人的影响，自身的缺陷也让他从小生活在自卑当中。这两个原因一定程度上影响了他后来的创作风格。

　　当然，作家们在文学作品中的疾病书写并不注重描述疾病的原因、症状等，他们感兴趣的是疾病对个体生命、族群、社会、文化的影响。

　　第一，疾病对文学的影响首先体现为其可以激发书写想象。尼古拉·奥斯特洛夫斯基（Nikolai Ostrovsky，1904—1936）因战争负伤瘫痪，在病床上完成了半自传小说《钢铁是怎样炼成的》（*How the Steel Was Tempered*，1933）；海伦·凯勒（Helen Keller，1880—1968）根据其双目失明的经历，创作了《假如给我三天光明》（*Three Days to See*，1933）。可见，疾病或者身体的残疾没有压垮两位作者的意志，反而使他们的精神意志更加坚强。疾病成为他们的创作动力，激发了他们的创作想象，从而造就了经典作品。此外，欧内斯特·B. 吉尔曼（Ernest B. Gilman，1946—）认为，瘟疫作为恶性传染病激发了文学想象并在其中形成了"瘟疫话语"。"瘟疫话语"总是存在于三个相互渗透的领域：在瘟疫引发的各种写作中，在瘟疫直接和暗示的诗意表现中，以及在宗教改革文化中——认为瘟疫是一种神圣的话语形式，是一种在自然世界、政治体和社会中铭刻自己以及在受难者的尸体上读取"标记"的书写形式。[②] 由上可知，疾病不仅可以激发文学的想象，而且在文学中形成了自身的一套话语体系。

　　第二，疾病对文学的影响还可以体现为其常被用来推动故事

---

① （法）波伊尔著：《天堂之魔——毛姆传》，梁识梅，译，北京：中国文联出版公司，1987 年，第 5、11 页。
② Ernest B. Gilman. *Plague Writing in Early Modern England*. Chicago. IL: U of Chicago，2009，p. 3.

情节发展或铺垫背景。比如在本书第二章提到的小说《简·爱》中，正是罗切斯特前妻的精神疾病导致她在庄园纵火，从而推动故事进入高潮。罗切斯特在大火中舍身救人，导致自己双目失明、左臂烧伤。该情节突显了罗切斯特是一个有情有义的角色，这为他挽回简做了一定的铺垫。此外，因为疾病，罗切斯特不再高傲，从而和简在身份地位上形成了一种平衡。也正是因为罗切斯特的疾病，简开始正视自己对罗切斯特的感情并前去向他倾诉感情，两人终结良缘。由此可以看出，在《简·爱》中，疾病从某种程度上使情节环环相扣，并成为推动故事发展的重要因素之一。

第三，疾病可以作为一种隐喻，帮助文学作品实现批判现实问题的功能。王晓路在论及疾病文化与文学表征的关系时提到，薄伽丘的《十日谈》充分体现了这一点。他认为，"薄伽丘不仅在许多故事中借瘟疫之事嘲讽教会的黑暗、罪恶（如第一天第二个故事），抨击僧侣的奸诈和伪善（如第六天第十个故事）等"①。此外，如果作家想在小说中批判某个人物，则会为这个人物设定一种疾病。比如在毛姆的一些殖民地小说中，殖民官员总是疾病缠身。这不仅代表着殖民官员人格的欠缺或者道德的败坏，也是毛姆对殖民官员腐败、自以为是与龌龊不堪的讽刺，以及对殖民制度的否定与批判。

第四，疾病拓宽了文学作品的主题与相关理论，比如由疾病与身体的关系拓展而来的身体哲学、身体美学。患病时，人们常常因为身体感到有失尊严，其主要来自三个方面：一是当人们患病就医时，常常迫于形势需要袒露自己的隐私，包括患病原因、

① 王晓路：《疾病文化与文学表征——以欧洲中世纪鼠疫为例》，载《四川大学学报》（哲学社会科学版）2020年第3期，第30页。

身体情况甚至在医生面前袒露身体并接受医生的触碰、检查等；二是疾病本身会使人失去尊严，如患者因患病与普通人在身体上有所差别而遭受社会异样、鄙视，甚至排斥的眼光；三是部分患者会担心，自己的身体因病痛折磨造成破坏和损害，从而不能有尊严地、体面地死去。可见，疾病与身体之间的关系直接触动了人的心理情感与意识。这一点也影响了文学作品的创作与批判。如孙红卫从疾病与身体的关系入手，分析了爱尔兰诗人保罗·马尔登（Paul Muldoon，1951—）的作品，认为在英国文学中，爱尔兰常常被视为英国肌体上的一个患病部位。对此，保罗·马尔登的作品则是一种治疗方案，对这种文学肌体进行临床式治疗。[①]"就被殖民、被侵略的弱势民族角度而言，爱尔兰的作家内化了关于病弱的修辞，又对此进行了辩证的逆转，把它当作激励疗治的方略。"[②] 由此可见，医生通过医学救死扶伤治愈人的身体，而作家通过文学治愈人的精神。疾病与身体的关系不仅在现实生活中影响着人，而且当其成为文学的主题或相关理论时，则对人，乃至对社会、国家都产生一定的影响。

第五，疾病使文学对人具有生命意义层面的导向作用。面对疾病，人们常常感到恐惧、绝望，这使他们无法积极地处理生命与疾病之间的关系。那么人们该如何看待疾病与生命、尊严之间的关系呢？其实，正如现象心理学家 J. H. 伯格（J. H. Berg，1914—2012）认为，健康的人对人生的误解最深，对人生意义的认识最浅。[③] 疾病与死亡可以教会我们生命存在的意义，它们意

---

① 孙红卫:《身体、"诗体"与"身体政治"——论爱尔兰诗人保罗·马尔登的疾病书写》，载《国外文学》2021 年第 1 期，第 143 页。
② 同上。
③ Berg J. H. *The Psychology of the Sickbed*. Pittsburgh：Duquesne University Press，1966，pp. 23-50.

味着新的起点、新的开始，焕发出新的生命，使人回归生命的本真，认真过好每一天。疾病是人的一次蜕变，每一次蜕变都是一次更新与成长。同样，疾病与死亡也可以使人们重新思考尊严、死亡和生命的意义。疾病可以让人们停下匆忙的脚步，反思过往并重新定位我们的价值标准。而文学可以充当从疾病向新生转换的媒介。郭剑卿、陈曦认为毕淑敏文学中的医学性叙事很好地体现了这一点。他们认为，毕淑敏作品中的疾病书写并不关注疾病的隐喻文化，而关注生命层面的疾病、治疗本身以及生存哲理和生命美学。毕淑敏在文学中强调人们应当正确面对生老病死，拥有强大的生命伦理力量，以此来捍卫生命与死亡的尊严。[①] 由此可以认为，对于因患病而感到失去尊严的人，文学可以使其获得新的力量、正视疾病与死亡，并将其对生命的情感与意识在疾病面前置于一个新的角度。

总的来说，疾病与文学的关系是相互影响的。疾病作为人们日常生活中痛苦的来源之一，能够激发文学的创作、丰富文学的主题、推动故事情节的发展，并帮助文学作品发挥更多功能。从另一方面来看，文学领域想象疾病、书写疾病的历史，从某种程度上记载了不同历史时期人们对疾病不同的态度，更反映了人类社会的演变与发展。

三、殖民小说与疾病书写

康拉德和毛姆的殖民小说中有不少疾病书写，这很好地体现了疾病、殖民与文学三者之间的联系。本小节主要以两人的人生经历、文学观念和其殖民小说为依托，讨论两人的文学作品如何

---

① 郭剑卿、陈曦：《文学的另一种“现代启蒙”：毕淑敏写作意义略论》，载《海南师范大学学报（社会科学版）》2011年第24期第6卷，第88—91页。

通过疾病书写反映了 19 世纪末 20 世纪初的英国，以及如何表达了他们对殖民主义多方面的看法。

康拉德和毛姆都不是出生于英国的作家，但他们后来均加入了英国国籍，且在成长过程及文学创作中都受到了英国的影响。在 19 世纪末 20 世纪初，他们游历了不少英国殖民地和英国殖民统治地区，深谙英国的殖民制度的运作和本质。因此，他们的殖民地小说既能严厉批判英国的殖民主义，又能反映 19 世纪末 20 世纪初英国的部分情况。

康拉德与英国文化有着一定的渊源。康拉德于 19 世纪中叶在波兰出生，而当时的波兰正遭受欧洲列强瓜分。国家动荡不安，使得康拉德开始到其他国家寻求避风港。21 岁时，康拉德第一次到英国，便被其先进的生产力和发达的文明吸引了。1886 年，康拉德加入了英国国籍，且后来决定用英语写作，尽管当时他只知道几个英语单词。受英国文化的影响，康拉德逐渐形成了自己的政治观点。[1] 同时，英国式的保守也影响了康拉德的思维方式。康拉德推崇英国式的保守、务实和渐进主义。在他眼中，英国是一个强调秩序、效率的国家。[2] 此外，康拉德在英国商船上工作了近 20 年，这段经历也成为他和英国文化之间的一种联系。1878 年 10 月，身处伦敦的康拉德申请到了在英国商船上工作的机会。[3] 英国商船水手队的精神深深影响了他。水手们常年生活在大海的惊涛骇浪之中，他们深知唯有坚毅的品质、过人的航海技术和超人的力量才能赢得与大海的博弈。而正是这种精神

---

① （英）约瑟夫·康拉德：《康拉德小说选》，袁家骅、赵启光，译，上海：上海译文出版社，1965 年，第 3 页。
② Cedric Watts. *A Preface to Conrad*. New York，Longman Group Limited，1982，p. 59.
③ 赖干坚：《康拉德评传》，北京：文化艺术出版社，2021 年，第 15 页。

奠定了康拉德小说创作的底色。①

康拉德的殖民小说主要以英国在亚非地区的殖民地为背景。亚非地区原始的自然风景和文化对康拉德来说有无穷的魅力。在这类小说中，康拉德不仅清晰表现了他对殖民主义的批判，还表达了原始与文明的冲突。这种冲突从一定意义上来说就是西方帝国与亚非地区的矛盾，这意味着康拉德很早就意识到了东西两大文明的交锋以及殖民主义的本质。此外，康拉德也认为，亚非地区的精神文明自带古老庄严的力量，可以洗涤西方文明的污浊。② 然而，身为西方人，康拉德难以打破西方世界对亚非地区的刻板印象。他小说中的亚非地区被塑造为落后、野蛮的形象。对亚非地区的矛盾看法也成为康拉德殖民文学创作的底色。而这种矛盾的看法在毛姆的作品中更加明显。

毛姆于 19 世纪下半叶在法国出生，10 岁时父母双亡，之后他被送到在英国做牧师的叔叔家生活。当时英国上下都在称赞维多利亚女王的伟大，毛姆深受那个时代的影响。11 岁时，毛姆在叔叔的安排下去坎特伯雷国王学校上学。这所学校是在中世纪以天主教的传统开办的，具有浓厚的宗教氛围。③ 19 世纪，该学校时常称赞维多利亚女王的成功，向学生灌输当时流行的价值观念。④ 毛姆刚到英国时，英国还靠烧煤取暖，点煤气灯照明；自行车刚刚问世，双轮马车也刚在上流社会普及。⑤ 随着时间流逝，毛姆逐渐长大，越来越熟悉英国的文化。这些经历后来都成为他文学创作的底色。

---

① 胡强：《康拉德与英国》，载《解放军外国语学院学报》2004 年第 3 期，第 82 页。

② （英）约瑟夫·康拉德：《康拉德小说选》，前引书，第 6 页。

③ （美）特德·摩根：《人世的挑剔者 毛姆传》，梅影、舒云、晓静，译，长沙：湖南人民出版社，1986 年，第 15 页。

④ 同上，第 20 页。

⑤ 同上，第 12 页。

　　此外，1892 年至 1897 年期间，毛姆在伦敦学医并取得外科医师资格，这段经历也影响了他后来的文学创作①，如他在作品中经常采用疾病元素。学医期间，他虽然并不热爱医学，但是认真地学习每一门课程，包括解剖学、药剂学、妇产科。后来毛姆当过一段时间的医生，参与了数十次分娩手术。"每天他只能睡两个小时，但他几乎感觉不到累，他在见证生命的时刻十分专注。他第一次在院区以外工作时，亲眼目睹了可怕的现实，近距离地感受到噪音、恶臭和拥挤污秽的环境，许多穷人挣扎着活着，根本没有机会逃离。如果一家之主有工作，生活还可忍受；没工作的话，境况更为悲惨，如果这时候再有个孩子来到世上，就只剩下绝望了。"② 可见，毛姆的部分文学素养、观念都成型于 19 世纪的维多利亚时代。

　　20 世纪初，毛姆开始游历在亚洲和南太平洋地区的英国殖民地和英国殖民统治地区。这时期的旅行经历使他创作了不少以殖民为背景的小说。在这类小说中，可以看到毛姆心中比康拉德更矛盾的"原始—文明"观念。这可能与他经历了英国帝国事业的由盛转衰以及欧洲各国间不断的战争有关。一方面，西方的文明使他觉得殖民地和被殖民统治地区落后，不够发达；另一方面，西方社会的动荡不安使他觉得殖民地和被殖民统治地区简单而神圣。此外，他的殖民小说也有力地批判了 19 世纪以来欧洲的殖民主义。

　　无论是康拉德和毛姆对"原始—文明"的矛盾看法，还是他们对殖民主义的批判，都通过他们小说中的疾病书写得到了很好的表达。疾病作为一种被广泛使用的文学题材，自然也存在于殖

---

① （英）赛琳娜·黑斯廷斯：《毛姆传》，赵文伟，译，合肥：安徽文艺出版社，2015 年，第 40 页。

② 同上，第 44 页。

民小说中。实际上，在康拉德和毛姆的大部分殖民小说中，疾病书写都是必不可少的存在。通过疾病书写，两位作家更好地表达出对殖民主义的看法和态度。

康拉德的小说《进步的前哨》问世于维多利亚时代末期，且以非洲原始丛林为背景。当英国因自身的殖民扩张沾沾自喜时，小说的问世意味着康拉德早已看穿殖民主义的本质。小说通过疾病书写，如热病、发烧，不仅反映了 19 世纪英国社会对殖民扩张的态度、英国殖民体系的黑暗与残忍，并且将欧洲帝国主义的丑恶本质表现得淋漓尽致。此外，这些疾病书写不仅体现了康拉德对非洲原始自然的喜爱，而且体现了作为西方人，他无法避免地对非洲产生的刻板印象。

毛姆《面纱》的故事背景虽然以 20 世纪 20 年代英国殖民统治时期的中国香港和内陆为原型，但其故事灵感和情节构思均成型于 19 世纪。当时毛姆正在伦敦学医，闲暇时光便学习文学。这期间毛姆读到但丁《神曲》和《炼狱》中的一个情节，于是开始构思这个故事。① 此外，《面纱》的男主人公瓦尔特是毛姆以自己的哥哥为原型创作的。② 最重要的是，毛姆在小说中的描写反映了英国 19 世纪以来殖民扩张的运作方式，同时也沿袭了 19 世纪末以来康拉德等西方人对殖民的矛盾看法。

《面纱》中的疾病书写运用得十分自然。小说中最关键的疾病是霍乱，霍乱推动了故事发生地从中国香港转移到内陆，这个过程不仅推动了故事情节的发展，而且反映了 19 世纪以来英国的殖民扩张手段及殖民者的丑恶嘴脸。此外，通过霍乱与殖民地书写，毛姆心中比康拉德更矛盾的殖民形象得到进一步体现。然

---

① （英）威廉·萨默塞特·毛姆：《面纱》，阮景林，译，重庆：重庆出版社，2006年，第 3 页。

② （英）赛琳娜·黑斯廷斯：《毛姆传》，前引书，第 240 页。

而，与康拉德《进步的前哨》不同的是，毛姆的殖民和疾病书写还体现出他作为西方人惯有的"东方主义"下"文明使命"的思维。比如，《面纱》中以中国内陆为原型虚构的湄潭府发生霍乱，却需要不少的外国人去拯救，且这些外国人还付出了生命的代价。这种西方拯救东方的情节来源于西方典型的"东方主义"观念。

综上所述，疾病、殖民和文学三者互相影响。帝国殖民扩张使得旧世界与新世界的疾病互相传播，使双方的地方性疾病全球化。这给两个世界的社会各方面都带来了很大的影响，比如医疗方式、食物、植物知识等。文学也是其中一个方面。疾病在文学中是一个重要的题材，作家往往借此抨击某种现象、表达某种情感或者推动情节的发展。康拉德和毛姆虽然不是出生于英国的作家，但他们的文学观念、创作风格均受 19 世纪英国文化的影响。他们的殖民小说不仅体现了他们对欧洲殖民主义的批判，而且反映了英国 19 世纪以来的殖民主义运行模式，以及世纪之交西方人对殖民地和殖民统治地区的看法。本章接下来的两个小节，分别以上文提到的康拉德和毛姆的两部殖民小说为研究对象，分析其中疾病书写的功能和作用。

第二节　康拉德小说《进步的前哨》中的疾病与殖民地书写

康拉德是出生在波兰的英国作家，曾被称为英国现代八大作家之一。他的作品以印象主义和悲剧性著称，并为维多利亚小说与现代派小说形成了一个过渡。康拉德于 1857 年 12 月 3 日出生在波兰南部处于沙俄统治下的别尔吉切夫，国家动荡导致康拉德的童年生活十分不幸。1862 年，由于康拉德的父亲参加波兰民族解放运动被流放到俄罗斯，康拉德一家不得不搬迁到俄罗斯。三年后，康拉德的母亲去世。1870 年，康拉德和父亲迁往克拉科夫，不久，父亲去世了。1878 年 6 月，康拉德第一次去英国，被英国的先进生产力和资产阶级民主震撼。为了留在英国，他找了一份在商船上当水手的工作，由此开始了他 20 多年的海上经历。1886 年，康拉德取得了英国国籍。在航行多地之后，1890 年，他开始用英语结合自己的所见所闻进行写作。

根据故事背景，康拉德的小说可分为三类：一是以海洋为背景的著作，如《"水仙号"的黑水手》（*The Niggar of the "Narcissus"*，1897）；二是以亚非拉地区为背景的著作，如《黑暗的心》（*The Heart of Darkness*，1902）；三是以欧洲为背景的著作，如《罗曼亲王》（*Prince Roman*，1911）。[①] 对康拉德作品的研究，国内学界汇集了各种声音。有学者分析他的第一类小说，如高灵英对其海洋小说进行了圣经阐释。高灵英认为，康拉德海洋小说中的人物、情节与《圣经》中摩西带领以色列人出埃及相似，而这种相似性代表了康拉德的亡国之恨和复兴波兰的美好愿望。[②] 殷企平则从文化批评领域的社会/国家秩序角度，指出康拉德的海洋小说的文化语境体现了他对文明/秩序的向往。[③] 最受国内学界关注的是其第二类小说，也就是以亚非地区为背景的殖民地小说。如李秋宇从饮食书写的角度出发，认为康拉德殖民地小说中的饮食书写不仅体现了不同国家、种族间的文化差

---

① （英）约瑟夫·康拉德：《康拉德小说选》，前引书，第 11 页。

② 高灵英：《康拉德海洋小说的圣经阐释》，载《外语研究》2005 年第 5 期，第 63－66 页。

③ 殷企平：《文化即秩序：康拉德海洋故事的寓意》，载《外国文学》2017 年第 4 期，第 104－111 页。

异，也是其构建心目中理想英国公民英国性的方法。① 校潇则从康拉德小说中对殖民地的描述出发，认为康拉德十分矛盾地为殖民者和被殖民者刻画了鲜活的形象，而这种矛盾性正是康拉德对殖民主义的解构和批判。②

国外学界也多聚焦于康拉德的第二类小说，其中最受关注的是以非洲殖民地为背景的小说。以非洲刚果为背景的《黑暗的心》是这类小说中最受关注的一部。亨特·霍金斯（Hunt Hawkins）认为在《黑暗的心》中，康拉德用"效率"和"文明使命"这两个标准来批判利奥波德二世资本主义对非洲原住民的强制性劳动以及对地球资源无节制的开发，并认为康拉德的其他殖民地小说对所有类型的帝国主义都进行了批判。③查理·韦斯利（Charlie Wesley）认为，在《黑暗的心》中，当地人反抗殖民暴政的可能性和失去殖民"秩序"的威胁是欧洲帝国持续不断的焦虑来源，同时小说中对原住民起义反抗的潜在恐惧表明了帝国主义特有的对自身优越性可笑的幻想。④

康拉德的短篇小说《进步的前哨》也属于第二类，其以 19 世纪英国的殖民地非洲为背景。小说脉络清晰，在情节上具有悲剧性，被看作《黑暗的心》的注释。⑤ 故事围绕英国殖民者驻非洲刚果的一个贸易站展开。凯亦兹和卡利尔这两个白人被欧洲一

① 李秋宇：《康拉德殖民地小说中的饮食书写与英国性建构》，载《外语与外语教学》2022 年第 1 期，第 125－151 页。
② 校潇：《对康拉德作品矛盾性的再认识——以康拉德对殖民地的描述为基点》，载《山东社会科学》2021 年第 9 期，第 168-173 页。
③ Hunt Hawkins. "Conrad's Critique of Imperialism in Heart of Darkness". *PMLA*, vol. 94, No. 2, 1979, pp. 286-299.
④ Charlie Wesley. "Inscriptions of Resistance in Joseph Conrad's Heart of Darkness". *Journal of Modern Literature*, vol. 38, No. 3, 2015, pp. 20-37.
⑤ （英）约瑟夫·康拉德：《康拉德小说选》，前引书，第 23 页。

家叫作"伟大贸易公司"的董事派遣到非洲刚果腹地管理一个叫
"进步的前哨"的象牙贸易站。凯亦兹是站长，卡利尔是助手。
站内除了两个白人负责管理，还有一个名叫马可拉的黑人负责翻
译、会计等其他工作。这个贸易站实际上只是一块由欧洲殖民者
开辟出来的空地，空地上只有三个建筑物：一是一个干草盖顶、
泥土打墙的小仓库，二是马可拉一家人住的茅屋；三是一座供凯
亦兹和卡利尔居住的房子。凯亦兹和卡利尔深信贸易公司的宣
传，认为自己是为了全人类的进步而来。于是，最开始他们在这
个简易的贸易站上信心满满地规划未来。然而，随着时间的流
逝，凯亦兹和卡利尔逐渐认识到贸易站的殖民本质，两人心态崩
塌。在故事的结尾，卡利尔因食物短缺暴发歇斯底里症，并与凯
亦兹发生争执。在争执的过程中，凯亦兹失控开枪杀死了卡利
尔。面对同伴的尸体，凯亦兹精神彻底崩溃，在贸易公司的轮船
来接他返回欧洲之际上吊自杀了。

　　国内外学界皆对这部小说进行了批判研究。国内学者殷企平
对小说中的"进步"话语提出质疑，认为所有殖民主义者都盲目
接受欧洲帝国的"进步"话语，盲目成为殖民者，受"进步"话
语毒害而付出代价。[①] 郑凌娟则从后殖民主义出发，认为小说中
马可拉的复杂身份及其形象的多面性与两个白人形成了对照，这
打破了后殖民主义中"我者"与"他者"、中心与边缘等二元对
立的思维。[②] 国外学者马尔塔·布莱克（Martha Black）认为，
小说结尾凯亦兹自杀后伸出舌头的惨状及其扭曲的身体是对殖民
主义的一种讽刺。同时，他认为凯亦兹选择在十字架上上吊自

---

① 殷企平：《〈进步前哨〉与"进步"话语》，载《外国文学》2006 年第 2 期，第
　　37—41 页。
② 郑凌娟：《发掘康拉德多元的文学空间——解读〈文明的前哨〉中玛口拉的人物
　　身份塑造》，载《解放军外国语学院学报》2014 年第 37 期，第 153—158 页。

杀，是对基督教伦理失败的嘲笑，因为基督教与殖民主义狼狈为奸。① 盖尔·弗雷泽（Gail Fraser）则认为，在小说中康拉德通过建立一个具有讽刺意味的平行、并列和隐喻的网络来探讨政治和道德问题，因此读者被一个无所不知的叙述者控制，以至于康拉德难以通过讽刺事件和人物，实现他心中理想的人类价值的想法。②

除了殖民地书写，《进步的前哨》中还有不少疾病书写。但是，通过梳理国内外相关研究发现，对该小说中的疾病书写的探讨和研究不多。小说中出现了热病、发烧、身体畸变、歇斯底里症等生理、精神疾病，并且这些疾病书写对小说中的人物塑造、情节发展以及康拉德对殖民体系的批判等都起着重要作用。因此，接下来，本节将探讨疾病书写在该殖民地小说中的作用。

一、疾病与人物塑造、情节发展

在小说《进步的前哨》中，在非洲刚果原始的自然环境背景下，疾病书写不仅推动了故事情节的发展，而且将人物形象塑造得更加立体。

小说的主要人物是凯亦兹和卡利尔。凯亦兹曾经在电报局从事行政工作，为了让女儿过上更好的生活，他决定到非洲工作半年赚得高昂的佣金。卡利尔曾是欧洲帝国骑兵部队的一名低级官员，也是为了不菲的佣金而来。两人刚到贸易站时，无论在精神上还是身体上都处于健康的状态。他们在贸易站附近看到了一个坟墓，这个坟墓里埋的是贸易站的创始人，也就是凯亦兹的前

① Martha Fodaski Black. "Irony in Joseph Conrad's 'An Outpost of Progress'". *The Conradian*, vol. 10, No. 2, 1985, pp. 132-134.
② Gail Fraser. "Conrad's Irony: 'An Outpost of Progress' and 'The Secret Agent'". *The Conradian*, vol. 11, No. 2, 1986, pp. 155-169.

任。凯亦兹和卡利尔听说该创始人死于热病之后，开始讨论如何躲过疾病。卡利尔担忧地向凯亦兹确认创始人是否真的死于热病。凯亦兹安抚了他，并认为是这个创始人自己冒失，总在太阳下暴晒，才得了热病死去。随后，凯亦兹建议卡利尔不要晒太阳。可见，他们认为只要照顾好自己，就可以避免前任的可怕遭遇。这时他们的人物形象是乐观、积极的，两人的关系也是和睦友好的。

然而，凯亦兹和卡利尔此前在文明世界过着昏庸懒散的生活，两人都没有过人的智慧和独立的思想。面对非洲原始的自然环境，他们想不出合适的生存方法。伟大贸易公司半年后才会派人过来，这期间公司也不会再向他们供应粮食。刚开始，贸易站附近的土著部落出于和凯亦兹前任的友好关系，常常给两人送来食物。这期间，两人中有一人生病，另一人会无微不至地照顾对方直至痊愈。从这里可以看出，两人的身体和精神都处于稳定的状态，且两人对疾病很谨慎。这时候，两人的形象是正面的，彼此之间的关系也很亲近。虽然两人对疾病十分小心谨慎，但疾病仍然悄悄找上他们。他们身体变得虚弱，脸色也大不如前。卡利尔眼窝深陷，逐渐变得暴躁；凯亦兹则面部松弛，肚子越来越大，导致整个身型越发奇怪。因为两人一直在一起，竟没发现彼此身体的变化。可以说，通过疾病书写，康拉德成功刻画了两个白人被动、愚蠢的形象。

后来，因为马可拉贩卖同胞，附近的土著部落认为是白人的决定，便不再向凯亦兹和卡利尔提供食物，并且不允许两人踏足他们的区域。凯亦兹和卡利尔的食物供应断了，他们面临食物短缺的危险。在这种情况下，凯亦兹开始控制食物的用度。由于没有土著的帮助，也没有野外生存的技巧，两个人的健康状况更加糟糕。凯亦兹腿肿得十分厉害，几乎不能行走；卡利尔受到热病的摧残，精神萎靡，嗓子也哑了，脾气更加暴躁。过了一段省吃俭用的苦日子之后，卡利尔的精神崩溃了。一天，他精神不济，想要一颗糖来喝一杯像样的咖啡，遭到凯亦兹拒绝后歇斯底里症暴发。卡利尔开始对凯亦兹破口大骂，这让凯亦兹觉得"从来没有看见过这个人。他是谁啊？一点都不认识了。他能干出什么事情来？他怒火中烧，杀气腾腾，好像面临着一种做梦也没想到的、你死我活的危险"①。随即，两人打斗起来，凯亦兹失控用手枪射杀了卡利尔。听到枪声，马可拉赶来，凯亦兹则慌乱地对马可拉说卡利尔是发烧死的。在这里，康拉德刻画了两个白人自私、残暴的形象。

凯亦兹和卡利尔从积极乐观到精神崩溃、从和睦友好到互相厮杀，从这个过程可以看到，两人从乐观却愚蠢的文明人逐渐变为残暴又自私的野蛮人。可以说，两个白人动态、立体的人物形象被康拉德用疾病书写清晰地刻画了出来。

康拉德在小说中塑造了一个特别的人物——马可拉。马可拉是非洲人，他受雇于欧洲殖民者，协助白人管理贸易站。他干净、冷静、热爱秩序，但同时也冷漠、极端理性，是一个十分矛盾的存在。郑凌娟认为，康拉德给马可拉塑造了一个多元、立体的人物形象。② 马可拉虽没有任何生理疾病，但内心极度冷漠和残忍，几乎达到变态的程度。因此，可以认为他有严重的心理疾病。在小说中，从头到尾，马可拉都对白人的命运冷眼旁观。康拉德在故事的开头就提到，马可拉抱着一副"我早就知道"的样子，在贸易站刚刚建成的屋子里，冷漠地看着创始人死去。后来，贸易站的象牙生意不景气，这时候突然来了一群凶狠的非洲

---

① （英）约瑟夫·康拉德：《康拉德小说选》，前引书，第 21 页。

② 郑凌娟：《发掘康拉德多元的文学空间——解读〈文明的前哨〉中玛口拉的人物身份塑造》，前引文，第 154 页。

土著人，他们手上有大量的象牙。隔天傍晚，马可拉以犒劳为名，给贸易公司为凯亦兹配备的十个非洲帮手灌了不少的酒。夜里马可拉趁帮手们喝醉，将他们卖给了凶狠的非洲土著人以换取象牙。当凯亦兹和卡利尔得知真相后大骂马可拉是恶魔。但马可拉则十分冷漠地认为自己是在为贸易站和公司做最好的打算，并警告凯亦兹，如果他继续在烈日下情绪激动，则会发烧并患上热病。可见，马可拉身为非洲土著人，性格上却有着西方人追求利益时的极端冷漠和理性，这种极端凸显了马可拉心理的扭曲和变态。通过这种心理疾病，康拉德成功塑造了马可拉特殊又矛盾的形象。

除了马可拉，康拉德还通过疾病书写塑造了其他非洲人物。小说中，贸易公司为凯亦兹和卡利尔配备的十个帮手也是非洲土著人。然而，这些土著人和马可拉完全不同。这些帮手的家在非洲其他国家的部落，被迫跟贸易公司签订合同后，到贸易站做事。然而，帮手们在贸易站的劳动量相比原来在丛林大量减少，而且贸易公司并不考虑他们的需求，给他们提供的食物是他们从未吃过的大米。因此，他们原来魁梧的身体逐渐变形。尽管凯亦兹和卡利尔给他们悉心诊治，仍不能使其恢复原状。同时，由于贸易站的资本主义社会工作体系与他们原来的生存体系不同，帮手们不理解工作的本质，因此他们在贸易站不会积极、有效地工作，表现出精神萎靡的样子。帮手们的身体畸变以及他们因陌生的生存体系表现出来的精神萎靡证明了他们属于是一个有其自身文化的种族，且在自身文化中，非洲人是思想灵活、勤奋积极的。这打破了西方世界心中"呆滞""懒惰"的刻板非洲黑人形象。因此，可以说通过对土著帮手们身体疾病和精神状态的描写，康拉德在小说中塑造了立体的非洲黑人形象。

通过疾病书写，康拉德还成功塑造了一个从未出场的人物——贸易站创始人。这个创始人来非洲前是一个穷困潦倒的画家。为了能专注画画，他寻求引荐来到此地以挣取不菲的佣金。创始人与凯亦兹和卡利尔不同，他有一定的能力。他来到刚果之后，在马可拉的帮助下，建立了"进步的前哨"贸易站。然而，该创始人刚刚建好贸易站就患热病去世了。"热病广义上指的是一切外感热病和内伤发热。主要表现为高热，面红目赤，口渴引饮，心烦不安，便秘尿赤，舌红苔黄等。"① 小说中，非洲天气炎热，人长时间暴露在阳光下或情绪过于激动都容易发烧，发烧则容易引起热病，最后不治而亡。因此，结合小说内容可以推测出，创始人在辛勤建立贸易站时，可能由于长时间暴晒且过度劳累患上了热病。此外，这个创始人还是一个爱读书的人，他来刚果时带了一堆书籍，他死后书被留在了贸易站。可见，康拉德通过疾病，结合贸易站创始人生前死后的故事，塑造了一个敢于追求理想、有抱负、有思想、有能力的创始人。

康拉德不仅通过疾病书写塑造了人物形象，也通过疾病书写推动了情节的发展。小说中，凯亦兹和卡利尔一开始就有潜在的矛盾动机，而这个动机也是围绕疾病形成的。两人刚到贸易站就发现了创始人的坟墓，并且创始人的遭遇让他们心有余悸。这时候，虽然凯亦兹和卡利尔表面上以积极乐观的态度跟对方说谨慎小心些就不会生病，但他们两人心里都在设想疾病的到来，只是他们的设想都是基于对方的：凯亦兹设想有一天卡利尔病死，自己必须亲手埋掉他；而卡利尔觉得凯亦兹是个虚弱的胖子，有一天肯定会患病而死，不知道哪天自己就得亲手埋掉他。可以看出，两人都是自私的，是危险来临时无条件保全自己的利己主义者。这个矛盾动机为后来两人互相厮杀的情节埋下了线索。

---

① 刘仲岳：《论〈雾都孤儿〉中的热病与阶级压迫》，前引文，第 66 页。

　　凯亦兹和卡利尔两人还是生病了。他们没料到自己会生病，这在一定程度上导致他们的精神逐渐崩溃，尤其是卡利尔。卡利尔在小说最后患上了热病，因为创始人的遭遇，热病在他心中已是死神般的存在。因此，在小说最后，患了热病的卡利尔破罐破摔，决定喝一杯像样的咖啡，于是向凯亦兹索要所剩无几的糖。凯亦兹认为卡利尔的热病不及自己的身体肿胀严重，拒绝了卡利尔。这直接导致卡利尔精神崩溃，开始对凯亦兹破口大骂。凯亦兹的愤怒回击使卡利尔暴发了歇斯底里症，和凯亦兹厮杀起来。可见，两人生病不仅将他们的隐形矛盾暴露出来，还推动了情节发展。

　　非洲土著帮手们的身体疾病和马可拉的心理疾病也推动了故事情节的发展。前文提到，凯亦兹和卡利尔会为非洲土著帮手悉心医治他们的身体畸变。在这个过程中凯亦兹和卡利尔逐渐与帮手们建立了深厚的感情，两人甚至觉得这些帮手是像他们孩子般的存在。因此，当马可拉冷血地将帮手们卖掉之后，凯亦兹和卡利尔痛心疾首，不想再和马可拉合作。然而，这时两人才发现，离开马可拉他们根本无法管理贸易站。此外，马可拉的极端冷血，使附近帮助凯亦兹和卡利尔的土著部落误会了两人，因而开始排斥他们，并不再向其供应食物。没有土著部落供应食物，物资有限的凯亦兹和卡利尔只得尝试捕猎或是求助，却都失败了。在这个过程中，冷漠的马可拉一直未曾出现。这导致凯亦兹和卡利尔因食物短缺爆发矛盾。由此可见，帮手们的身体疾病和马可拉的心理疾病从一定程度上推动了故事情节的发展并直至高潮。

　　总而言之，疾病书写在小说《进步的前哨》中不仅使凯亦兹和卡利尔、马可拉等人物形象更加生动、立体及多样，也使故事情节发展更加自然、更有张力。

二、疾病的隐喻分析

在《进步的前哨》中，康拉德不仅通过疾病书写塑造了人物形象、推动了情节发展，而且赋予了这些疾病书写丰富的隐喻。正是通过这些疾病的隐喻，康拉德将自己对殖民主义的批判更好地表达出来。

小说中疾病书写最明显的隐喻是康拉德对欧洲殖民者的控诉。小说开头就介绍了贸易站创始人死于热病，这意味着非洲炎热又原始的环境不适合来自现代文明世界的一般人生存。然而在这种情况下，伟大贸易公司为了象牙贸易带来的暴利，仍然以其"进步"话语劝说凯亦兹和卡利尔前往。并且，公司董事从非洲贸易站返航回欧洲时，还嘲笑凯亦兹和卡利尔是一对活宝。此外，公司董事至少要半年后才会回来，这期间他们不会再向贸易站输送任何物资，而离这最近的其他贸易站在 300 英里开外。贸易公司的做法显然是为了利益而无视凯亦兹和卡利尔的生命。因此，热病意味着在非洲贸易站，死亡就如同疾病一样常见。由此可见，康拉德借热病这一疾病，控诉了欧洲殖民者一味追求利益而漠视他人生命的丑恶本质。

除了热病，康拉德还通过马可拉的心理疾病控诉了欧洲殖民者的丑恶本质。马可拉是欧洲殖民体系的产物。他追求利益的理性以及对生命的漠视，正是欧洲帝国的"进步"话语造成的。殷企平认为，《进步的前哨》发表时，英国正处于全国上下称赞"维多利亚女王的伟大"及她的"日不落帝国"时期，而这些称赞的核心正是掩盖了殖民主义真实面目的"进步"话语。[①] 可以说，在这种社会背景下，马可拉受到了"进步"话语的毒害。他

① 殷企平：《〈进步前哨〉与"进步"话语》，前引文，第39页。

不仅接受了西方文明和欧洲殖民的丑恶本质，而且还努力为欧洲殖民扩张效力。他讲究秩序，将贸易站的仓库管理得井井有条。他深谙资本主义社会的工作制度，积极高效地完成任务，就算没有白人在贸易站，他也仔细认真地看管着仓库。但同时，他也像欧洲殖民者一样，将利益放在首位。他身为非洲人，却像欧洲殖民者一样将自己的同胞如物品般贩卖出去，还认为自己为贸易公司做了最正确的选择。看着贸易站创始人在自己眼前死去，他内心没有任何波动，转头继续迎接下一任管理者。由此可见，马可拉的心理疾病是由欧洲殖民扩张的"进步"话语造成的。康拉德通过马可拉的心理疾病，有力地批判了当时支持殖民扩张、高喊"进步"话语的维多利亚社会及努力践行殖民扩张的各种殖民者。

对凯亦兹和卡利尔疾病的书写，是康拉德批判欧洲殖民主义"进步"话语最主要的方式。凯亦兹和卡利尔与疾病的联系，正是他们与"进步"话语联系的对照。最初，凯亦兹和卡利尔对疾病抱有乐观态度，他们认为疾病不会发生在自己身上。这代表着他们最初对"进步"话语的乐观态度。与19世纪大部分英国人一样，凯亦兹和卡利尔深信英国在非洲所开展的活动不仅为本国带来财富，而且也为非洲大陆带去了文明。小说中，他们刚到贸易站时，兴奋地畅想、规划着未来，幻想在他们的影响下，贸易站所在的这片土地未来会像英国一样发达，而他们则会名垂青史。然而，随着时间的流逝，他们开始生病，比如他们常常会发烧，但他们克服了。这意味着，这时候他们仍然相信"进步"话语，虽然在进步的过程中会遇到困难，但困难就像发烧一样，是可以被克服的。随后两人的身体越来越差，但两人竟毫无察觉。这意味着，两人逐渐被"进步"话语毒害，但他们还未意识到其本质。

马可拉贩卖同胞后，凯亦兹和卡利尔开始意识到"进步"话语的残酷本质。然而，这时凯亦兹的腿已经肿胀得无法行走，卡利尔则患了热病。这说明，他们已经深受"进步"话语的毒害。疾病缠身之时，他们想回英国，但贸易公司的轮船一直不出现。到这时他们才醒悟，意识到"进步"话语的本质。醒悟后的卡利尔将西方世界所谓的文明、秩序、进步统统抛之脑后，并为了一颗糖挑衅自己的上司。而这时的凯亦兹认为卡利尔病得不严重，可以等贸易公司董事带来新的物资。在慌乱中杀了卡利尔之后，凯亦兹才幡然醒悟看清现实，精神崩溃自杀了。这时，两人认识疾病和"进步"话语的两条故事线在他们生命的终点重合，即他们意识到"进步"话语的本质之时就是他们因病而死之际。

值得注意的是，发烧在小说中多次出现，其背后的隐喻也是康拉德对欧洲殖民主义的批判。一是如前文提到，凯亦兹和卡利尔刚来到贸易站不久，两人中有一个人发烧，另一个就会无微不至地照顾他直至痊愈；二是凯亦兹因马可拉贩卖他们的帮手生气时，马可拉警告他，情绪激动可能会引起发烧；三是凯亦兹杀死卡利尔之后，慌乱中找借口说卡利尔是发烧死的。从这三次发烧可以看出，康拉德通过对发烧的书写，将殖民主义对人的毒害及其丑恶本质可视化。通过梳理可见，每一次发烧，都是两人触碰了殖民主义的本质。第一次发烧的出现，是两人在贸易站待了两个月时。他们发现贸易公司从来没有为贸易站提供过充足的粮食，但因为周围的土著部落为他们提供了食物，所以这个问题被忽视了。第二次发烧的出现，是凯亦兹通过马可拉发现了贸易公司的本质——为了利益可以牺牲一切，包括人命。第三次发烧的出现，是凯亦兹发现整个殖民主义的本质。贸易公司只不过是殖民体系中的一环，而他和卡利尔则是殖民扩张中可忽略不计的"贡献者"。出此可见，康拉德通过疾病将"进步"话语及殖民体系对凯亦兹和卡利尔的残害可视化，清晰地揭示了殖民主义的本质，并有力地批判了欧洲列强的殖民活动。

　　此外，凯亦兹的死与他的生理疾病和精神崩塌相关，其背后的隐喻也是康拉德对殖民主义的批判。小说结尾处，凯亦兹杀死卡利尔的第二天，贸易公司轮船的汽笛声在清晨的迷雾中响起。凯亦兹已因认清殖民主义本质而精神崩塌，他听到汽笛声非但没有高兴，反而在创始人坟墓上高大的十字架上上吊自杀了。当贸易公司的董事下船穿过迷雾看到凯亦兹时，发现他双臂下垂，仿佛是立正在原地，发肿的舌头吐向董事。康拉德用短短几句话描写了这个场景，表现了他对欧洲帝国的双重批判。首先，如布莱克所说，凯亦兹选择在十字架上上吊自杀，是康拉德对欧洲基督教的讽刺。[1] 19 世纪，基督教传教士也是欧洲殖民扩张队伍中的重要存在。基督教为了开展传教活动，在殖民地建立教堂、学校、医疗机构等。此外，他们还积极研究殖民地文化，建构殖民知识。这实质上为欧洲的殖民扩张开辟了道路。因此，康拉德让凯亦兹在十字架上死去是在批判基督教在殖民地开展活动的丑恶本质。其次，康拉德描述凯亦兹的死亡姿势时用了"立正"二字，同时描述他死时发紫的脸歪在一边，发肿的舌头也吐了出来。这个死相不仅意味着凯亦兹对贸易公司的抗议，也表达了康拉德对贸易公司背后殖民本质的讽刺。

　　康拉德在小说中对十个非洲土著帮手的疾病书写，也蕴含着其批判欧洲殖民主义的隐喻。虽然康拉德同样只用了几句话描述帮手们的身体畸变，但其中也透露出他对欧洲帝国的多重批判。小说中，帮手们的身体畸变是多重原因导致的。首先，帮手们因为资本主义社会下的契约劳工制度被迫来到贸易站并长期生活在

---

[1]　Martha Fodaski Black. "Irony in Joseph Conrad's 'An Outpost of Progress'", Ibid., p. 132.

此地。19 世纪上半叶，欧洲各国纷纷立法废除奴隶制[①]，转而采用契约劳工制度解决劳动力匮乏问题。小说中，非洲土著帮手们和贸易公司签订了为期六个月的合同，但他们没有时间的概念，已在贸易站服务两年之久。而且，在贸易站工作，他们不得不抛弃原有的生活模式，吃不合胃口的食物，干无法理解的工作。他们甚至还受到西方人的误解，被认为懒散又愚蠢。同时，他们十分想念自己的部落家园，但由于惧怕被当地土著杀掉，忌惮贸易公司的势力，他们不敢逃跑，整日郁郁寡欢。其次，帮手们的身体畸变是由传入非洲原始大陆的资本主义社会的工作制度导致的。前文提到，帮手们在贸易站的工作与其原先要从事的劳作大不相同。贸易站单一、乏味的工作使他们原本适应原始环境的强健体魄逐渐松弛、变形，最终导致了畸变。最后，凯亦兹和卡利尔对帮手们身体畸变的治疗其实是帝国殖民的一种手段，即欧洲帝国通过先进的医疗手段使殖民地的人们在医疗方面对其形成依赖，从而更顺利地开展殖民活动。由此可见，康拉德通过对非洲土著帮手们的身体畸变的疾病书写，从以下三个方面批判了欧洲帝国：一是批判了资本主义社会制度下的契约劳工制度对劳动力的压榨和剥削，二是批判了资本主义社会工作制度对殖民地人民人性的磨灭，三是批判了欧洲列强对非洲无限制的掌控和殖民。

综上所述，康拉德给《进步的前哨》中的疾病书写赋予了一定的隐喻，并通过其表达了对欧洲殖民体系及一系列相关现象的批判态度。通过分析可以看出，大到殖民体系背后的资本主义社会制度，小到实践殖民扩张的个体殖民者，康拉德都在该小说有限的篇幅内进行了一针见血、精准有力的批判。

---

① 龚刃韧：《论跨大西洋奴隶贸易的废除及其原因》，载《人权研究》2021 第 4 期，第 25 页。

三、疾病与殖民地形象

同 19 世纪末的其他殖民地小说一样，身为西方人的康拉德也在其小说中表达了对非西方世界的多重、矛盾的印象。在《进步的前哨》中，康拉德通过疾病书写给非洲刚果塑造了三重殖民地形象：一是夺人性命的黑暗大陆，二是野蛮的落后之地，三是可以洗礼西方人的原始之地。这三重形象虽看似矛盾，但背后有特定的逻辑。

康拉德通过疾病书写，将非洲塑造成了一个夺人性命的黑暗大陆。首先，热病、发烧在小说中频繁出现。这不仅会使读者认为处于热带的非洲有着极其恶劣的自然环境，而且还会认为西方文明世界的人不可能在这种环境下完好无损。其次，小说中两任贸易站管理者的死亡是塑造黑暗大陆形象最有力的证据。贸易站的两任管理者共有三人，都因同样的动机来到贸易站，最后都死在了贸易站，并且一个比一个死状惨烈。康拉德安排这种结局，使读者在大体印象上就认为非洲是一个会夺人性命的地方，文明世界的人如果前去则会被其吞噬。最后，马可拉的心理疾病也透露出非洲这块土地并不适合西方文明的发展，一旦西方文明世界强行将非洲融入，就会产生像马可拉一样的可怕怪物，并会像凯亦兹和卡利尔一样遭到反噬。由此可见，小说中疾病及疾病引起的死亡将非洲塑造成了一个黑暗大陆的形象，正如康拉德在其作品《黑暗的心》中所塑造的非洲形象一样。普拉提克·查克拉巴提（Pratik Chakrabarti）认为，《黑暗的心》不仅强化了欧洲人的非洲是黑暗大陆的观念，并且将欧洲帝国主义描述成解放非洲人的历史。① 而这种形象，一部分来源于康拉德到非洲的航行经历，另一部分则是康拉德作为西方文明世界的人对非洲的一种不平等审视。

康拉德通过疾病书写，将非洲塑造成了一个野蛮的落后之地。首先，小说中，向凯亦兹和卡利尔提供食物的土著部落有一个酋长，名字叫作高必拉。高必拉年纪较大，在凯亦兹和卡利尔看来他就像一个慈爱的父亲。然而，高比拉这种正面的形象并没有维持多久，康拉德就给他塑造了一个落后愚昧的形象。高必拉与贸易站创始人建立了友好关系，而面对创始人的因病而亡，高比拉却无法理解。他认为可能是创始人在装死，或者从生病到死亡是创始人返回国家的方法。其次，非洲土著帮手的身体畸变也从侧面透露出非洲人的愚昧。如前文所述，帮手们被迫与贸易公司签订了六个月的劳工契约。然而，他们却因为没有时间概念而在贸易站工作了两年之久。这也在一定程度上导致了他们的身体畸变。此外，这些来自非洲遥远部落的帮手无法像马可拉一样根据环境调整自己，并在贸易站浑浑噩噩地过着重复的日子。最终，他们不仅落下了身体疾病，精神郁闷，还惨遭同胞贩卖。由此可以看出，虽然康拉德在小说中承认非洲土著人有其自身的部落文化、家族关系，但他还是通过疾病表现了对非洲土著文化的偏见和歧视。不仅如此，通过疾病书写，康拉德划分了非洲大陆不同区域土著人智商的优劣。通过康拉德对马可拉和贸易站帮手们的疾病书写可以看出，马可拉接受了西方文明则在生理上完好无损，而帮手们没有接受西方文明则身患疾病；康拉德还按照西方人眼中非洲土著的刻板印象，对他们的整体形象进行了固化，

---

① （英）普拉提克·查克拉巴提：《医疗与帝国：从全球史看现代医学的诞生》，前引书，第 16 页。

即非洲土著是一种"懒惰""愚蠢""呆滞"的存在。

矛盾的是，虽然小说中的疾病书写透露出康拉德对非洲殖民地的偏见和歧视，但又突出了他对非洲原始自然的向往。19 世纪，工业革命和城市化虽然给英国带来了财富，但同时也带来了许多问题，如人们信仰的崩塌。在这种情况下，西方人开始摈弃先前对非西方社会的歧视，转而开始欣赏其原始之美，康拉德也不例外。赵启光认为，康拉德在文明与原始中倾向于原始，不仅是他对殖民主义的反对，还有他对原始切实的尊敬。[①] 在《进步的前哨》中，康拉德通过几处与疾病相关的书写，表达了其对非洲原始的偏袒。首先，在小说中，作为白人的凯亦兹和卡利尔一出场健康状况就不如非洲土著人。凯亦兹是个虚弱的矮胖子；卡利尔是个大高个儿，但身体不太平衡，因为他有一个大大的脑袋和一个瘦弱的身体。然而，非洲土著人则完全相反。他们手足健美，皮肤有光泽，精气神十足，就连他们佩戴的贝壳都是雪白的，铜丝也在闪闪发光。其次，贸易站位于非洲原始丛林，而贸易站和原始丛林分别代表着文明世界和原始世界。身体强健的非洲土著帮手来到贸易站之后，身体状况逐渐恶化。相比之下，帮手们原先生活在原始丛林中时却拥有着健康的身体。贸易站附近的高必拉土著部落也是人人身手矫健，每天可以在原始丛林中捕获充足的食物。由此可见，通过梳理小说中与疾病相关的书写，可将康拉德对原始的尊敬和喜爱分为两方面：一是来自原始自然，自然中有无限的资源，土著们可以在大自然中获取充足的食物；二是来自原始环境下的土著人，他们身材健美，有着较强的野外生活本领，他们可以跟自然和谐相处，就算是要了白人命的炎热天气，也无法伤他们分毫。此外，从康拉德对原始的偏袒可

---

① （英）约瑟夫·康拉德：《康拉德小说选》，前引书，译本序第 22 页。

以看出，西方人逐渐形成了对非西方世界复杂矛盾的感情，这解构了长期以来西方人对非西方世界"文明—野蛮""先进—落后"等二元对立的看法。

康拉德在小说中塑造的三种非洲形象是他对西方世界看法的反映。一方面是康拉德对 19 世纪先进西方文明，尤其是英国文化的推崇，这使他塑造了第一、二种负面的非洲形象。另一方面是他经历了现代化和城市化带来的各种问题，他个人也曾遭受过民族压迫和官僚政治束缚，这使他想在非西方世界的原始之中寻求安慰，也使他塑造了第三种正面的非洲形象。因此，康拉德在文学创作初期并不希望"文明"沾染非西方世界的原始之地，这在《进步的前哨》中可以看出。通过分析小说中的疾病书写，可以清晰地看出康拉德强调原始与文明的分离。

小说中，贸易站在刚果丛林的建立是文明对原始的污染，因此贸易站频频发生悲剧。来到贸易站的人，无一有好下场。创始人死于热病；卡利尔患了热病，歇斯底里症暴发，被凯亦兹失控杀死；凯亦兹身体肿胀，精神崩溃自杀而死；文明和原始结合的产物马可拉心理扭曲，丧失人性；土著帮手们身体畸变，并惨遭同胞贩卖。在马可拉贩卖同胞之夜，高必拉部落前来贸易站送食物的几个土著和帮手们一起喝酒玩乐，不幸也遭到马可拉的贩卖。由此可见，康拉德认为白人应撤出非洲的原始之地，非洲土著也不应该接触西方文明。这样的话，双方都可以在自己的世界相安无事。

综上所述，通过疾病书写，康拉德在《进步的前哨》中塑造了三重矛盾的非洲殖民地形象。这三重形象背后是康拉德对自身所处的西方世界的看法的折射，而这种折射也反映了 19 世纪英国社会的一些问题。同时，这三种形象背后是康拉德对文明与原始的看法。康拉德偏袒原始，因为原始是他用来逃避压迫他的西方世界的寄托。因此，在该小说中，康拉德反对文明对原始的污染，倡导文明与原始的分离。

第三节 毛姆小说《面纱》中的疾病与殖民书写

毛姆是英国小说家、剧作家，其代表作有戏剧《拓荒者》（*The Explorer*，1899），长篇小说《人生的枷锁》（*Of Human Bondage*，1915）、《月亮和六便士》（*The Moon and Sixpence*，1919）和小说集《一片树叶的颤动》（*The Trembling of a Leaf*，1921）。毛姆一生中游历了不少欧洲帝国的殖民地和殖民统治地区，因此，他的很多作品都以殖民地和殖民统治地区作为背景。比如《月亮和六便士》和《一片树叶的颤动》都是以南太平洋诸岛为背景创作的，"那在英国文学中是前人很少涉足的领域。在这些取材于西方国家在南太平洋殖民地的小说里，毛姆生动地反映了那儿白人官员的颟顸、传教士的伪善、种植园主空虚的精神生活"[①]。

毛姆的文学作品中有不少疾病书写。他在创作过程中对疾病书写的青睐有两个原因。第一是因为他 18 岁时在圣托马斯医院有过学医的经历。1892 年 10 月 3 日，毛姆在叔叔婶婶的家庭医生埃瑟里奇的建议下去圣托马斯医院求学，经过几个星期的准备，他成为医学院的一名学生。尽管课程很无聊，但他认真学习，从不觉得解剖室的尸体恶心，并很快对手术刀的使用上手了。[②] 在这期间，他参与了几十次真实的接生过程，也见证了各

① （英）威廉·萨默赛特·毛姆：《一片树叶的颤动》，叶尊，译，杭州：浙江文艺出版社，2018 年，第 262 页。
② （英）赛琳娜·黑斯廷斯：《毛姆传》，前引书，第 31 页。

种疾病与疾病给贫困家庭造成的悲惨状况。第二是因为从小到大，他身边的亲人，包括他自己都患过严重的疾病，身边的亲人甚至因病离世。毛姆的父亲罗伯特·奥蒙德·毛姆（Robert Ormond Maugham，1823—1884）是一名律师，事业有成，39岁时娶了毛姆的母亲伊迪丝·玛丽·斯奈尔（Edith Mary Snell，1839—1882）。她比丈夫小 16 岁，1874 年在法国生下了毛姆。毛姆的童年时光十分幸福，三个哥哥都被送到英国去读书了，他一个人独享父母的爱，尤其是母亲，可以天天陪伴他。但在 19世纪的法国，结核病肆虐。毛姆的母亲伊迪丝也感染了结核病，随后死在了法国。这给毛姆的心理造成了巨大的冲击。除此之外，毛姆本人也患有口吃等造成他青春期阴影的疾病，后来也患过肺结核。这些经历使得毛姆在其作品中融合了不少疾病书写，且这些疾病书写为其作品增添了许多光彩，成为其作品成功的重要原因之一。

因此，要讨论殖民小说中的疾病书写，毛姆的作品具有一定的研究意义。毛姆的殖民小说《面纱》中的故事发生地有两个：一个是以 20 世纪 20 年代的中国香港为原型建构的"清廷"；另一个是以中国内陆为原型建构的"湄潭府"。这部小说结合了殖民书写与疾病书写：一方面，该小说对异域的描写广受国内学者关注；另一方面，该小说中，推动情节发展的重要元素之一便是疾病霍乱。因此，本节将以《面纱》为研究对象，分析其中的疾病书写。

毛姆在小说前言中说到，该小说受启发于但丁《神曲》中的诗句：锡耶纳养育了我，而马雷马却把我毁掉。这句诗的背景是马雷马因为怀疑妻子红杏出墙而杀妻的故事。可见，小说以婚外情为母题，围绕生活于伦敦名利场的富家小姐凯蒂和细菌学家瓦尔特展开。凯蒂拥有一副美丽的皮囊，然而金玉其外败絮其中，她有着空虚的灵魂。凯蒂的母亲只关注外貌和名利，因此她一出生就被母亲谋划着凭借她的美貌将她嫁给一位有钱有权的人，以此来改变家族的命运，这也造就了她虚荣的性格。然而，25岁的凯蒂还是没等到她最满意的结婚对象，错过了最佳结婚年龄，母亲觉得她可能永远嫁不出去，因此开始嫌弃她是个累赘。就在这时，相貌平平的妹妹却嫁到了一个有钱有权的家庭，这极大地刺激了凯蒂的自尊心。这时正巧细菌学家瓦尔特向她求婚。他们一起参加了很多舞会，算是略有了解。瓦尔特虽然颇有学问，但是性格孤僻、沉默寡言，因此凯蒂并不喜欢，但无奈之下还是嫁给了他。随后，她和瓦尔特一起移居中国香港，躲开了妹妹的婚礼和母亲的嫌弃。

来到香港后，他们的婚姻生活并不令凯特感到开心。一次偶然机会，凯蒂结识了殖民官员秘书查理·唐森，并与其暗生情愫，坠入婚外情而迷失了自我。奸情被瓦尔特发现之后，凯蒂遭到瓦尔特疯狂的报复——他让凯蒂与自己共赴暴发霍乱的湄潭府，想借此让凯蒂走向死亡。向查理求助但遭到冷落的凯蒂无奈之下只得与瓦尔特前往湄潭府。然而在湄潭府，凯蒂一点点揭开了自己精神上虚伪的面纱，直视自己的内心，并逐渐找到了人生的方向。

国内外都已经有学者从多个角度分析研究过这部长篇小说。国内多是从西方人眼中的东方形象、中国形象以及毛姆心中的中国女性形象、女性的觉醒等角度进行分析。王丽亚在《论毛姆〈彩色面纱〉中的中国想象》一文中认为，毛姆在叙事和描写中国时建构了两种中国形象：停滞落后的东方之地和宁静美好的田园乐土。这两种形象并非对立，而是随着故事的发展先后出现。同时，这两种形象不仅是西方对东方的重新利用和发现，也是对中国现代性的一种否定。① 另外，孙月香、于海在《论〈面纱〉中女主人公凯蒂的觉醒》一文中提出："婚姻已经给凯蒂戴上了沉重的枷锁，而瓦尔特的男性占有欲和支配欲也得到了充分的发挥，他将凯蒂带到湄潭府即避免了她与其他白人男性的接触。凯蒂的生活完全依赖男性，只能处在被动地位，她的生活陷入了严重的困境之中"。② 他们认为在生命中最为痛苦、困惑的时期，凯蒂并没有放弃自我，反而踏上了精神成长之路，产生了心灵上的顿悟，完成了自我的觉醒，成为自己命运的主宰。同时，他们也认为"毛姆受到斯诺宾莎的影响很大，斯诺宾莎曾说当人们追求感官享受、肉体快乐以及尘世里的种种事物时，从中所得到的并不是幸福，而只是自我毁灭。此刻的凯蒂正领悟到了这一点，战胜了本我欲求，摆脱了往日感性的迷茫，打开了通往理性与自由的大门，她的心灵得到了完善、获得了解脱"③。他们还认为，小说的结尾"凯蒂在女儿身上所孕育的希望并不是嫁入贵族，而是获得女性真正的独立、自由和尊严。凯蒂已经完成了自我在精神上的觉醒，成长为一个物质上和精神上的独立之人"④。除此之外也有不少硕士、博士学位论文从精神自由、情爱伦理以及电影对文学的改编等角度入手进行研究。比如华中师范大学刘祥萍的硕士学位论文《〈面纱〉中的圣经原型与基督教人性观》以圣经为参照，从人物与情节结构等方面发掘出作品中的圣经原型，并通过揭示这些原型的深刻内涵来探讨小说中所体现的基督教人

---

① 王丽亚：《论毛姆〈彩色面纱〉中的中国想象》，载《外国文学》2011 第 4 期，第 47—53 页。

② 孙月香、于海：《论〈面纱〉中女主人公凯蒂的觉醒》，载《电影文学》2010 年第 20 期，第 117 页。

③ 同上。

④ 同上。

性观。①

　　国外学者对小说的研究角度则有所不同。部分学者聚焦于该小说中的医学知识和医学背景。在《做一个忠诚的医生是什么感觉？〈面纱〉读书报告分析》（"What Is like to Be a Devoted Doctor? An Analysis of Book Reports on *The Painted Veil*"）一文中，作者试图通过《面纱》了解医科学生对敬业医生的配偶角色的看法。作者让53名医学生阅读毛姆的《面纱》并进行讨论。在他们的读书报告中，他们回答了以下问题：嫁给一位有奉献精神的医生是什么感觉？你认为病人意识到重视和尊重医生工作的重要性了吗？在这种传染性极强、致命的疾病暴发的情况下，你能展开一场英勇的战斗来控制它吗？在53名受访者中，有7名（13%）回答说，如果他们与一位有奉献精神的医生和科学家结婚，他们会幸福，34名（64%）认为不会幸福，剩下的12人（23%）无法确定；6名学生（11%）回答医生被患者重视和尊重，46名（87%）回答医生既不被重视也不被尊重，剩下的人（2%）无法确定；20名学生（38%）回答"会与传染病作斗争"，剩下的30名学生（57%）回答"不会"，剩下的3人（5%）无法决定自己的想法。作者得出的结论是《面纱》在医学生身上诱发了一种"平衡和谐的生命"的美德和"医生重责任、重职责、重名利的态度"，并认为《面纱》可能是医学人性化的很好的教材。② 另外，在《毛姆〈彩纱〉书评》（"Review of *The Painted Veil*, by W. S. Maugham"）一文中，克洛斯（P. Cross）

---

① 刘祥萍：《〈面纱〉中的圣经原型与基督教人性观》，硕士学位论文，武汉：华中师范大学，2019年，第1页。

② Kun Hwang, et al. "What Is like to Be a Devoted Doctor? An Analysis of Book Reports on *The Painted Veil*". *Korean Journal of Medical Education*，Vol. 28，No. 1, 2016, p. 103.

也提到医学知识在小说《面纱》中起到的作用，认为医学与疾病推动了剧情的发展。① 综合国内外研究现状，笔者发现鲜有人专门分析该小说中的疾病书写。然而，小说中，情节走向高潮正是由疾病书写推进的。因此，本节将结合国内外对《面纱》分析研究的角度，探析小说中的殖民性与疾病书写的相互关系，剖析疾病书写对小说情节发展及小说意义表达所发挥的作用。

一、疾病与觉醒

疾病书写在毛姆的小说《面纱》中随处可见，且围绕着女主人公凯蒂展开。首先，毛姆对凯蒂的人物设定为身体欠佳、体质虚弱。故事一开始，凯蒂与查理偷情时疑似被瓦尔特发现，她当场吓得双腿发软、双手发抖，"她斜倚在他身上，膝盖不停地颤抖。他担心她马上就会昏过去"②。凯蒂身体欠佳，而查理刚好相反。查理41岁，身体十分强健，灵活得像个小伙子，皮肤也因为经常户外运动而呈现出健康的棕色。并且，查理的性格外向、健谈，和每个人都相处得很好、很愉快，给凯蒂的生活带来了阳光。对于瓦尔特，凯蒂根本爱不起来。瓦尔特内向、腼腆、瘦弱，给不了同样瘦弱的凯蒂安全感，也不能给凯蒂的生活带来快乐，导致凯蒂在婚姻生活中郁郁寡欢。从故事发展的时间顺序来看，凯蒂在未和瓦尔特进入婚姻殿堂之前在身心上是健康的。虽然她虚荣、自私、轻浮，但她是天真烂漫的，每天过得简单而快乐，仅有的烦恼就是不想比妹妹落后。嫁给瓦尔特并跟随他来到香港后，凯蒂的健康状况开始走下坡路。香港的夏天十分酷热，与瓦尔特的婚姻也让她十分郁闷，另外瓦尔特无足轻重的职

---

① P Cross, "Review of *The Painted Veil*, by W. S. Maugham". *BMJ*：*British Medical Journal*，Vol. 335，No. 7610，p. 101.
② （英）威廉・萨默塞特・毛姆：《面纱》，前引书，第2页。

业地位使得他们在关系网中处于劣势，大部分人都不把他们夫妻放在眼里。这些因素使她的身心健康都受到了损害，医生建议她去气候更宜人的地方养身体。但是随意离开香港是不可能的，因此在这种情况下，凯蒂放任自己的灵魂堕落，与查理厮混到了一起，并且爱上了查理，天真地以为查理会为了她抛妻弃子。

瓦尔特发现凯蒂和查理的私情后，想要疯狂报复凯蒂。于是，他在十分清楚凯蒂身体健康欠佳的情况下仍逼迫凯蒂和他共赴霍乱流行的湄潭府。瓦尔特深知那不是女人应该去的地方，但愤怒已经燃烧了他的心智，他甚至想将凯蒂置于死地。同时，在这个过程中，瓦尔特也让凯蒂认识到了看似健康、友好的查理心里却是扭曲、自私的，是一个为了一己私欲牺牲他人的人，绝不可能为了凯蒂抛妻弃子，毁了自己的声誉。面对这两个现实的原因，凯蒂无奈答应了与瓦尔特一起前往湄潭府。他们从香港坐船到湄潭府，上了岸还要坐轿子走一段土路才能到达目的地。这一段路程让凯蒂精疲力尽，他们的朋友韦丁顿后来跟凯蒂说，那天看到她脸色苍白、虚弱无力的样子着实把他吓了一跳，心想这么虚弱的人来这里不就是送死吗？

比凯蒂的个人疾病更恐怖的是霍乱瘟疫。在前往湄潭府的路上，凯蒂一行人就已经逐渐意识到了霍乱的恐怖：

轿夫们突然兴奋地彼此议论起来，还一下子跳到房子旁边，紧贴到墙根儿底下。……四个农民抬着一口新棺材无声无息地从他们身边匆匆走过。那口棺材还没来得及上漆，新劈的木板在越来越浓的夜色之中白得发亮。凯蒂感到她的心脏猛烈地撞击着胸口。送葬的队伍过去了，轿夫们依然伫立不动，似乎难以下定决心继续赶路。然而身后传来一身吆喝，他们这才匆忙过来抬轿，但是一个个都沉默不语。①

疾病带来的影响令人恐惧，因此疾病才具有一定的隐喻。苏珊·桑塔格认为："在《伊利亚特》和《奥德赛》中，疾病是以上天的惩罚、魔鬼附体以及天灾的面目出现的。对古希腊人来说，疾病要么是无缘无故的，要么就是受了报应（或因个人的某个过失，或因群体的某桩罪过，或因祖先的某起犯罪）。随着赋予疾病（正如赋予其他任何事情）更多道德含义的基督教时代的来临，在疾病与'受难'之间渐渐形成了一种更紧密的关联。把疾病视为惩罚的观点衍生出疾病是一种特别适当而又公正的惩罚的观点。"② 可见，在此种文化背景下，疾病与瘟疫是一种惩罚手段。在《面纱》中，霍乱这种瘟疫也被瓦尔特用作一种惩罚手段。瓦尔特想报复凯蒂，他认为凯蒂愚蠢、自私、轻浮、肤浅并且不珍惜自己对她的爱。因此，他想让凯蒂感染霍乱而死，自己再与她同归于尽。即使凯蒂没有感染上霍乱，也会在担惊受怕、物资短缺中度过一段时日，这可以折磨她因无所事事、生活滋润而堕落的灵魂。

一开始，凯蒂确实每天饱受折磨。第一，她因为和查理分手而伤心落寞，埋怨查理居然是如此胆小懦弱之人，悔恨自己没能早点认清他的真面目；第二，她对瓦尔特的冷漠、疯狂感到害怕，并感叹他一眼看穿查理的本质；第三，最重要的是，面对可怕的瘟疫，她每天担惊受怕，害怕疾病和死亡不知道哪一天会找上门。湄潭府的"人们在以每天一百人的速度死去，一旦被感染上这种病，就别想有生还的希望。废弃庙宇里的佛像被搬到了大

①　（英）威廉·萨默塞特·毛姆：《面纱》，前引书，第 81 页。
②　（美）苏珊·桑塔格：《疾病的隐喻》，前引书，第 40 页。

街上，跟前摆满了供品，人们做了祭祀，然而丝毫没有效果。人还是成批地死去，几乎来不及埋葬尸体。有的宅子里全家人都死光了，连一个收拾后事的人也没剩"①。凯蒂想起这些来，"有时会吓得胸口发闷、四肢颤抖。虽说只要预防得好就不会有危险，但是说得容易，她已经快要被恐惧折磨得发疯了。她的脑子里装满了逃跑的想法。离开这儿，只要能离开这儿，哪怕不搭个伴儿就走也可以。什么也用不着带，只要把她自个儿带走，带到一个安全的地方"②。

与此同时，凯蒂又被身边的一切洗礼着。在这个霍乱肆虐的地方，人们的生命脆弱不堪，而自然的力量却出奇强大。到这里的第一天，凯蒂刚从伤心欲绝的梦中醒来，就被窗外虚幻、飘缈的风景洗礼了灵魂。"眼泪从凯蒂的脸上流了下来，她眺望着它，双手搂在胸前，嘴唇微微张开着，已然忘记了呼吸。她还从未有过如此神思飞扬的感受，她觉得她的身体此时只是一具空壳，而她的灵魂在荡涤之后纯净无瑕。这就是美。"可以看出，心理上的痛苦使凯蒂将注意力放到自然上，通过自然安抚自己的内心。这时，在香港发生的一切不愉快、对世俗的忧虑、对疾病的恐惧，都在这块东方土地上被一扫而空。

此外，小说中疾病成为瓦尔特和凯蒂互相抗议的工具，两人企图用伤害自己的方式来向对方表示不满。小说中提到，防止感染霍乱的必要方式是不喝生水，不吃未煮熟的菜，但凯蒂偶然间吃了一口沙拉。原本这只是无意识的举动，没想到让深爱她的瓦尔特脸色瞬间变得苍白并对凯蒂严肃警告。凯蒂看到瓦尔特的反应后立刻大口吃起沙拉来，一是为了报复瓦尔特，二也是为了克

---

① （英）威廉·萨默塞特·毛姆：《面纱》，前引书，第89页。
② 同上，第90页。

服自己心中对霍乱的恐惧和厌恶。瓦尔特不甘示弱，也大口吃起沙拉来。他们这种互相抗议的方式把韦丁顿吓了一大跳。可以看出，这时在凯蒂心中并不具备对生命的敬畏之心，因此她才能将对瓦尔特的不满置于生死之上。之后，凯蒂的心境才慢慢发生变化。

后来凯蒂虽然没到霍乱暴发的中心去，但霍乱引起的死亡仍在她身边出现并对她产生影响。比如她和韦丁顿出去散步时遇到因感染霍乱而死去的一具尸体，那具尸体又小又瘦，像是一个动物。这极大地冲击了凯蒂的内心，让她真切感受到霍乱的恐怖。同时，在这种环境下，韦丁顿对凯蒂说起了瓦尔特，使凯蒂开始改变对瓦尔特的看法：

> 我尊敬他。他既有头脑又有个性。我可以跟你说，这两者能够结合到一个人的身上很不寻常。……如果说谁能够单枪匹马扑灭这场恐怖的瘟疫，他就将是那个人。他每天医治病人，清理城市，竭尽全力把人们喝的水弄干净。他根本不在乎他去的地方、做的事儿是不是危险，一天之内有二十回跟死神打交道。[①]

这次散步过后，凯蒂逐渐产生了对生命的敬畏之心，意识到在生死面前其他的一切都是小事。当她和韦丁顿再一次见到那具因为感染霍乱而死的尸体时，她抽出挽着韦丁顿的手，独自站在它面前，这意味着她开始敢于面对疾病和死亡。

凯蒂的精神彻底觉醒是在见了修道院的修女之后。在韦丁顿的引领下，凯蒂去到霍乱暴发中心的一所修道院和对她期待已久

---

① （英）威廉·萨默塞特·毛姆：《面纱》，前引书，第100页。

的修女们见面。修女们之所以期待与凯蒂见面，是因为瓦尔特对平息霍乱做出了贡献。修道院院长带着凯蒂参观了修道院，这里收养被父母遗弃的孩子，每个孩子都十分瘦弱，有的孩子甚至患有脑瘫等疾病。院里有一个医疗室专门收纳感染霍乱的病人，里面常常传来痛苦、恐怖的哀号，因此院长坚决不让凯蒂去看那残忍的场面。院长还在凯蒂面前夸赞瓦尔特。当凯蒂听到这些赞美时，不仅意识到那个在她眼中沉默、无趣、呆板的丈夫在湄潭府的人们眼中是一个温柔、体贴、认真负责、十分喜爱孩子的英雄，而且对瓦尔特产生了自豪的情感。同时，她也为自己的这种感觉感到惊讶。她确实改变了，她逐渐意识到高贵的灵魂应该是什么样的。在这种意识下，她的精神觉醒了。

后来，受修女和瓦尔特的影响，她不想在瘟疫与生死面前坐以待毙，于是申请去修道院帮忙。这和她最开始得知要来湄潭府时对疾病的讨厌和排斥形成明显的对比，这种对疾病态度的转变再一次证明了凯蒂内心的觉醒。在修道院，凯蒂不满足于缝补衣物的琐碎事情，想申请照看感染霍乱的病人，但被院长拒绝了。她被派去照顾小孩子。在这个过程中，凯蒂接触到了一个脑瘫的孩子，这个孩子流着口水并发出咿咿呀呀含糊不清的声音。起初，凯蒂觉得她恶心，对她感到害怕甚至不愿意靠近她。后来，受到其他修女的影响，她克服了心中的恐惧并温柔地抚摸了那个孩子。可以看出，通过和孩子的接触，凯蒂进一步克服了心中的恐惧，打破了对他人疾病的歧视和偏见，产生了无私和大爱的意识。在修道院每天的忙碌中，在每天与死神打交道的过程中，凯蒂慢慢蜕变成了一个道德高尚的人，获得了大家的肯定与赞赏。

总而言之，疾病书写在这篇小说中扮演着重要的角色，成为故事发展的逻辑线之一。在英国时，凯蒂虽然身体健康、精神快乐，但是她三观扭曲、思想浅薄；在香港时，凯蒂身体日趋虚弱，同时她的道德开始衰败，灵魂也开始堕落；在湄潭府时，在与霍乱等疾病的抗争中，凯蒂身体逐渐强健，不仅躲过了霍乱的袭击平安返回香港，而且实现了灵魂的升华和精神的觉醒。

二、疾病与细菌学、传教士

在本章第一节探讨殖民与疾病的关系时，我们讨论了旧世界欧洲帝国在踏上新大陆时所面对的生存威胁——疾病。在殖民的过程中，新旧世界的疾病相互传播造成了流行疾病大规模暴发，这使帝国开始发展殖民医学。在这个过程中，外科医生、医院、传教士都在殖民地和殖民统治地区扮演着不同但重要的角色。由于殖民地和殖民统治地区军队的需要，外科医生被高薪聘请到殖民地和殖民统治地区，于是他们有机会接触到欧洲没有的植物，扩充了西方医学的药理知识。同时，他们将殖民地和殖民统治地区有用的药材与植物带回欧洲或者在殖民地和殖民统治地区发展种植园。随之，这些外科医生的名声、地位与财富都得到了极大的增长。此外，传教士来到殖民地和殖民统治地区开展传教工作，并意识到在殖民地和殖民统治地区传播科学知识，尤其是医疗知识有助于传教。"大卫·阿诺德在1988年断言：'医学是意识形态的一部分……帝国力量开始（在19世纪晚期）使用药物作为从新臣民中赢得支持的一种方式，以平衡殖民统治的强制性特征，并建立一种比单靠征服更广泛的帝国霸权。'"[1] 因此，可以看出，医学的传播或者说殖民医学的发展一开始就带有强烈的殖民色彩，并不是单纯的科学传播。

从毛姆在《面纱》中的描述中可以清晰地看到毛姆笔下传教

---

① 苏诗婉：《殖民、帝国与现代医学的兴起——评〈医疗与帝国：从全球史看现代医学的诞生〉》，载《医疗社会史研究》2020年第5期，第216页。

士与外国医生在平息霍乱中的重要作用。首先，瓦尔特之所以有机会申请去湄潭府，是因为湄潭府抵抗霍乱的传教士受到感染去世了。瓦尔特虽然不是医生，但他是一名细菌学家，在小说中是合适的人选。其次，在毛姆的书写中，湄潭府的霍乱救治以修道院为中心。修道院不仅接纳感染霍乱的病人，还收养被父母遗弃的婴幼儿。瓦尔特也经常在修道院医治、照顾病人，给大家带去了希望。实际上，瓦尔特和其传教士、修道院的修女们都是帝国殖民中的一分子。帝国开展殖民活动时，会在殖民地和殖民统治地区建立教育体系和医疗体系。外国医生与传教士到殖民地和殖民统治地区行医救人是帝国通过医疗达到殖民扩张的手段。最后，欧洲中心主义使得欧洲人本能地忽视、歧视其他民族的医学。虽然殖民使得西方医学更加多元，但大部分欧洲人还是不愿接受殖民地和被殖民统治地区的医疗体系。在《面纱》中，救治病人、平息霍乱的一直是西方的传教士和细菌学家。他们仿佛是救世主，当地的人们，甚至湄潭府的将军都对霍乱束手无策。而且，中国大夫、中医元素在小说中一直未出现。

此外，瓦尔特申请去湄潭府这一情节看似是为了推动情节发展，实际上也体现了帝国主义殖民体系中的一环。瓦尔特是细菌学家，对他来说湄潭府的霍乱暴发地是做细菌实验的最佳地点。这反映了19世纪以来，欧洲对细菌学，也就是病菌学的重视及病菌学的发展。19世纪80年代的欧洲，尤其是在德国和法国开始盛行病菌学说。1865年法国的巴斯德研究出加热食品或其他食用原料，从而消灭细菌或防止食品变坏的方法，被称为巴斯德灭菌法。另外，巴斯德通过对结合病菌的辨认与部分灭菌法的研究，研制出对抗细菌的疫苗。他在1881年成功制造出炭疽热疫苗，并在 1885 年培育出治疗狂犬病的疫苗。[①] 巴斯德的灭菌法和疫苗制造意味着细菌学逐渐引起西方社会的关注，也意味着科学开始凌驾于自然和疾病之上，并逐渐成为帝国医学的一部分。在《面纱》中，毛姆也借韦丁顿之口说出了疫苗的存在及其对传染性疾病的意义。在帝国主义所谓"文明开化"的使命下，帝国认为非西方世界的无知与堕落需要被拯救，而包含卫生和医学在内的科学在传播帝国文明中扮演了重要的角色，尤其是细菌学。[②] 可以看出，瓦尔特作为细菌学家前往湄潭府的举动充满了帝国主义色彩。

细菌学认为疾病的产生与环境无关，而是因为人体携带着各种各样的病菌。因此，病患必须接种疫苗或加以隔离。"这建立了病菌学说的普世性：世界上任何地方的任何疾病都可以找出致病的病菌，并可以用疫苗加以扑灭。这也容许更为侵入性的公共卫生措施，国家和医生可以将抗原注入公民或其他人的身体。"[③] 然而，还是有很大一部分西方人不相信细菌学说，他们仍会将热带的殖民地或者东方和肮脏、混乱等联系在一起。在小说中，凯蒂和查理私会的地方是一个古玩店，凯蒂对古玩店的第一印象就是肮脏，她为此对查理抱怨了好几次。这种书写一方面是毛姆对殖民体系、帝国殖民主义者的批判；另一方面，这体现了欧洲人"东方主义"式"文明—野蛮""先进—落后"等二元对立的刻板印象。

毛姆笔下的湄潭府脏乱不堪，对湄潭府脏乱的描写更加印证了毛姆的帝国主义视角，以及他对中国的"东方主义"式刻板印

---

① （英）普拉提克·查克拉巴提：《医疗与帝国：从全球史看现代医学的诞生》，前引书，第 269 页。
② 同上，第 266 页。
③ 同上，第 270 页。

象和偏见。厄内斯特·哈特（Ernest Hart）认为，正是在这种偏见下，霍乱曾被认为是由肮脏的人带来的肮脏疾病。① 小说中将霍乱置于中国内陆，加深了西方人眼中东方"肮脏混乱""落后野蛮"的刻板印象。

此外，在新大陆进行殖民活动时，欧洲各国的传教士认为医疗是其融入当地社会的工具。因此，他们认真研究当地的医疗，开办医院和孤儿院，以基督耶稣的名义医治病人、收留孤儿，和当地的人密切接触获得好感，趁机传播基督教。这种举动也在某种程度上推动了欧洲帝国的殖民扩张。比如，19 世纪，欧洲列强在入侵热带地区时，传教士，特别是医疗传教士就发挥了重要的作用。传教士在非洲进行传教、建立植物园、建立西方医疗机构、协助探查非洲的自然资源，以西方医学取代传统疗法，为殖民主义铺路。② 传教本是要将非洲人从奴隶制度中解放出来，结果这种行为却导致传教士与帝国主义携手并进，入侵并占领了非洲大陆。

部分医疗传教士有时为了传播西方科学并更好地传教，会批判并反对当地的医疗文化，或对当地的医疗文化选择性忽视。伦敦会（London Missionary Society）的传教医师合信（Benjamin Hobson，1816—1873）是最早对中医提出严厉批评的专业医师，他们刻意弱化和污名化中医。合信的言论夸大了西医学的权威性，但对中医学却失去客观心态，对中医的优势选择性失明，他的言论阻碍了中医继续以正面形象或客观形态传至欧洲。他还试图使中国人失去对中医的文化自信。比如，他在中国开办医科学

---

① Ernest Hart. "Cholera: Where It Comes From And How It Is Propagated". *The British Medical Journal*, Vol. 2, No. 1696, 1893, p. 1.

② 苏诗婉：《殖民、帝国与现代医学的兴起——评〈医疗与帝国：从全球史看现代医学的诞生〉》，前引文，第 217 页。

校，传播西医知识，开展医疗慈善等活动，主要目的是解构中医，并传播西医及其背后的基督教文化，意欲主导中国科学和文化发展的进程。① 同样，如上文提到，在《面纱》中，毛姆刻画湄潭府的霍乱情况时，甚至提到了维持秩序的将军，也没有提到能行医治病的中医。无论从语言还是传统来说，中医都是治疗湄潭府霍乱感染者必不可少的角色。因此，小说中中医的缺失，实际上是毛姆在帝国视角下对亚洲国家医学文化的忽略与歧视。

综上所述，《面纱》中细菌学家瓦尔特和传教士的出现与帝国殖民扩张活动紧密相连。首先，小说中细菌学家瓦尔特以及传教士在对抗湄潭府霍乱中至高无上的地位，体现出毛姆思想中西方人对东方"东方主义"式的刻板印象。其次，细菌学说在欧洲国家的兴起，使其成为帝国殖民的一种手段，这证明了瓦尔特及传教士也是欧洲帝国主义殖民者之一。最后，在小说中，毛姆忽视了中医的存在和作用，这也体现了当时西方人对其他民族医学文化的否定。

三、疾病与中国形象

毛姆在《面纱》中书写疾病和描写故事情节时，也塑造了关于中国的相互矛盾的多重形象。这些形象虽然相互矛盾，但从某种程度上反映了毛姆对 19 世纪以来的西方社会，尤其是英国社会的看法。

首先，《面纱》将湄潭府刻画成一个具有巨大价值的地方。在历史上，传教士、殖民医生与殖民统治地区疾病、医疗的关系是从自然开始的。最开始，欧洲对亚洲及美洲自然中的植物感兴

---

① 郭强、李计筹：《近代来华医学传教士合信对中国医学体系的冲击》，载《广州中医药大学学报》2020 年第 37 期，第 1621 页。

趣。这是因为亚洲、美洲的植物具有极大的商业用途。17世纪伊始，欧洲的植物学家、探险家开始在殖民地和殖民统治地区对有价值的植物进行生物勘探。① 此后，欧洲帝国在其殖民地和殖民统治地区开拓种植园培育大量异国植物，以期能在植物贸易中获利。"重商主义的利益使得棉花、烟草、咖啡、胡椒、甘蔗等植物在马六甲、弗吉尼亚、印度、西印度群岛之间运送和移植，也带来殖民地植物园和种植园的扩张。到了18世纪末，欧洲国家在世界各地拥有大约1600座植物园。"② 慢慢地，欧洲自然学者、传教士、旅行者、外科医生也对亚洲及美洲植物和草药进行探索。因此，在向新世界殖民的过程中，欧洲人在新世界找到了许多有用的药材。实际上，欧洲对殖民地药用植物的研究最早始于对东方香料的兴趣，因为当时欧洲人认为香料具有一定的医疗作用。因此，当时亚洲殖民地的香料在欧洲十分流行，医生、投资商人和外科医生纷纷来到亚洲采集植物作为标本或是做研究。同样，在基督教中，自然是作为上帝所赠送的礼物而存在的，随着地理大发现的如火如荼、高潮迭起，传教士们也想探索自然世界和自然法则。身为作家，毛姆同样对亚洲的自然充满了兴趣。在《面纱》中，湄潭府的自然环境具有抚慰心灵的价值。这种对自然的关注、将自然神圣化是欧洲人对东方土地的一种审视，也是毛姆对东方的一种帝国主义凝视。

其次，大部分殖民小说都将非西方世界刻画成一个黑暗大陆，并将欧洲殖民扩张描述成一部启蒙、开化黑暗大陆的历史，《面纱》也是如此。如前文所述，毛姆对清廷与湄潭府的肮脏环

① Londa Schiebinger. *Plants and Empire: Colonial Bioprospecting in the Atlantic World*，Harvard University Press，2004，p. 79.
② （英）普拉提克·查克拉巴提：《医疗与帝国：从全球史看现代医学的诞生》，前引书，第64页。

境的描写、对中医的忽视等，印证了其心中对中国的"东方主义"式刻板印象。小说中的东方，在每一个方面都落后于西方，并且需要西方的救赎，而这种救赎是需要西方做出一定的牺牲才能换来的。此外，小说中的香港位于热带，天气十分炎热，从英国来的人无法忍受这种恶劣的天气，因此觉得这里不适合人生存。相比香港，小说中的湄潭府，气候舒适，却是霍乱这种令人恐惧的疾病所钟爱的温床。这里的人对霍乱束手无策，任凭瘟疫在他们的领土上肆虐，夺走许多生命。毛姆的这种描述将中国塑造成一个恐怖的大陆：来到这里的白人，要么因炎热的天气而身体抱恙，要么因疾病丧失生命。正如康拉德在小说《黑暗之心》中所表现的一样，虽然表面上是在批判殖民体系，然而在无形之中将亚洲、非洲等殖民地塑造成了黑暗、恐怖的大陆。比如，《黑暗之心》中去非洲的白人都会被非洲的原始自然吞噬，要么失去生命，要么失去精神。这无疑加深了西方人对非西方世界的误解。同样，在《面纱》中，虽然凯蒂的精神得到了拯救，但是瓦尔特却在这里失去了生命，这也从侧面诱导读者产生这样一种误解——在东方土地上存在着巨大的生命威胁。

再次，毛姆把中国描述成了一个具有强大力量的原始之地。这是 20 世纪英帝国衰落之际西方人对东方的普遍看法。西方人常常用这种原始之地来逃避西方世界因战争、社会转型带来的信仰危机等。比如在湄潭府居所中，凯蒂的房间有一面窗户，每次睡觉醒来她第一眼就可以看到窗外的风景。毛姆赋予了这片东方土地上特有的、原始的风景一种神秘的力量，这净化了凯蒂堕落的灵魂，使她面对这神秘而充满力量的自然时开始觉醒。可以看出，这种原始之地在毛姆心中可以拯救西方人堕落的心灵，并使他们在自然、疾病中悟出生命的真谛。

最后，毛姆将中国塑造成一个可解世间万难的文化古国。20

世纪初，西方连续不断的战争和现代化给人们带来了各种精神上的问题，如信仰危机，这使得西方人纷纷在东方寻求安慰。在这种情况下，东方成为西方人精神上的避世胜地。小说中，凯蒂在英国的肤浅生活代表着英国工业革命后人们对利益及娱乐的盲目追求以及对信仰、道德等的抛弃；凯蒂在"清廷"的堕落代表着英帝国的衰落，暗示了英帝国在其殖民统治地区的所作所为违背了伦理道德。通过在原始的湄潭府的经历，代表西方的凯蒂受到了精神上的洗礼。在其蜕变的过程中，毛姆觉得凯蒂代表英国人甚至西方人找到了他们所需要的东西。这个被需要的东西，是毛姆在中国文明中找到的，在小说中他借韦丁顿之口表达了自己的见解：

> 道也就是路，和行路的人。道是一条世间万物都行走于上的永恒的路。但它不是被万物创造出来的，因为道本身也是万物之一。道中充盈着万物，同时又虚无一物。万物由道而生，循着道成长，而后又回归于道。可以说它是方形但却没有棱角，是声音却不为耳朵能够听见，是张画像却看不见线条和色彩。道是一张巨大的网，网眼大如海洋，却恢恢不漏。它是万物寄居的避难之所。它不在任何地方，可是你一探窗口就能发现它的踪迹。不管它愿意与否，它赐予了万物行事的法则，然后任由它们自长自成。依照着道，卑下会变成英武，驼背也可以变为挺拔。失败可能带来成功，而成功则附藏着失败。但是谁能辨别两者何时交替？追求和性的人可能会平顺如孩童。中庸练达会使势强的人旗开得胜，使势弱的人回避安身。征服自己的人是最强的人。①

---

① （英）威廉·萨默塞特·毛姆：《面纱》，前引书，第184—185页。

　　暂且不论毛姆对道的理解正确与否，他引用了中国的道文化与中庸文化，这就足以证明他将视线转移到亚洲这片东方之地来抚慰迷茫不安、信仰缺失的西方人。他将中国刻画成了古老、神秘又充满智慧的国度。这种情况下，中国又吸引了西方人的注意力，在西方的刻板印象中被继续书写着。即使殖民时代过去了，中国乃至东方仍然被西方凝视。因此，从这个层面可以看出，一方面毛姆通过疾病突出中国自然环境的强大力量，即伟大的原始自然可以治愈一切；另一方面，毛姆对中国道文化的理解和书写，将中国塑造成一个可以缓解当时西方人精神压力、解决西方人迷茫的圣地。

　　因此，从《面纱》中可以看出，毛姆通过疾病书写给中国塑造了三重形象：一是具有丰富自然资源、暗含巨大商业利益的处女地，二是夺人性命的黑暗大陆，三是可以拯救西方堕落之人的神秘原始自然和文化底蕴深厚的古国。这相互矛盾的三种形象，是 20 世纪初西方人对东方的普遍看法，也是西方人对自身世界看法的一种反映。从中可以看出，西方人对自身"先进"的文化有着深深的认可，同时他们也在东方寻找可以解决现代世界西方人所遭遇的信仰危机、所面临的迷茫不安的良药。

参考文献

埃里蓬. 权力与反抗——米歇尔·福柯传 [M]. 谢强，马月，译. 北京：北京大学出版社，1997.

奥斯丁. 傲慢与偏见 [M]. 张玲，张扬，译. 北京：人民文学出版社，1993.

奥斯丁. 理智与情感 [M]. 武崇汉，译. 北京：人民文学出版社，2010.

奥斯丁. 曼斯菲尔德庄园 [M]. 孙致礼，译. 南京：译林出版社，2004.

比迪斯. 疾病改变历史 [M]. 陈仲丹，等译. 济南：山东画报出版社，2004.

波伏娃. 第二性 [M]. 陶铁柱，译. 北京：中国书籍出版社，1998.

波特. 疯狂简史 [M]. 张钰，徐鑫，赵科红，译. 长沙：湖南科学技术出版社，2014.

波特. 剑桥插图医学史 [M]. 张大庆，主译. 济南：山东画报出版社，2007.

波伊尔. 天堂之魔——毛姆传 [M]. 梁识梅，译. 北京：中国文联出版公司，1987.

勃朗特. 简·爱 [M]. 宋兆霖，译. 上海：上海文艺出版社，2007.

蔡熙. 21 世纪西方狄更斯研究综述［J］. 当代外国文学，2012
（2）：168－174.

蔡熙. 国外马克思主义狄更斯批评研究［J］. 湖南社会科学，
2012（3）：184－187.

曹山柯.《弗兰肯斯坦》：一个生态伦理的寓言［J］. 外语教学，
2010，31（5）：51－54.

查克拉巴提. 医疗与帝国：从全球史看现代医学的诞生［M］. 李
尚仁，译. 北京：社会科学文献出版社，2019.

崔曙平，王莉. 伦敦泰晤士河水环境治理的经验与启示［J］. 江
苏建设，2016（4）：68－73.

狄更斯. 大卫·科波菲尔（全 2 册）［M］. 庄绎传，译. 北京：人
民文学出版社，2000.

狄更斯. 董贝父子：全 2 册［M］. 薛鸿时，译，北京：人民文学
出版社，2012.

狄更斯. 荒凉山庄［M］. 黄邦杰，等译. 上海：上海译文出版
社，1979.

狄更斯. 小杜丽［M］. 金绍禹，译. 上海：上海译文出版
社，1993.

杜特. 英属印度经济史（下册）［M］. 陈洪进，译. 北京：生活·
读书·新知三联书店，1965.

杜宪兵. 霍乱时期英属印度的医学对话［J］. 齐鲁学刊，2015
（1）：64－69.

杜宪兵. 因信成疫：19 世纪的印度朝圣与霍乱流行［J］. 齐鲁学
刊，2013（1）：54－59.

范劲. 能否信任黑箱？——《弗兰肯斯坦》中的阅读共同体理想
［J］. 外国文学评论，2021（2）：47－70.

范丽娜，曾健坤，周榕. 简·奥斯汀的秩序观 ［M］. 北京：社会科学文献出版社，2019.

范蕊. 十九世纪欧洲浪漫主义诗歌与肺病的互动关联 ［J］. 安徽大学学报（哲学社会科学版），2015（4）：63—70.

福柯. 疯癫与文明 ［M］. 刘北成，杨远婴，译. 北京：生活·读书·新知三联书店，2007.

福柯. 规训与惩罚：监狱的诞生 ［M］. 刘北成，杨远婴，译. 北京：生活·读书·新知三联书店，1999.

福柯. 临床医学的诞生 ［M］. 刘北成，译. 南京：译林出版社，2011.

福柯. 知识考古学 ［M］. 2版. 谢强，马月，译. 北京：生活·读书·新知三联书店，2003.

福柯. 话语的秩序 ［C］//许宝强，袁伟. 语言与翻译的政治. 北京：中央编译出版社，2001.

傅克斯. 欧洲风化史：资产阶级时代 ［M］. 赵永穆，许宏治，译. 沈阳：辽宁教育出版社，2000.

郭家宏. 新济贫法体制下英国贫民医疗救助问题探析 ［J］. 史学月刊，2021（2）：101—110.

郭剑卿，陈曦. 文学的另一种"现代启蒙"：毕淑敏写作意义略论 ［J］. 海南师范大学学报（社会科学版），2011，24（6）：88—91.

郭强，李计筹. 近代来华医学传教士合信对中国医学体系的冲击 ［J］. 广州中医药大学学报，2020，37（8）：1621—1626.

海登. 天才、狂人与梅毒 ［M］. 李振昌，译. 南昌：江西人民出版社，2016.

韩桥生. 现代社会生存方式的嬗变：价值冲突与道德矫正 ［J］. 理论月刊，2018（6）：156—162.

何畅."情感主义"还是"反情感主义"？——从《傲慢与偏见》中的绅士形象谈起［J］.外国文学，2019（6）：34－43.

黑斯廷斯.毛姆传［M］.赵文伟，译.合肥：安徽文艺出版社，2015.

胡布勒，胡布勒.怪物：玛丽·雪莱与弗兰肯斯坦的诅咒［M］.邓金明，译.上海：上海人民出版社，2008.

胡耀辉.身体、权力—话语和历史：福柯的意识形态批判［J］.国外理论动态，2021（5）：82－91.

黄帝内经［M］.范文章，译注.成都：四川人民出版社，2018.

黄秀敏.《弗兰肯斯坦》中"双重自我"的隐喻与内涵［J］.学术界，2013，S1：55－57.

黄颖.天花病名演变探析［J］.浙江中医药大学学报，2016（6）：456－458.

霍尔.无声的语言［M］.何道宽，译.北京：北京大学出版社，2010.

基普尔.剑桥世界人类疾病史［M］.张大庆，主译.上海：上海科技教育出版社，2007.

蒋天平.社会建构论下《霍乱时期的爱情》对殖民医学的逆写［J］.国外文学，2020（4）：125－134，157.

卡特莱特，比迪斯.疾病改变历史［M］.陈仲丹，等译.济南：山东画报出版社，2004.

康拉德.康拉德小说选［M］.袁家骅，赵启光，译.上海：上海译文出版社，1965.

李靖，程伟.西方医学关照下的 19 世纪精神疾病诊治［J］.中国医药指南，2009（9）：172－176.

李庆.16—17 世纪梅毒良药土茯苓在海外的传播［J］.世界历史，2019（4）：136－151.

李庆忠，王荣光. 查理·狄更斯谈耳鼻咽喉科疾病［J］. 国外医学，2002（1）：65.

李智. 从权力话语到话语权力——兼对福柯话语理论的一种哲学批判［J］. 新视野，2017（2）：108－113.

梁治学，倪红梅，崔安平，等. "疾病"词源学探析［J］. 中医药文化，2010（5）：44－47.

刘金源. 1832年英国的霍乱流行及其特点［J］. 学术研究，2021（10）：129－139.

刘金源. 疫情之下的社会分裂——英国医学界关于1832年霍乱的病原学之争［J］. 史学集刊，2021（4）：54－69.

刘科，胡华伟. 鼠疫斗士伍连德科学防疫思想的现实借鉴［J］. 自然辩证法研究，2020（8）：87－92.

刘去非. 16—17世纪西葡殖民时期美洲天花大流行的特点及其影响［J］. 世界历史，2020（6）：55－69，153.

刘祥萍.《面纱》中的圣经原型与基督教人性观［D］. 武汉：华中师范大学，2019.

刘娅敏. 威廉·萨默塞特·毛姆东方故事的疾病叙事与后殖民性［J］. 沈阳农业大学学报（社会科学版），2019，21（2）：248－252.

刘仲岳. 论《雾都孤儿》中的热病与阶级压迫［J］. 北方文学，2019（35）：66－68.

陆建德. 新语境下，如何读狄更斯［N］. 人民日报，2012－04－10（20）.

陆伟芳，余志乔. 19世纪霍乱疫情与伦敦水基础设置的现代化［J］. 求是学刊，2021（4）：158－168.

栾青，韩秋红. 主体、权力和生产：福柯生命政治理论的三重维度［J］. 国外理论动态，2021（5）：74－81.

罗灿. 卫生改革、流行病和《荒凉山庄》［J］. 外国文学研究，2021（3）：123－134.

罗继才. 欧美心理学史［M］. 武汉：华中师范大学出版社，2002.

马伯英. 中国医学文化史［M］. 上海：上海人民出版社，2010.

马克思恩格斯全集［M］. 中共中央马克思恩格斯列宁斯大林著作编译局，译. 北京：人民出版社，1957.

马克思恩格斯文集［M］. 中共中央马克思恩格斯列宁斯大林著作编译局，译. 北京：人民出版社，2009.

马歇尔. 剑桥插图大英帝国史［M］. 樊新志，译. 北京：世界知识出版社，2004.

玛格纳. 医学史［M］. 2 版. 刘学礼，译. 上海：上海人民出版社，2009.

麦克尼尔. 瘟疫与人［M］. 余新忠，毕会成，译. 北京：中信出版集团，2018.

毛利霞. 19 世纪英国伤寒与公共卫生改革研究［J］. 历史教学（下半月刊），2020（8）：52－59.

毛利霞. 19 世纪英国围绕性病防治的争端［J］. 世界历史，2016（5）：17－28.

毛利霞. 从隔离病人到治理环境：19 世纪英国霍乱防治研究［M］. 北京：中国人民大学出版社，2018.

毛利霞. 从浪漫到现实——19 世纪英国人的结核病认知演变［J］. 学术研究，2018（6）：133－140.

毛姆. 面纱［M］. 阮景林，译. 重庆：重庆出版社，2006.

毛姆. 一片树叶的颤动［M］. 叶尊，译. 杭州：浙江文艺出版社，2018.

密尔. 论自由［M］. 许宝骙，译. 北京：商务印书馆，1959.

摩根. 牛津英国通史［M］. 王觉非，等译. 北京：商务印书馆，1993.

莫伟民. 福柯论"医院空间"的政治权力运作 ［J］. 学术月刊，
2019 (5)：15－23.

聂珍钊. 文学伦理学批评：基本理论与术语 ［J］. 外国文学研究，
2010 (1)：14.

庞境怡. 本土抑或舶来——十八世纪欧洲视野下的中国梅毒由来
说 ［J］. 自然辩证法通讯，2020 (6)：64－72.

钱乘旦，许洁明. 英国通史 ［M］. 上海：上海社会科学院出版社，
2012.

钱乘旦. 第一个工业化社会 ［M］. 成都：四川人民出版社，1988.

邱细平，朱祥. 狄更斯人道主义思想的演义与双重性 ［J］. 求索，
2011 (12)：222－223.

桑塔格. 疾病的隐喻 ［M］. 程巍，译. 上海：上海译文出版
社，2003.

申向洋. 从自愿到强制：19 世纪英属印度的天花疫苗接种 ［D］.
成都：四川大学，2020.

沈顺福. Humanism：人文主义还是人道主义 ［J］. 学术界，2018
(10)：121－132.

斯塔福德. 简·奥斯丁：短暂的一生 ［M］. 张学治，译. 南京：江
苏人民出版社，2019.

苏诗婉. 殖民、帝国与现代医学的兴起——评《医疗与帝国：从
全球史看现代医学的诞生》［J］. 医疗社会史研究，2020，5
(1)：210－218.

苏锦平. 何为简·奥斯丁的"两寸象牙"? ［J］. 读书，2021 (4)：
84－88.

孙红卫. 身体、"诗体"与"身体政治"——论爱尔兰诗人保
罗·马尔登的疾病书写 ［J］. 国外文学，2021 (1)：141－

152，160.

孙月香，于海. 论《面纱》中女主人公凯蒂的觉醒 [J]. 电影文学，2010 (20)：116－117.

陶然. 从话语分析到权力分析——论福柯《话语的秩序》 [J]. 青年文学家，2011 (10)：145－146.

王广坤. 十九世纪英国强制接种天花疫苗引发的争端 [J]. 历史研究，2013 (5)：151－163.

王丽亚. 论毛姆《彩色面纱》中的中国想象 [J]. 外国文学，2011 (4)：47－53，157－158.

王晓路. 疾病文化与文学表征——以欧洲中世纪鼠疫为例 [J]. 四川大学学报（哲学社会科学版），2020 (3)：27－36.

王彦军. 狄更斯小说中伦敦卫生的现代性 [J]. 河南理工大学学报（社会科学版），2021 (1)：37－41.

王予霞. 西方文学中的疾病与恐惧 [J]. 外国文学研究，2003 (6)：141－146.

王志彬，蓝丽娜. 梅毒防治的历史 [J]. 中国热带医学，2011 (6)：769－772.

王治河. 福柯 [M]. 长沙：湖南教育出版社，1999.

威廉斯. 关键词：文化与社会的词汇 [M]. 刘建基，译. 北京：生活·读书·新知三联书店，2005.

威廉斯. 文化与社会：1780—1950 [M]. 高晓玲，译. 长春：吉林出版集团有限责任公司，2011.

魏秀春. 1875—1914 年英国牛奶安全监管的历史考察 [J]. 历史教学（下半月刊），2010 (12)：27－32.

魏秀春. 19 世纪后期以来英国牛奶安全监管的历史困境与政策分析 [J]. 史学月刊，2013 (10)：117－125.

魏玉杰. 英国小说与疾病 [J]. 外国文学评论，1994 (2)：

135－136.

武静，范一亭. 哀悼与忧郁症——论《理智与情感》中的心理与权力 [J]. 外语学刊，2016（3）：152－157.

西尔伯纳. 狄更斯的另一面：公共卫生先锋 [J]. 英语世界，2020（6）：76－81.

西格里斯特. 疾病的文化史 [M]. 秦传安，译. 北京：中央编译出版社，2009.

希波克拉底. 希波克拉底文集 [M]. 赵洪钧，等译. 北京：中国中医药出版社，2007.

夏郁芹. 浅谈《简·爱》中的简·爱形象 [J]. 兰州大学学报（社会科学版），2000（S1）：128－130.

肖长国，刘志梅. 宋元以前肺痨文献考辨 [J]. 山东中医药大学学报，2012（4）：321－323.

肖特. 精神病学史：从收容院到百忧解 [M]. 韩健平，胡颖翀，李亚明，译. 上海：上海科技教育出版社，2017.

徐德亮. 中世纪晚期英国精神障碍者的生存状态研究 [D]. 西安：陕西师范大学，2017.

雪莱. 弗兰肯斯坦 [M]. 孙法理，译. 南京：译林出版社，2016.

严幸智. 现世情怀：狄更斯的宗教观 [J]. 广西社会科学，2004（2）：150－152.

杨纪平. 堂娜·哈拉维和玛丽·雪莱的对话——《弗兰肯斯坦》的赛博女性主义解读 [J]. 小说评论，2011（S1）：208－212.

杨萍，陈代杰，朱慧. 从妇产科外科消毒理论与实践到"细菌致病理论"的形成和预防医学的诞生 [J]. 中国抗生素杂志，2020，45（4）：374－393.

裔昭印，等. 西方妇女史 [M]. 北京：商务印书馆，2009.

尹小玲. 文学史叙述与权力控制 [J]. 三峡大学学报（人文社会

科学版），2006（1）：27－29.

余凤高. 智慧的痛苦：精神病文化史［M］. 长沙：湖南文艺出版社，2006.

曾亚英. 维多利亚时期英国城市的娼妓问题［J］. 妇女研究论丛，2005（3）：69－73.

张和龙. 狄更斯研究在中国（1904—2014）［J］. 上海大学学报（社会科学版），2015（3）：82－96.

张箭. 天花的起源、传布、危害与防治［J］. 科学技术与辩证法，2002（4）：54－57，74.

张群. "黑压压的恐怖感"：《呼啸山庄》中复仇者的形塑与爱情悲剧的书写［J］. 英美文学研究论丛，2017（2）：341－353.

张田生. 西方梅毒史研究综述［J］. 中国社会历史评论，2013（14）：416－422.

张一兵. 政治肉体控制：知识—权力存在的效应机制出场的灵魂——福柯《规训与惩戒》解读［J］. 山东社会科学，2015（3）：31－32.

张玉梅. 清代宁夏禁烟研究［J］. 北方民族大学学报，2020（6）：119－124.

赵秀荣. 17－19 世纪英国关于疯人院立法的探究［J］. 世界历史，2013（5）：74－82.

赵秀荣. 19 世纪英国私立疯人院繁荣原因初探［J］. 首都师范大学学报（社会科学版），2012（4）：36－41.

赵一凡，张中载，李德恩. 西方文论关键词［M］. 北京：外语教学与研究出版社，2006.

周宪. 福柯话语理论批判［J］. 文艺理论研究，2013（1）：121－129.

朱晓映. 爱恨情仇：对《呼啸山庄》的原型解读［J］. 学术交流，

2007（12）：178—181.

邹世奇. 论简·奥斯丁对杨绛创作的影响 [J]. 扬子江评论，2018（5）：109—112.

邹渝. 厘清伦理与道德的关系 [J]. 道德与文明，2004（5）：15—18.

ALTHOUSSER L. Ideology and Ideological Apparatuses [C]// RIVKIN J and MICHAEL R. Eds. Literary Theory：An Anthology. 2nd edition. Oxford：Blackwell Publishing Ltd.，2004.

ALTHOUSSER L. Lenin and Philosophy and Other Essays [M]. New York and London：Monthly Review Press，1971.

Annual Register for the Year 1774 [M]. London：J. Dodsley，1778.

ARNOLD D. Cholera and Colonialism in British India [J]. Past & Present，1986，113（1）：118—151.

ARNOLD D. Colonizing the Body：State Medicine and Epidemic Disease in Nineteenth-Century India [M]. Oakland：University of California Press，1993.

AUDREY E. "Furiously Mad"：Vagrancy Law and a Sub-Group of the Disorderly Poor [J]. Rural History，2013，24（1）：25—40.

BAN J，DYSON T. Smallpox in Nineteenth-Century India [J]. Population and Development Review，1999，25（4）：649—680.

BEGGS T. The Cholera：The Claims of the Poor upon the Rich [M]. London：Charles Gilpin，1850.

BENFORD C. "Listen to My Tale"：Multilevel Structure，

Narrative Sense Making, and the Inassimilable in Mary Shelley's "Frankenstein" [J]. Narrative, 2010, 18 (3): 324—346.

BERG J H. The Psychology of the Sickbed [M]. Pittsburgh: Duquesne University Press, 1966.

BOLTON F J, SCRATCHLEY P A. London Water Supply: Including a History and Description of the London Waterworks, Statistical Tables, and Maps [M]. London: William Clowes and Sons, 1888.

BRIMNES N. Variolation, Vaccination and Popular Resistance in Early Colonial South India [J]. Medical History, 2004, 48 (2): 199—228.

Peterson. Emily Brontë, *Wuthering Heights* [M]. London: St. Martin's Press, Inc. 1992.

BYNUM H. Spitting Blood: The History of Tuberculosis [M]. Oxford: Oxford University Press, 2012.

CLARK A E. "Frankenstein"; Or, The Modern Protagonist [J]. ELH, 2014, 81 (1): 245—268.

CLIVE U. Law and Lunacy in Psychiatry's "Golden Age" [J]. Oxford Journal of Legal Studies, 1993, 13 (4): 479—507.

DAVIES S. Emily Bronte: The Artist as a Free Woman [M]. Manchester: Carcanet Press Limited, 1983.

DICKENS C, CHARLES G H, DICKENS M. The Speeches of Charles Dickens: A Complete Edition [M]. London: Harvester Wheatsheaf, 1988.

EAGLETON T. Myths of Power: A Marxist Study of the Brontës [M]. Hampshire: Palgrave Macmillan, 2005.

EDWARD L. Case Study: Cholera [J]. Oceanography, 2006, 19 (2): 81-83.

EMMELUTH D. Typhoid Fever [M]. Philadelphia: Chelsea House Publishers, 2004.

ERNEST B G. Plague Writing in Early Modern England [M]. Chicago: University of Chicago Press, 2009.

ERNEST H. Cholera: Where It Comes from and How It Is Propagated [J]. The British Medical Journal, 1893, 2 (1696): 1-4.

FABIAN A. Card Sharps, Dream Books, and Bucket Shops: Gambling in 19th-Century America [M]. Ithaca: Cornell UP, 1990.

FERGUSON N. Empire: The Rise and Demise of the British World Order and the Lessons for Global Power [M]. New York: Basic Books, 2002.

FRANZEN C. Syphilis in Composers and Musicians-Mozart, Beethoven, Paganini, Schubert, Schumann, Smetana [J]. European Journal of Clinical Microbiology & Infectious Diseases, 2008, 27 (12): 1151-1157.

FRITH J. History of Tuberculosis. Part 1-Phthisis, Consumption and the White Plague [J]. Journal of Military and Veterans' Health, 2014, 22 (2): 29-35.

GORHAM D. The "Maiden Tribute of Modern Babylon" Re-Examined: Child Prostitution and the Idea of Childhood in Late-Victorian England [J]. Victorian Studies, 1978, 21 (3): 353-379.

GRISWOLD H T. Home Life of Great Authors [M]. Chicago:

A. C. McClurg and Company, 1889.

GUNN D P. Free Indirect Discourse and Narrative Authority in "Emma" [J]. Narrative, 2004, 12 (1): 35—54.

HALEY B. The Healthy Body and Victorian Culture [M]. Harvard, MA: Harvard University Press, 1978.

HARRISON M. Public Health in British India: Anglo-Indian Preventive Medicine, 1882-1914 [M]. Cambridge: Cambridge University Press, 2003.

HEYCK T W. The Peoples of the British Isles: A New History, from 1688 to 1870 [M]. Chicago: Lyceum, 2008.

HUTCHINS B L. HARRISON A. A History of Factory Legislation [M]. London: P. S. King & Son, 1911.

ITZKOWITZ D C. Fair Enterprise or Extravagant Speculation: Investment, Specllation, and Gambling in Victorian England [J]. Victorian Studies, 2002, 45 (1): 122.

JAMES S P. Smallpox and Vaccination in British India [M]. Calcutta: Thacker, Spink & Co., 1909.

JONES K. Lunacy, Law, and Conscience 1744-1845: The Social History of the Care of the Insane [M]. London: Rouledege, 1955.

KANTAK S V. Vaccination System of India [M]. Bombay: N. K. Rao & Co., 1895.

KOEHLER P J. Charcot, La Salpetriere, and Hysteria as Represented in European Literature [J]. Literature, Neurology, and Neuroscience: Neurological and Psychiatric Disorders, 2013 (206): 93—122.

KRASNY E. Hysteria Activism: Feminist Collectives for the

Twenty-First Century [C/G]. //Performing Hysteria: Images and Imaginations of Hysteria. Ed. Johanna Braun. Leuven: Leuven University Press, 2020: 125－146.

KUCICH J, SADOFF D F. Charles Dickens [C] // KASTAN D S. Ed. The Oxford Encyclopedia of British Literature: Volume 1. Oxford: Oxford University Press, 2006.

LAMBERT R J. A Victorian National Health Service: State Vaccination 1855-71 [J]. The Historical Journal, 1962, 5 (1): 1－18.

LANE J. A Social History of Medicine: Health, Healing and Disease in England, 1750-1950 [M]. London: Routledge, 2001.

LEIGH W. An Authentic Narrative of the Melancholy Occurrences at Bilston, in the County of Stafford: During the Awful Visitation in that Town by Cholera, in the Months of August and September 1932 [M]. Wolverhampton: William Parke, 1833.

MARGARET J. The Local Implementation of the Sale of Food and Drugs Act, 1875 [D]. London: The Open University, 2006.

MCGINTY G W. The Yellow Fever Epidemic of 1878 [J]. The Southwestern Social Science Quarterly, 1940, 21 (3): 227－233.

NUNN N, QIAN N. The Columbian Exchange: A History of Disease, Food, and Ideas [J]. The Journal of Economic Perspectives, 2010, 24 (2): 163－188.

PARKER D. Dickens and the Death of Mary Hogarth [J]. Dickens Quarterly, 1996, 13 (2): 67－75.

PAYNE A J. On the Effects of the Contagious Diseases Acts in

Calcutta [J]. The British Medical Journal, 1875, 1 (751): 686－688.

PETERSON M J. The Victorian Governess: Status Incongruence in Family and Society[J]. Victorian Studies, 1970, 14 (1): 7－26.

RIOUX S. Capitalist Food Production and the Rise of Legal Adulteration: Regulating Food Standards in 19th-Century Britain [J]. Journal of Agrarian Change, 2019, 19 (1): 64－81.

ROBB G. White-Collar Crime in Modern England: Financial Fraud and Business Morality, 1845-1929 [M]. Cambridge: Cambridge UP, 1992.

SCHIEBINGER L. Plants and Empire: Colonial Bioprospecting in the Atlantic World [M]. Cambridge, MA: Harvard University Press, 2004.

SCHLICKE P. The Oxford Companion to Charles Dickens [M]. Oxford: Oxford University Press, 2011.

SCROPE G P. Suggested Legislation with a View to the Improvement of the Dwellings of the Poor [M]. London: James Ridgeway, 1849.

SNOW S J. Commentary: Sutherland, Snow and Water: The Transmission of Cholera in the Nineteenth Century [J]. International Journal of Epidemiology, 2002, 31 (5): 908－911.

STEFANIE M. Jane Austen and the Happy Fall [J]. Studies in English Literature, 1500-1900, 2007, 47 (4): 779－797.

THOMSON G. River Pollution. With Special Reference to Present and Prospective Legislation [J]. The Journal of the

Royal Society for the Promotion of Health, 1925, 46 (8):
355—363.

UNDERWOOD E A. The History of Cholera in Great Britain
[J]. Journal of the Royal of Medicine, 1948, 41 (3):
165—173.

WALKOWITZ J R. Male Vice and Feminist Virtue: Feminism
and the Politics of Prostitution in Nineteenth-Century Britain
[J]. History Workshop, 1982, 13 (1): 79—93.

WALKOWITZ J R. Prostitution and Victorian Society: Women,
Class, and the State [M]. Cambridge: Cambridge University
Press, 1982.

WILLIAMS A S. The Rich Man and the Diseadsed Poor in Early
Victorian Literature [M]. London: Palgrave Macmillan, 1987.

WILLIAMS J S. The Perfect Food and the Filth Disease: Milk-
borne Typhoid and Epidemiological Practice in Late Victorian
Britain [J]. Journal of the History of Medicine and Allied
Sciences. 2010, 65 (4): 514—545.

WOLFE M R, SHARP L K. Anti-Vaccinationists Past and
Present [J]. MJ: British Medical Journal, 2002, 325 (7361):
430—432.

YAEGER P. Violence in the Sitting Room: Wuthering Heights
and the Woman's Novel [J]. Genre, 1988, 21: 203—229.

YOUNG G M, G. S. R. Kiston. Victorian England: Portrait of
an Age [M]. Oxford: Oxford University Press, 1960.

后　记

　　疾病是人类难以回避的生存危机，人类始终无法逃脱一个古老宿命的人生框架——"生老病死"。随着医学的不断进步和发展，人与疾病的斗争也不断升级。因此，人类的文明史就是与疾病抗争的历史。在与疾病的抗争中，以写人为己任的文学自然回避不了对疾病的书写，关于疾病的叙事，构成文学领域一个古老而悠久的传统。在作家的笔下，疾病不止于疾病本身，它可能被扭曲为变态的审美，也可能作为身份、权力的象征，还可能蕴含着对整个社会、道德和伦理的思考，凸显社会存在的问题和弊端。

　　回顾 19 世纪的英国文学，疾病始终扮演着重要的角色。对疾病的书写即是对社会问题的表达和反思。对以简·奥斯丁、玛丽·雪莱和勃朗特三姐妹为代表的女性作家而言，疾病既折射了 19 世纪的女性所面临的社会压迫和身份困扰，又反映了当时英国的社会伦理观对女性自我身份认知的构建与表达方式。这一状况跨越了阶级，是当时所有女性共同面对的问题。她们从属于男性，其生活模式和行为习惯为男权社会的伦理观所规训。在查尔斯·狄更斯的笔下，疾病映射了 19 世纪工人阶级所面临的艰难困境。当时的资产阶级牢牢掌握了关丁疾病的话语权，并试图巩固其对工人阶级的意识形塑和身体控制。狄更斯对疾病的书写，一方面是在挑战 19 世纪资产阶级对疾病的话语建构，另一方面表达了他对工人阶级的深切关怀、对阶级对立的批判以及对阶级间和谐共处的思考。对康拉德和毛姆来说，其殖民小说中的疾病书写反映了欧洲殖民主义的本质和西方人对殖民地和殖民统治地区的矛盾看法。通过在殖民小说中融入疾病书写，两位作家不仅批判了欧洲殖民主义的黑暗与丑恶，预示了英国帝国事业的瓦解，而且反映了 19 世纪以来英国在非西方世界建立及维系殖民统治的方法和模式。同时，通过疾病书写，可以看出两位作家歧视殖民统治地区的同时又试图在该地区找寻解决西方文明弊端的良药。这反映了 19 世纪末 20 世纪初以英国为代表的西方人心中对殖民统治地区的矛盾看法。

这些疾病的隐喻离不开 19 世纪英国的社会语境。工业革命使得英国的社会经济发生了深刻的变化，实现了从传统农业社会向现代工业社会的过渡。到 19 世纪 50 年代，英国成为世界上工业化程度最高的国家，取得了世界工业和贸易的垄断地位，成为当之无愧的"世界工厂"。但 19 世纪的现代化并没有改变英国女性的"第二性"地位，她们只能附属于男性，没有独立的人格与身份。而快速发展的工业化也带来环境污染、贫富差距和阶级对抗等一系列问题。同时，英国的殖民统治一方面为殖民地带来了现代化文明，另一方面也激起了殖民地人民的不满和反抗。可以说，19 世纪英国作家如同医者，他们用自己的笔揭开了英国社会的伤疤，刮骨疗毒，等待重新结疤，最终愈合。

总的来说，文学即是人学。文学与疾病的结合并不是一种偶然现象。一方面，作家的"疾病情结"与他们身患疾病的经历有关。疾病所带来的精神和肉体的痛苦，使得他们深刻地体验到生命的意义和人生的真谛。另一方面，作家看到了疾病为社会带来的痛苦和死亡，使得他们认真思考社会存在的问题和弊端，这突显了作家的人文情怀。因此，在文学中，疾病不仅仅具有医学层面的含义，更承载着社会、文化和道德隐喻，成为众生万象的一个缩影。可以说，没有疾病，便没有文学。